岩 波 文 庫

31-214-1

けものたちは故郷をめざす

安 部 公 房 作

岩 波 書 店

目　次

けものたちは故郷をめざす

第一章　錆びた線路

1

「いよいよ明日に決まったぜ、南行きの列車が出るんだそうだ。」と入ってくるなり、熊中尉が言った。外套の肩にはりついていた雪の結晶が、ちぢんで水滴にかわる。

「明日だって?」アレクサンドロフ中尉はかがみこんでいたスープ皿から半分だけ顔をあげて、疑わしげに相手をみた。「じゃあ、十二号鉄橋地区の国府軍は、どうなった?」

「消えちゃったらしいね。」

「消えた?」

「逃亡したんだろうと思うな……それで、明朝九時に出発ときまったわけだ。」

(それじゃ、おれの脱出も、とうとう今夜に決まったたな。)——とストーブの灰をかきまぜながら久木久三《きゅうぞう》は思った。そのはずみに手がふるえ、ロストルが傾き、赤い火の塊りが床にこぼれてしゅうしゅう音をたてながら煙をはいた。

「注意！」とアレクサンドロフが匙《さじ》で軽く皿の縁をうって、事務的に言った。

「鉄嶺《ティエリン》まで直行らしいよ。」と熊がストーブの上のスープ鍋をのぞきこんで目をほそめた。「うまくいくとおれたちも、来年のいまごろは、ウラル越えだな……」

「そいつをいっぱい、ためしてみるかね？」

「いや、事務所で戦慄少尉が待っているんだ。」

「すると今夜は、どうしても乾盃《かんぱい》ということになるな……」アレクサンドロフはズボンのポケットから一メートルもあるばかでかい緑色のハンケチをひきだし、ごしごし口のまわりを拭きながら立上った。

（幸先がいいぞ。）――と久三はアレクサンドロフに外套をとってやりながら思った。熊が喉仏をぴんとはじいて久三に笑いかけてくる。笑いかえそうとしたが、心臓が喉をふさいでしまって、うまく笑えなかった。

二人が出掛けてしまうと、久三は空箱でつくった古新聞のベッドにはねあがり、足先を交互にふりながら、声をださずに大口をあけて笑いこけた。裏庭に石炭をとりに出た。凍った風が濡れ雑巾のように頰をうったが、それでも笑いはやみそうになかった。

皿を洗ってしまうと、もうすることは何もない。あらためて部屋の中を見まわし、つくづく無愛想な部屋だったと思う。箪笥《たんす》だとか額縁だとか、昔あったものの跡が白々と壁にのこっているのがよけい虚ろさを増してみえるのだ。つくりつけのペチカまでひびが入って使いものにならず通風口の上をスターリンの写真でふさいで、べつにストーブを用意しなければならなかった。しかしいよいよ脱出ときまり、この部屋ともう二度とめぐり合えないのだと思うと、ついに和解できなかったことが、なんとなくくやまれもする。この部屋はとにかく平和だった。こういう時代には、厚い堅固な壁は、それだけでもすでに得がたい財宝なのである。

久三はしんとした気持で、こういう場合にそなえて用意してあった防水毛布をベッドの下から引出し、わずかな衣類と、機会あるごとに集めておいた食糧――塩と、チーズの玉二つと、乾パンの袋一ダースと、腸詰の燻製一本と、それにウォトカ一瓶――などをくるんで麻縄でしばった。ほかには持っていくものもない。しばらく考えてから、マッチを持っていくことを思いついた。黄燐マッチの大箱にまだ半分ぐらい残っていた。二十本ずつの束を三つつくり、三ヵ所にべつべつに分けてしまった。

2

二時間ほどして、四時ごろ、アレクサンドロフが熊のほかに二人の客をつれて戻ってきた。女軍医のダーニヤと戦慄少尉である。

熊も戦慄もアレクサンドロフの飲み仲間なので、久三もよく見知っている。しかしその綽名《あだな》の割りふりはやはりどうも納得しにくかった。話しながら首をふりまわすのが動物園の熊に似ているというので熊であり、しじゅう体がふるえているというので戦慄らしいのだが、そのむくんだような毛深い顔といい、水につかったような小さな丸い眼といい、見かけはどうみても戦慄のほうがずっと熊らしく、それとくらべれば熊中尉などは、まるで俳優かなんぞのようにすんなりとして見えるのだ。柄の大きさから言っても、小さいほうから熊、アレクサンドロフ、戦慄の順で、もしこういう熊があるとすれば、なにか特別な種類の熊なのだろう。久三はながいあいだメドヴェイジ(熊)という言葉を、リスかなんかの意味にとりちがえていた。ところで、ダーニヤ軍医はといえば、そのうえさらに大柄なのである。子供っぽい顔立ちをしているのだが、まったく堂々としていた。力もきっと一番にちがいない。男たちがつねに一目おいているというのも、ただ単に遠慮だけではないのだろう。

ダーニヤが投げてよこした外套を受取ると、凍った風をつかんだようにひやりとした。

「何本になったの?」と正面の壁につみあげたウォトカの空瓶の山を見てダーニヤがきいた。

「あれから、二十八本ふえたね。」とアレクサンドロフがいたずらっぽく答えた。

その空瓶の山は彼のピラミッドなのである。全部で幾本あるか、彼はいつでも即座にこたえることができた。そのときはたぶん、千二百八十三本になっていたはずである。するといつもならダーニヤが、真顔になってアルコールの害についての一とくさりの説教をはじめるところだが、今日はちょっと首をかしげ、呆れたというふうに小さく笑っただけだった。

テーブルの用意ができた。五つのコップと五枚の皿、塩の壺とパン、それに切れ目をいれた玉ねぎとチーズと腸詰……しかし量は充分にあった。チーズは子供の頭ほどのが三つもあり、腸詰にしても脂肉から、肝臓のペーストまで、数種類あったし、ストーブには濃いスープが煮えたぎっている。そして事実、これからの数年間のあいだ、久三はこの食事のことをいつも絶望的な気持で思い出さなければならなかったのである。人間らしい、満ち足りた、最後の食事として……

めいめいのコップに、ウォトカがなみなみと注がれた。アレクサンドロフと熊は、その中に塩を一つまみほうりこんだ。戦慄は玉ねぎの一片に塩をつけて噛《か》んだ。ダーニヤと久三は肝臓のペーストを一と切れ、いそいで飲みこんだ。それから、申し合せたようにそろってコップをつかみ、最初のいっぱいを一と息で飲みほした。コップをおきながらダーニヤが言った。「でももう、これっきりよ……」

もっとも久三だけは、ほんの一と口しか飲まなかった。そのままスープの罐《かん》をおろしに立とうとすると、両側にかけていたダーニヤとアレクサンドロフに、同時に腕をつかんで引戻された。今日は特別の日なのだから、当然みなと同じように乾杯をする義務があるというわけだ。自分だってあえてこの毒を飲みほしもしたのではないかと、ダーニヤまでが強硬だった。まだ未成年だし、そんな飲み方はしたことがないからと、一応は辞退してみたものの、それがかえって連中を刺戟してしまったらしい。「はじめがなければ、おわりもない。」と戦慄が大声で言い、どういう意味かまた、しきりに人差指で喉仏の上をはじいてみせる。「友情の中に法律をもちこむのは、馬鹿か裏切り者だ。」と言ったアレクサンドロフの顔は変に真面目だった。雰囲気が固くなり、座が白けそうになったので、久三もあきらめてコップをつかんだ。玉ねぎを嚙んで……塩をなめて……鼻をつまんで……と各人が思い思いの命令を下す。まるで儀式のようだと思いながら、息をつめて、一気に飲みほした。胸の中がかっと火を吹いた。胡椒をまぜた灰汁《あく》をなめたように口の中がざらざらした。

連中はそれをみて、愉快そうに笑った。戦慄が二杯目を注いでまわった。一本目が空になると、アレクサンドロフはわざわざ立って、それをピラミッドの上に置きにいった。

3

熊が折りたたんだ軍用地図をとりだし、腸詰や玉ねぎの上に、かまわずひろげて置いた。一同だまってそれに眺め入る。まるで美術品でも鑑賞しているような具合である。ウラジオストックのあたりから、肉の脂がしみ出して来た。

（よし、この地図を盗んでやろう。）――と久三は思った。

「モスクワじゃ、ちょうど真夜中だ。」

とアレクサンドロフがうめいた。

「おれなんか、二十三歳の年からずっとゴビの砂漠で暮して来たんだからな。」

と戦慄がはねかえすように言った。

「大げさね、あんたっていう人は……」

とダーニヤがさえぎり、いそいで自分のコップにつぎたした。目のふちが赤くなり、今にも泣き出しそうである。

アレクサンドロフがラジオのスイッチをいれた。短波にきりかえると、わけの分らない言葉が入り、それから甘ったるい軽音楽が聞えてきた。

「ドミノだ！」

とアレクサンドロフが言った。

「ドミノね。」とダーニヤが喉にからんだ声で繰返した。

しばらくの間、誰もが黙々として地図をながめ、下から腸詰やチーズをつかみ出して食い、そしてコップをかたむけた。瓶が空になると、そのたびにアレクサンドロフが立って、ピラミッドの上に積みにいった。熊はやたらに首をふりまわした。戦慄が得意の鞘付ナイフをとり出してチーズをきざみ始めた。ゴビの特産だという珍らしいものである。

(よし、あれももらっておくと便利だな。)

——と横目でみながら久三は考えた。以前一度借りて使ってみたことがある、鞘から抜くときの油をひいたようなあのなめらかさは、まるでナイフに命があるみたいだ。そりのきいた広幅の刃は、すきとおるように光っていて、見ただけで切れそうだ。鞘にも柄にも、模様を刻んだ牛の皮が巻いてあり、全長二十五センチ、ずっしりとした手ごたえがある。

アレクサンドロフとダーニヤが踊りはじめた。

「しかし、おれはだね……」と戦慄がつぶやいた。

「君は別さ……」と熊が乱暴に地図をたたんで、しまいながら、

「帰るところがある人間なら、誰だって帰らずにいられない。それが本能というものだ。」

「本能だなんてブルジョア的なことを言うな。」とアレクサンドロフはうなった。

「パヴロフ教授だって、ちゃんと本能という言葉をつかっていますからね。」とダーニヤが苛立たしげに振向いて手をふった。

「おれにはどっちだってかまいやしないよ。」と戦慄は目をふせ、チーズを粉々に刻みながら小声で言った。

誰かが、どうかしたはずみに、コップが床におちて割れた。アレクサンドロフとダーニヤが笑いながら席にもどってきた。

（よっぱらってしまえ、よっぱらってしまえ……）

とつぜん四人が、同時にしゃべりだした。二十五トン……ゲージ……列車《ポーエズト》……とんでもない《チトー・トゥイ》！　マンドリーナ……早く《ブイストロ》……という理由《パターム・チトー》のために……連続《プロドルジェーニエ》……貨車《クルイシャ》の屋根《ヴァゴーナ》……。なにか明日の列車についてのおしゃべりらしい。しかし久三には、北に帰る彼らと、明日の南行きの列車とに、どういう関係があるのかどうしても飲込めなかった。仕事の言葉と、食事や洗い物の言葉とではやはりわけがちがう。

不意にあたりの色がかわった。焼けるようなスープと交互に飲んだ三杯目のウォトカがふいに黒い幕になって、頭から顔の上になだれ落ちて来た。心臓が鉄の鼠になって体中をかけまわり、血管が毒づく。アレクサンドロフが立って電燈のスイッチを入れた。濃紺に暮れた窓ガラスに、花模様の氷の結晶が浮立ってみえた。せばまった視界の中に、戦慄少尉の青ざめた水っぽいあごが浮んで消える。

久三はずるずると椅子から滑り落ちて、床に額をおしつけた。

4

熊の歌う声で目をさました。(ちえっ、まだ起きていやがる!)急にアレクサンドロフがはげしくすすり泣きをはじめた。彼は大きすぎる肩を獣のように波うたせて、風の日の防風林のように、ビービーと泣いた。そのまん前で戦慄少尉がテーブルに顔を落とし、上目づかいに、アレクサンドロフをのぞいていた。床の上に空のビンが三本ころがっている。もうピラミッドに運ぶのはやめたのか……時計を見ると一時すぎ、酔はすっかりさめ切って、ぞっとするほど寒かった。アレクサンドロフのベッドの上で、毛布のかたまりになって寝入っているのは、ダーニヤだ。三ヵ月程前にも、丁度こんな具合に酔いつぶれたことがあり、翌日、男たちはさんざんダーニヤにしぼり上げられたうえ、〈同志ダーニヤに、本人の意志を無視して、二〇〇ｃｃ以上のウォトカを強制し昏倒せしめたことを心から自己批判して、今後かかる非行をしないと、祖国の名にかけて誓います。〉――と詫《わ》び証文を一札、その下に連名でサインをさせられたものである。今度はどんなことになるのかと思うとおかしくもあり、また気の毒でもあった。しかしみな、ダーニヤが好きなのだから仕方がない。

熊が歌いやめて、あたりを見まわした。じっと久三を見た。目をそらしたが間に合わなかった。「なるほどお前か……」とうなずきながら、泳ぐような格好でやって来る。

久三はぎくりとした。

「お前は、情けない奴だよ。全く情けないやつだ、お前の、おふくろはファシストに殺されたんだってな……全く、よくないことだ、バカヤロー《ヨッパイマーチ》だ……で、お前どうするつもりなんだ、言ってみろ……さあ、言ってみろ……」

のしかかるように次第に体を圧しつけて、耳もとで何か変な音をたてた。笑ったのかも知れない。

久三は体がすくんで動けなかった。平静に、いつものように……みっともないじゃないか熊、と、脇腹の一つもつついてやらなけりゃならないんだが……。熊はまた、フンフンと鼻をならした。（秘密をかぎつけられたのかも知れない！）

熊が襟のうら側から、一枚のカードをとりだした。

「キエフにいる娘だがね……」

写真だった。すりきれて角のなくなった手札判の中で、白っぽい髪の小娘が笑っていた。ぶつぶつ言いつづける。唾が首すじにはねかかる。いまいましいったらありはしない。

ふと思いついて、その写真をうけとり、ながめるふりをしながら、熊のそばからはなれた。熊はその場に膝をつき、両手をつき、横だおしに倒れて寝こんでしまった。

（こいつは、地図を盗むときに、役にたつな……）

二時半――誰もがもう半分は眠ってしまっているのだが、まだ完全ではない。二、三分おきに、目を閉じたり、眺めたり、いびきをかいたり、鼻唄をうたったりだ。寒すぎるせいだ、火をかきたてて、のぼせさせてやろう……

真赤にやけた火が融け合って、空気の通りをわるくしていた。灰をおとし、石炭のいいところをふんわりくべてやると、やがて地ひびきをたてて燃えあがった。スープが沸騰し、窓ガラスが汗をながした。誰もがひっそりと大人しくなった。

行動をおこすまえに、三十分ほど様子をみることにする。窓の目張りが草笛のように鳴っていた。遠く呼びかわしている野犬たち、ストーブの表面に赤いまだらができはじめた。（ちくしょう、おれもこのまま一緒に寝てしまいたいな。）――あわてて窓に行って額をおしつけた。二重の窓枠のあいだに、雪と煤煙の薄い膜が交互に幾重にもかさなりあった、貝殻の割目のようなもくめが見えた。つんと冬のにおいがした。

ベッドに行くようなふりをして、戦慄の後ろをまわり、ズボンのポケットからナイフの柄が五センチほどとび出しているのを確めた。アレクサンドロフが、テーブルの上をかきまわすように、水……水……とうめき声をあげた。急いで水のコップを渡してやり、ストーブの通風口を閉じた。もう一度戦慄の後にまわって、寝息をうかがう。はき出す息と吸いこむ息との間隔が、長ければ長いだけ、熟睡している証拠だそうだ。間隔はじゅうぶんに長かった。ときどきぴたりととまって、そのまま息絶えたかと思う程である。左斜《ななめ》うしろに、右ひざをつき、それを支点に体をまわして、位置をきめた。右手で軽く、ナイフの柄をつかみ、左人差指で、つかの先端をさぐって、ゆっくりと押し上げた。姿勢の関係で、ポケットの口が、かたくしまり、ナイフは尻の肉に食いこんでいるのだ。半分ほど引き出した時に、戦慄が大きく身動きした。姿勢がかわったので、体重がうつり、ポケットの口がゆるんだ。柄をひくだけで、今度はらくに引き出せた。ナイフをジャケツの下にいれ、バンドにさすと、急に勇気がわいてきた。

テーブルをまわって、熊のところへ来た。熊は左側を上にして、右手でテーブルの脚をつかみ、曲げた左足を胸に押しつけ、右足をのばしてアレクサンドロフの椅子にからませていた。背中のうしろにかがみこむ。ナイフの柄がすこし邪魔だった。

地図は上着の右ポケットにあるはずだ。要心のために、まず写真をとり出して右手に持ち、左手で、熊の肩をつかみ、思いきって上体を大きく仰向けに押し倒す。さからって宙を掻きながら大の字に寝た。右手を写真ごとポケットにすべりこませ、地図を抜きとった。細く四つに折って内ポケットにしまった。

ふと、戦慄少尉がじっとこちらを上眼づかいに見ているのだ。久三は釘づけになった。全身の毛穴がかっと開いた。乾いた舌がひきつって、喉をふさいだ。ゆっくり少尉の顔がおき上って来るように思った……久三は絶望的な気持で、最初のことばを待ちうける。短いが、長すぎるように感じられる、危険な時間がとぶようにすぎた。

……しかし、何事も起らない。見なおすと、戦慄少尉はさっきのまま目を閉じてねむっているのだ。ほっとする。しかし、嵐がすぎ去ったのにまださわぎつづけている海のように、血が、耳もとで鳴っていた。ベッドにもどって壁ぎわに、ひざをかかえてよりかかった。

すぐ頭のところにペチカがある。ペチカの向うに、直角にダーニヤのねているベッドがみえる。ペチカの額は光線の具合で、中のスターリンは見えず、かわりに戦慄の寝姿がうつっていた。

三時四十分――久三は無意識のうちに、アレクサンドロフのベッドの下をみつめつづける。彼はそこにあるもののことを、できれば考えたくなかった。アレクサンドロフの財産がしまってあったのだ。アレクサンドロフはそのことを、別にかくしてはいなかった。久三のみている前で、幾度もそのコレクションをいじりまわしてみせたりしたものだ。むろん、それ自体には大した値うちはない。まがいものの古銭や、けばけばしい模様入りの女櫛《おんなぐし》や、ひびのはいったせとものパイプや、その他、わけのわからない妙なものばかりだ。しかし、それらと一緒に、いつも赤い軍票の幾束かが無造作にほうりこまれていた。

だが、抜けだすまでには、決心しなければならないのだということも、彼にはよく分っていた。ナイフも地図も立派な武器である。しかし蕃地《ばんち》の旅でもないかぎり、現金がやはり一番の武器にちがいない。

時計をみた。五分しかたっていない。夜が明けはじめるちょっと前に、ここを出よう。明るくなってしまってからでは見とがめられるし、あまり早すぎては、万一の場合、捜査の時間をそれだけ余分にあたえてしまうことになる。

睡《ね》むそうな地ひびきが、ゆっくりと近づき、ゆっくりと遠ざかっていった。

（そうだ、あれならいい……アレクサンドロフの銀の匙ならいい……）

柄に裸の女を彫った、ずっしりと重い大型のやつで、アレクサンドロフはそれをダーニヤと呼んで愛用していた。もっとも本物のダーニヤの訪問をうけたときには、大急ぎでベッドの下のその箱にかくしてしまうのである。あれなら売ってもかなりになるだろう。現金には手をつけずにすませるとなると、急に気がつよくなった。耳をすませ、みんなの寝息をたしかめてから、すぐに寝床をはいおりた。おりぎわに、板が尻の下ではじけて鋭く鳴った。戦慄少尉が寝返りをうって、顔をこちらにむけた。だが目はとじたままだ……嫌なやつ！

箱は、口を横倒しにこちらに向けておいたリンゴ箱の中に、ほかのいろんながらくたといっしょにつっこんであった。コールタールで錆《さ》びどめしたブリキ製の小箱で、蓋に蝶つがいがついており、開けるといやらしく泣きわめく。唾でしめして、ゆっくり注意深くやったのだが、それでも口の中がつんとするような音をたてた。一瞬、ダーニヤの寝息がとまった。

銀のダーニヤは、軍票などといっしょに、一番うえに乗っていた。すばやくつかんでポケットに入れ、蓋を完全には閉めないままで、箱をいそいでもとに戻した。しのび足で寝床に帰る。これで一応準備がおわった。ポケットの中ではかさばって具合がわるいので、防水毛布の包みの中に、わきから押しこんでおいた。

5

六時十分……夜明けまでにはあと一時間……

顎まで埋まるように襟巻をまき、外套の袖をとおし、スケート用の耳当てをして、徽章のとれた学生帽をかぶり、ポケットの中の手袋をたしかめてから、ゆっくり寝床を出た。荷物の縄を輪に結んで肩にかける。出発だ！

（しかし、自分がいなくなったことに気づいたら、彼らはあとでなんというだろうか？　忘恩の徒だというにちがいない。そうじゃないんだ、おれはみんなが、とても好きだったんだよ……）

ストーブとアレクサンドロフのベッドのあいだを通りぬけ……じゅうのうがガチャリと音をたてる……（しかしもし、彼らに知られてしまったら、決して逃がしてくれはしないだろう。いつだったかも、T市に八路軍《はちろ》の孤児収容所があるというような話を、熊がアレクサンドロフにしていたことがある……）

天井裏を大きな音をたてて鼠がはしった。ダーニヤが寝返りをうち、ベッドがきしんだ。台所に出るドアのところまでたどりついた。どうも、誰かに見られているような気がしてならない。そっと振向いてみたが、べつに変ったことはなかった。かすかに戦慄が身じろぎしたような気もしたが、気のせいだろう。

把手《とって》をまわして、ドアをおす。冷い空気がむこうからおし返してきた。ふるえる手でドアを支え、荷物から先に体をまわして斜《はす》かいに外に出る。風にあおられてドアが自然に閉まり、低いがしかし、はっきりした鉱物的な音をたてた。息をとめ、全身を耳にして立ちすくむ。ことりと、靴の踵《かかと》を床におくような音がした。それっきり、またひっそりとしてしまう。ただ家のまわりをうろついている北風が、思いだしたようにうめき声をあげていた。

手ばやく流し台の下から、昼間目をつけておいたウォトカの大瓶をひろい、水をくもうと桶をのぞくと、厚い氷が張っていた。しばらくじっと手のひらを押しあててみたが、体のふるえが増すばかりで、いっこう融けてくれそうな気配もない。ハンマーが流し台のうえの棚にあったことを思い出した。台を足がかりにして、さぐってみる。ハンマーといっしょに、固い毛ばだった、たわしのようなものがあった。鼠の死骸らしかった。あわてて手をひいたはずみに、ハンマーが下に落ちた。うまい具合に靴の上におちたので、案じたほどの音ではなかったが、それでもかなりの音がした。足の先がじんとしたむしょうに腹がたってくる。

ハンマーの角で、すこしずつ、氷の隅のほうを叩いてみた。二、三度たたくと、その重味のある鈍いひびきに、つい勇気がくじけてしまう。耳をすませ、またつづけるという具合だったが、思ったほどではなく、四、五回目には手ごたえがあり、二つに割れて、その一方が桶からはなれた。瓶ごと中につけて、水を入れ、栓のかわりに、そこらにあった反古《ほご》をまるめて詰めた。そのうえをさらに反古にくるんで外套のポケットに落しこんだ。濡れた手がしびれるように痛みはじめる。交互に反対側の脇の下にはさんで摩擦してから手袋をはめた。

土間におり、裏口のスプリング錠を音のしないようにまわし……獲物をみつけたようにおそいかかってくる風をかきわけながら、外に出た。雪はもう降りやんでいたが、地面からまきあがっては、ふりかかってくる。このぶんだと、足跡もすぐに消えるだろう。まばたきが粘る。氷点下二十五度はありそうだ。

いまにもドアが開いて、アレクサンドロフたちに呼びとめられそうで、気がせいた。石炭置場にはいあがり、塀をのりこえた。塀と塀にはさまれて、曲りくねった物凄い路地が、町ざかいの堤防まで五十メートルほどつづいている。地面と空の区別もはっきりしないほどの暗さだったが、十九年もこの町で暮してきた彼にとっては、塀の落書の一つ一つでさえすぐに思い出せるほどによく知りつくした場所だった。

かつては子供たちにとってのすばらしい遊び場だった。ジャングルでもあり、運河でもあり、トンネルでもあり、あらゆるものに変形する空想の舞台だった。しかしロシヤ人技術将校の仮宿舎になってしまった今は、ただときおり野鼠の群がかけぬけてとおるだけである。戦争がおわってからの、この三年間、誰も塵埃《じんあい》をあつめに来てくれるものがいないので、都合のよいごみすて場にされてしまった。そのごみが石のように硬く凍りつき、まるで出来たての熔岩石のような有様だ。

左手に荷物をかかえ、塀を右手でたしかめながら、幾度も足をふみすべらせて進んだ。一度はあやうく、片方の足首を捻挫しかかった。

塀がおわる。ここまでくると、もう家は一軒もない。堤防に這い上り、駅にむかって歩きはじめる。風が真正面から吹きつけ、地面を足もとからまき取っていく。顔がしびれて、つっぱってきた。

十五分ほど行くと、河が町の中に曲りこむ。河にそってしばらく高粱畠《コーリャンばたけ》を横切る。切株が足にからんで、地面が咬みくだかれる骨のような音をたてた。

行く手にぽつんと一つ常夜燈がみえてきた。そこに目指す橋がある、旧市街と、パルプ工場のためにあらたに日本人が建設した新市街とを結ぶ橋である。トラックでも通れるほど厚く凍っているのだから、河をわたることも出来るわけだが、水面が低く、岸壁がきりたっているので、降りても上るのがむつかしい。石段は、興安嶺《こうあんれい》から下ってくる筏《いかだ》をあげる場所が、ずっと上流のほうに一ヵ所あるきりだ。駅にいくためには、どうしてもそこを渡らなければならないのである。七時までは戒厳令で、巡視兵にでも見つかればもう望みはない。

六時十分——巡視兵は一時間おきに橋の両側からやってきて、懐中電燈で確認しあい、またそれぞれの受持区域にかえっていくことになっている。戒厳令のきれる七時には、彼らは自分の詰所に帰っているわけだから、最後にこの橋にやってくるのは大体六時三十分から四十分ごろになるだろう。すると一応、いまが一番安全というわけだ。

一気に橋を駆けぬけた。乾いた足音がひびきわたった。どこか遠くで呼子が鳴ったような気がした。しかし風の中では、そんな音はいつでも聞えている。渡りきると、すぐ左に折れた。材木置場があった。ここまでくれば安心だ。旧市街の道は迷路である。喉の奥で血の味がした。

材木置場をぬけ、右に折れ、小さな鋳物工場の裏をとおり、屑屋の仕切場を横切り、四、五軒並んでいる棺桶屋のまえから、木賃宿横丁に入る。左手に下水溝があり、その向うに幾本かの柳の根株、それからコークス殻の山があって、その上にさらに大きなガス・タンクがそびえている。昔はこの道が南と北を結ぶ幹線道路であったらしい。町で一番旧い部分であり、同時に今では一番さびれた部分でもあった。野犬が一頭、じっとこちらを見つめていた。

木賃宿横丁をしばらく行ってから、溝をわたって、向う側に出た。なにもない荒れはてた空地である。そのむこうに線路があった。線路は高い堤防の上にあった。右に三百メートルほど行けば駅である。

反対側から巡視兵の靴音が近づいてきた。八路《はちろ》の兵隊の靴はゴム底が多い。聞えたときには、もうすぐそこまで来ているのだ。その場にふせた。吹きだまりの中にすっぽり埋まってしまった。懐中電燈が堤防の縁をかるくなで、ゆっくりと遠ざかっていった。やがて有刺鉄線の柵に行く手をさえぎられる。くぐりぬけると、倉庫のまえの中庭に出た。すぐ先にあかあかと灯のともった建物があり、厚く氷におおわれた窓ガラスにいくつもの人影が動いていた。

突然、地平線に近い西の空が吹きはらわれて、青く光るゆがんだ月がとび出してきた。久三ははっとした。駅の中はただ白く、幾本かのレールが虚ろに黒く走っているだけである。汽車なんてどこにもありはしないのだ。すると、その列車はここから出るのではなく、もっと北からやってきて、ただここを通過するというだけだったのか？……九時までどこかに隠れているなどということはできやしない……こんな場合もありうるということを、どうしてあらかじめ思いつくことができなかったのだろう！

月はひきちぎられた雲の中を突進し、すぐにまたもとの暗闇のなかに沈んでしまった。おそいかかった暗闇にうちのめされ、倉庫の隙間によろけこんでしまう。間もなく夜明けだ、いまさら後戻るわけにもいかぬ、なんていうことをしてしまったのだろう！

やがて、いつとなしに、かすかな夜明けが近づいていた。風はおさまりかけていたが、寒さはいっそうきびしさを増した。その場で小便をすますと、じっとしていられないほどの震えがきた。しがみつく思いで、ふと、ある考えに辿りつく。もしかすると汽車は、駅からではなく、べつなところから出るのかもしれない……たとえば、パルプ工場の引込線の近くとか……

風がやむにつれて、霧が湧いてきていた。輪廓の融けた巡視兵の影が、線路の上を、さっきと反対の方向に戻っていった。見えなくなるとすぐに、倉庫の隙間をはいだして、線路を横切り、堤防の向う側にすべり降りた。こちらは見わたすかぎりの畠地である。右に一キロほどで鉄橋があり、そのすぐ手前のところから引込線が分れている。

土手の斜面を、すべらないように小股で跳ぶようにして駆けた。乳白色の霧のかたまりが、しだいにはっきり見えてくる。

やがて、鉄と鉄とがぶっつかりあう重いひびきを聞いた。それから数人の靴音と、話し声が入りみだれるのを耳にした。

霧の中では、低いところにいるもののほうが、有利である。思いきって、すぐそばまでいってみた。列車だった！　やはり思ったとおりだったのだ。

男たちの一人は兵隊で、あとは整備員かなにからしかった。……ふいに機関車の運転台のあたりに、ぱっと赤い火がともった。発車するのかと思って、久三はあわてて堤防をすべりおり、後ろのほうに走りだした。意外に短い列車だった。無蓋貨車二輛、大型の有蓋貨車三輛、小型有蓋貨車二輛、それからまた無蓋のが三輛あって、最後尾に二輛の客車が連結されている。客車はむろん問題にならない、無蓋車も困るだろう。あいだの五輛の有蓋車のうちから、どれかをえらばなければならないわけである。小型のやつは、隙間が多くて、ガラスのない窓が開いており、どうも家畜の運搬用らしい。もっとも積んであるのは家畜ではなくて、麻袋だった。窓のあるほうがなにかにつけて便利だとは思うが、吹きとおる風のことを考えると、やはり大型のやつのほうがよさそうである。

もっとよく様子をたしかめるために、列車の下をくぐって、東側に出てみた。もうかなり明るい。貨車の表面が粉をふいたようにきらきら光っていた。前の二輛の閂《かんぬき》はしっかり針金でとめてあったが、三輛目のは閂そのものがとれてなくなっていたので、これに決める。凍りついていて、なかなか開かなかった。力を入れると、冷えた体が、ぎしぎし痛んだ。力の角度をかえてみる。こんどは他愛もなく開いた。すべりのいい、なめらかな扉だった。

機関車のほうから、笑い声がした。ひどく近く聞えたので、あわてて中に這いこんだ。油と鼠の小便のまじり合ったにおいがする。暗くてよくは見えないが、空らっぽで、なにも積んでないみたいだ。扉をしめてから、マッチをすってみた。前のほう半分に、こもでつつんだ機械の部品がいくつかと、後ろのほうに大小の木箱が数個、乱暴にほうりだしてあるだけである。

箱の一つに腰をかけ、膝においた冷い手袋の中に顔をうめて、犬のようにあえいだ。線路づたいに、バラスを踏んで、足音が近づいてきた。体をずらして、壁ぎわにぴったりと身をよせる。足音は、車台の下を二、三度ハンマーで打ち、そのまますぐに立ち去った。しかし急にまた不安がよみがえってくる。せっかくの貨車を、こんなふうに空のまま走らせるなどということが、ありうるだろうか？　いまにもトラックか馬車かがやってきて、積荷の作業をはじめるにちがいないのだ。そうなれば、隠れおおせることはまず不可能である。たとえ家畜運搬車でも、積荷のおわったやつに乗ったほうが、安全であったかもしれない……

顔をあげると、扉の上に、ぼんやり明りがさしこんでいた。親指ほどの穴があって、ほこりっぽい光がくるくるまわっていた。のぞくと、霧はほとんど晴れ、逃げおくれたいくつかのかたまりが南にむかって地面をはっている。地平線のあたりが、乳色に輝きはじめた。

左手の大きな霧が渦まきながら消え、西北から東南にのびる低地があらわれた。星河《シンホー》である。あちらこちら、雪がはげて露出した氷の面が、新しいトタン板のように光ってみえた。そこから右手に巴哈林《バハリン》の町が、黒い煉瓦《れんが》置場のように横たわっている。

だがこう明るくなっては、いまさら乗り換えるといっても容易ではない。いきなり機関車が蒸気をはきだした。きめかねて、立ちつくしていると、またいくつかの足音が近づいてきた。すぐまえで立ちどまり、一人が棒のようなもので扉を打ちながら、山東訛まるだしの中国語で言った。

「これに積むはずの荷物は、どうなったんかね?」

久三は身をひき、思わずジャケツの下のナイフの柄をつかんだ。別の男が、きれいな標準語で答えた。

「間に合わんので中止だそうだ。」

山東訛が念をおした。「証明書をたのむよ。おれは正直な人間だからな、おれがごまかしたなんて思われちゃ、迷惑だからな。」

笑いながら立去っていく……

久三は扉によりかかった。苦しげに肩で息をした。何んとかなるものだな、と思いながらも、足のふるえがどうしてもとまらない。瓶をとりだして、一口のんだ。歯にしみわたった。

隅の木箱を一つ動かし、外側につみあげて、小さな隠れ場所をつくった。荷物をおいて、もう一度のぞき穴にもどってくる。すっかり明るくなっていた。いつもなら色彩のすくない、煤煙のしみこんだ平坦な町が、いまは淡い逆光線にてらしだされて、ひどくあざやかだ。製粉工場のタンクの向うに、細民街の屋根がつづいている。ひからびた魚の皮のようだと思う。その中心に、やたら塀ばかり高いラマ寺院のそりかえった屋根が、薄い緑色に輝いていた。まっすぐ河向うに、いましがた抜けだしてきたあの路地があるのだ。右手に橋の一部がみえ、ひときわ高いのがパルプ工場の煙突である。すこし手前に、久三が生れ育った工場の寮があり、赤旗が一本、小さくひるがえっていた。

（そうだ、いよいよ出発なんだな……）

河が大きく迂回して、ふたたび向うで町のへりに接するあたりに、けずりとられた砂丘の角が見えている。傾いた朝鮮松が二、三本、その下に誰も知らない久三の母の墓があるのだ。中学のころ、理科の時間にその砂丘の移動をしらべたことがあった。毎年春の洪水にけずられながらも、二、三十センチずつ北にむかって動いていることが分った。やがて砂丘は、母の墓をのりこえ、飲み込んでしまうだろう。何百年かたった後、砂丘がとおりすぎたあとの砂原で、誰かが砕けた黄色い骨を見つけだして何かを考えることだろう……

サイレンが鳴りはじめた。七時……戒厳令の解除である。

あと二時間で、いよいよこの町ともおわかれだと思うと、なんだか不思議だった。彼がいなくても、この町はいぜんとして生活をつづけるのだということが、久三にはよく飲みこめないのだ。追憶はすべてこの町の中に生きている。しかしその追憶も、いま彼といっしょに旅立たなければならないのだ。

昨日の中に今日があるように、今日の中に明日があり、明日の中に今日があるように、今日の中に昨日が生きている。そんなふうなのが人間の生活だと教えられ、彼もまたそれを信じてきた。しかし戦争の結果はそうした約束をばらばらな無関係なものに分解してしまったのだ。いまの久三にとって、昨日と明日は、もはやなんのつながりもないものになってしまった。

二時間たてば、ここはもう昨日とも呼べない他人の土地になってしまう。しかも明日については、本当にはまだなにも知らないのだ。日本について知っていることといえば、学校の教科書から想像しているだけのことである——（富士山、日本三景、海にかこまれた、緑色の微笑の島……風は柔らかで、小鳥が鳴き、魚がおよいでいる……秋になると、林の中で、木の葉がふり、そのあとに陽がかがやいて、赤い実が色づく……勤勉なる大地、勤勉なる人々……）失われた恋人には顔があるが、この恋人にはまだ顔もない。もう二度と帰ってこない昨日、まだ見たこともない明日、その間にはさまれた今日の意味を、どんなふうに思ったらいいのだろう？（うれしいのだろうか？　うれしいのかもしれない。しかし、よくは分らない……）

目の奥が痛くなってきた。隠れ場の暗がりに戻って、荷物の上に身をふせた。涙がにじみだし、凍って、まぶたが痒《かゆ》くなった。それから、突然ふかい眠りにおちた。

6

久三の両親は、両方ともあまり素姓《すじょう》がはっきりしていない。とくに父親の久次郎については、ほとんどなにも分っていない。

彼の父はいまから二十年ほどまえ、この町にパルプ工場ができるとき、技師たちといっしょに北九州からわたってきた木工職人であったらしい。半年目に母が後を追って渡満した。その年の冬に久三が生れ、すぐつづけて父が死んだ。その死因もあいまいなままでである。母には帰る家がなかったので、工場長の世話でそのまま寮母として住みこむことになった。十三の年にT市に日本人の中学ができると、母はすぐに彼を進学させた。つつましくはあるが、希望に満ちた年月だった。戦争の窮迫も、この僻地にとどくまでには、まだ間がありそうに思われた。

とつぜんソヴェトの参戦がつたえられたのは、彼が十六の年の夏、一九四五年八月九日の午後のことである。

見なれない虻のような黒い戦闘機が数機、南をさして飛んでいった。夕刻、町の外を関東軍の大部隊が東のほうへ移動していった。しかし、別に気にするものはいなかった。ところが翌日、誰かが駅で切符を買おうとして断られたのである。汽車はぜんぶ軍に徴用され、客車も避難する軍人とその家族に占領されてしまっていた。それから町に駐屯していた部隊の姿がいつのまにか消えてしまっていることが分った。そのあとを近くの農民たちが襲ってばらばらに壊してしまった。報告をうけても、なぜか駅前の憲兵たちは、動こうともしなかった。ようやく動揺がひろまった。

十二日の朝早く、河向うで、数発の銃声が聞えた。三十分ほどして停電した。一時間ほどして突然鼠色の野戦服にカバーつきの勲章を三つもぶらさげた、壁のような肩をした赤軍将校が一人、数人の兵士と中国人通訳をつれ、どこからともなく寮にやってきたのである。

将校は言葉少なに、ここは兵舎か、学校か、住宅かとたずねた。住宅だと答えると、ちょっと首をかしげたが、すぐ二日以内に全員立退くことを命じ、表情も変えずに急いで立去った。それがアレクサンドロフだったのである。

こんなふうにして戦争がはじまり、終るなどと、いったい誰に想像できただろう。ついさっき九時のニュースで、満洲里《マンチューリ》東方で交戦中と聞いた矢先である。いまのは後方攪乱のための第五列にちがいないと言いだすものもいた。あるいは、ごく少数の落下傘部隊かなにかで、本隊ではあるまいという説もあった。いずれにしても、間もなく日本軍の掃討がはじまるにちがいないというのが一致した意見だった。二十世帯四十八人のうち赤ん坊をのぞいた全員に、先をけずってとがらせた木銃や、六尺棒などがくばられた。

様子を問い合せるためにチチハルに電話をかけてみたが、電話線は切れてしまっていた。昼ごろ、一人の憲兵が寮に逃げてきて、かくまってほしいと申し出た。軍服をぬぎ、庭に穴を掘って埋めた。いまにみてろ！　と強がりをくりかえすのだが、それ以上に恐怖のいろがありありと浮んでいる。ほどなく武装解除された一群の日本兵が、とぼとぼと寮のまえをひかれていった。

やがて静まりかえった県道を、とほうもない大砲を空にむかってつき出した重戦車が、幾台も幾台も、白い砂塵をまきあげて走りすぎた。町全体が地面からゆり動かされた。人々は声をあげて泣き、あるいはただうろうろと歩きまわった。工場長の北が、さすがに最初に気をとりなおした。

「おい、みんな、胸に赤いリボンをつけるんだ。ロスケは赤が好きだからな。ロスケのまえでロスケという言葉をつかっちゃいかんぞ！　ソーベートと言うんだ、ソーベートだ……それから女はみんな髪を切れ！」

するとその瞬間から、彼がそのまま自然に指導者になってしまっていた。期待にそむかず北は奔走した。接収命令は寮だけでなく、ほとんどの技師や幹部社員の社宅が槍玉にあげられていた。彼らのぶんをもふくめて、その日のうちに移転先をきめてしまった。上流の岸にある原料倉庫である。湿度をかえないために造りがしっかりしているし、凍っているあいだは歩いて旧市街に行くことだって出来ると、彼は自慢だった。荷馬車も十台ばかり集めてきた。立退きは翌日の朝からときまった。夕刻、郵便局員がこっそりしのんできて、秘密に貯金の払戻しをしてくれた。

ところがその晩、久三の母が裏の物置に荷造用の空箱をとりに出たとき、どこからか飛んできた流れ弾に、腰をうちくだかれるという事件がおきたのである。呼ばれた医者は、注射一本うっただけで、はっきりしたことは何もいわずに、逃げるようにして立去った。誰も彼もが浮足立っていた。久三は母と二人で、どうしていいか分らず、ただぼんやりとその枕元にすわっているよりほかなかった。

夜が明けるとすぐ、最初の馬車の音がしはじめた。北に相談にいくと、北は積みあげた荷物のまんなかに立ちはだかり、興奮した語調で、しかし視線をあげようとはせず、

「こういうときに、他人をそうあてにしちゃいかん。おたがい、みんなが犠牲者なんだからな。いや、まったく、ひどいことになった。そりゃお気の毒とは思うがね。むろん出来るだけのことはするつもりさ。しかし、なんだよ、医者だっていま動かすことはできんと言っとるのだし、それになんだ、まさかロスケだって死にかかっとる重病人まで外にほうり出そうとはいうまいさ。だからな、まあ様子をみるんだな。そのうち、落着いたら、またなんとか考えようじゃないか。おたがい、居所は分っとるんだし……」

それからふと思い出したようにつけ加えて、「もっとも、現金や貴重品は、あずかっておいてあげてもいいわ。持ってると危険かもしれんで……事務所の方じゃ、だいぶ時計をとられたものがいるということだ。そういうものは、わしらが一時、あずかっておいてあげてもいいな……」

久三は感謝してその申し出に応ずるよりほかなかった。その考えの良し悪しはべつにしても、彼らとつながりを保っておけるというだけでも心強いことに思われたからであ

る。

べつに貴重品というほどのものはなかったが、父の遺品の懐中時計と、銀のタバコ入れと、母の指輪と、衣類少々と、それに石油罐いっぱいの食用油をあずけることにした。現金のほうはうまくおろせた貯金が二百円ほどあった。五十円のこしてあとをたのんだ。

四時すぎると、寮の中はしんとしてしまった。「情けないことになった、情けないことになった……」と単調にくりかえして母は泣いた。久三は部屋を出て、誰もいない寮の中を、こっそりと歩いてみた。

誰もいないと分っていながら、二階にあがっていくと、妙な胸さわぎがした。木片や、縄の切れ端や、破れた古新聞紙や、割れた茶碗や、そのほかすぐには元の形を想い出せないような様々な生活の破片などが、床肌もみえぬほどにちらばっており、かきむしられた漆喰の下に煉瓦の地肌がのぞいており、それまではどこにかくされていたのかしめっぽいかびのにおいが、消えさった人間の影のように立ちこめていた。

いま彼をとらえているのは、不思議に甘い解放感なのである。彼は中学に上り、成績さえ十分ならさらに上級の学校にも入れてもらえるはずだった。汽車で二時間半ほど北にいけば昂昂渓《こうこうけい》である。そこで本線にのりかえれば、ハルピンまで半日とかからない。ハルピンには日本人の工業専門学校があった。今年の学期はじめの進学調査表には、彼はその学校の名前を書きこんだものである。見返してやるんだよ、というのが母の口ぐせだった。久三は母にとって、素姓の知れない身分から抜けだすための、希望をかけた戦士だったのである。しぜん彼にとってはあらゆるものが堅固な城塞に見えていた。そして無意識のうちに、その負わされた任務を憎んでいたのかもしれない。いま彼が足もとにふんでいるのは、その城塞が無残に崩れさった廃墟のあとだったのである。

いつの間にかつきあたりの十二号室のまえまで来ていた。家族持用の三間つづきが四戸ならんでいるうちの一つである。ドアは開け放たれたまま、打ちくだかれた家具の一部が外にはみだしていた。まるで体の部分をむりやりひきぬいた後のように、痛々しく虚ろである。

ここには現場の係長が住んでいた。幸子という彼と同じ年の娘がいた。大人たちのあいだでもなかなか美人の評判が高く、ひどく小生意気で、久三が幸子の万華鏡を貸してくれとたのんだとき、あんたトラホームじゃない、とあっさり断られてしまったりしたものだ。なんという厚い堅固なドアに見えていたことだろう。しかし、そのドアも今はなくなってしまった。なにも彼《か》もが、すっかり平等になってしまったのだ。

だが、とつぜん取り残された不安に身をしめつけられる。部屋の中に踏みこむと、一匹の鼠が倒れた食器棚のかげから振向き、ゆっくりと柱をつたって襖の穴に逃げこんだ。

反故の中から、幸子の父にあてた同姓の差出人の手紙をみつけだした。発信地は静岡市のある町になっていた。たたんで、内ポケットにしまい、急いで逃げだしていた。

「どこに行ってたのさ?」と母親がたずねた。ふくれあがって、顔が大きくなったようにみえた。

「どこもかしこも、鼠だらけだよ。」久三の声もぶよぶよとして水っぽい。

「情けないことになったねえ、情けないことになったねえ……」と母親が繰返した。ドアを開けはなった。風がやんで、ひどくむし暑くなり、いやなにおいが部屋中にこもっていた。傷口がくさりはじめたのかもしれない。

長い夕暮がはじまった。どこかで自動小銃がエンジンのようにうなっている。やがて、悲しげな調子の軍歌が近づいてきた。高いすみきった声で一人が歌うと、あとを合唱がつづける。まるで音楽会のようだと思う。しかし、占領しにきたロシヤ兵なのだと気づいて狼狽した。心だけが穴をさがす鼠のように走りまわり、体はすくんで動けなくなった。

最初に一台の蟹のような感じの軍用自動車が到着した。アレクサンドロフと三人の下士官がおり立った。つづいて小型の貨車ほどもある鋼鉄の水陸両用車が通信機具を満載して、やってきた。それから裸馬に乗った黒い眼のモンゴルの兵士たちが、曲乗師のようにしなやかな動作で乗りつけた。兵士の数は四人だが、馬はぜんぶで十一頭である。日本軍から徴用した馬にちがいない。しかし馬たちはもう彼らの影のように馴れ従っている。最後に、重々しく靴音をひびかせて、ロシヤ兵士の群が到着した。着くとすぐ門柱に大きな赤旗をなびかせ、庭にアンテナの鉄塔をうちたて、玄関の上のむき出しの赤レンガの上に、大きな赤い星をうちつけた。

久三たちのことは、案じたよりも簡単だった。若い軍医が呼びよせられた。軍医は簡単に傷口をしらべ、脈にふれ、瞳孔をのぞいてみたあと、なにか久三に質問してきた。

「ロシヤ語は分らない。」と久三は下手な英語で答えた。

しかしそれでも英語だということは通じたらしく、アレクサンドロフが通訳を買ってでた。さいわい、久三と同じ程度の出来だった。そしてこのことは、あとで久三の立場を幾分有利にするのに役立ったようである。

「小便はでるか？……」

そういえば、昨夜から一度もしていない。こころみに母にたずねてみた。「小便、したくないかってさ。」

母はぼんやり薄目をあけて、ゆっくり首を左右にふった。そのとき久三は、母の顔が変りはててしまっていることに気づいた。なにか言おうとするらしいが、喉をごろごろいわせるだけで、声にはならない。軍医が懐中電燈でてらしながら、彼女の顔に指を圧しつけた。指をはなすと、あとにぽっかり窪みが残った。

ロシヤ人たちは二言三言、なにか相談してから、二人をそのままにして出ていった。

やがて、建物全体をゆるがせていた嵐のような靴音も静まり、窓からほうりだしたがらくたを集めて、庭で焚火がはじまった。誰かがアコーデオンをひきはじめた。べつの誰かがそれに合わせて歌いだした。

アレクサンドロフが一人の兵隊に、黒パンとスープの大きなアルミ皿をはこばせながら戻ってきた。その兵隊はプンシャというモンゴル兵で、日本人とそっくりな顔つきをしているのだ。珍らしそうに久三をみて、満足そうに笑いだした。アレクサンドロフは久三が食べおえるまで、じっと見つめていた。

アレクサンドロフが出ていくと、入れちがいにまたプンシャがやってきた。久三の腕時計を指さし、手まねをしながら、よこせ《ダワイ》、よこせ《ダワイ》、とくりかえす。久三が首を横にふると、いきなり肩の自動小銃をはずしてつきつけてきた。かわりにシャープ・ペンシルを差出すと、ひょいと二本の指ではさんで自分のポケットにおとしこみ、照れくさそうに笑いながら空き皿を受取って、もう一度うらやましげに久三の手首をにらんで帰っていった。

久三は急いで時計をはずし、ポケットにかくした。

母が唇をとがらせて、喉の奥で笛のような音をたてた。久三ははじめ彼女がふざけたのかと思ったが、そうではなかった。母は意識を失い呼吸困難におちいっているのだった。それから二時間ほどして息をひきとった。

暑いさかりなので、ながくはそのままにしておけない。アレクサンドロフがプンシャを手伝いによこしてくれた。ふとんごと即製の担架にのせて、地平線だけがいつまでも明るい白夜の中を、二人で河岸の砂丘まではこんでいった。灌木の根もとを掘っていると、恐ろしい犬のうなり声がした。つづいて銃をかまえた二人の巡視兵が近づいてきた。プンシャが事情を説明すると、二人はタバコに火をつけながら、しばらく久三の仕事ぶりを眺めていた。これでいいだろうか、というふうに久三が振向くと、プンシャは舌打ちして久三のシャベルをとりあげ、どんどん自分で掘りはじめた。巡視兵は笑いながら立去った。

母を担架からおろして、ふとんと一緒に穴の底に入れた。プンシャがポケットから瓶をとりだし、中の液体を数滴たらした。アルコールのにおいがした。土をかけはじめる。自分が埋められているようで、気味が悪かった。涙がでてきたが、それほど悲しくはなかった。

埋めおわるとモンゴル兵は塩壺をとりだし、墓の頭のところに、指の高さほどの塩の塔を立てた。帰る道々、久三は次第に高く声をあげて泣きながら、なぜこんなに声がでるのか、自分でも分らなかった。しかし、ポケットのうえから、しっかり時計をおさえておくことだけは忘れなかった。

戻ってくると、二列に並んだ窓々に、ランプの灯がともり、洗濯物が干してあった。部屋の配分もおわり、落着いた模様である。歌声はまだつづいていた。

翌朝、プンシャがさそいにきた。河のほうを指さし、墓にいってみようといっているらしい。昼の光でみると、なかなか愛嬌のある善良そうな顔をしていた。途中でどこかの庭に咲いていたグラジオラスの花をつみとった。しかし砂丘にたどりついたときには、もうしおれていた。

塩の塔は夜露にぬれて、消えうせていた。するとモンゴル兵はそれを見て、満足そうにうなずき、空をさしてなにか言った。天にのぼったという意味らしかった。

すぐその足で河岸の倉庫をたずねてみた。ところがそこにもすでに赤旗がひるがえり、ソヴェト兵の歩哨が立っているのだ。幌のついたトラックがついて、中から負傷者をのせた担架がはこび出された。野戦病院にでもなっているのだろうか。あたりはしんとして人の気配もない。急いであとへもどってくると、旧市街に出る橋のところで、荷車をひきリュックをかついで行進してくる汗だらけの日本人の一群に出あった。先頭に赤い小旗をたて、誰もが胸に赤いリボンをつけている。しかし会社の連中ではない。むろん聞いても分るはずがない。ためしに行く先をたずねてみたが長春か哈爾浜《ハルビン》に行くという以外、彼らにもはっきりした確信はないらしいのだ。やりすごして、ふと、見えかくれしながらその後をつけていく十人ばかりの屈強な中国人の男たちに気づいた。しかし声をだすわけにもいかず、黙って見送るよりほかはない。ふいに重々しい砲声が数発、つづけさまに地面をゆるがせた。

久三はあわてて寮に駆けもどると、リュックにつまるだけの荷物をつめて、外に飛び出した。日本人をさがして町じゅうをたずねまわった。半日走りまわったが、八百六十五人の日本人はどこに行ったのか、もうすっかり消えてしまっていた。まるで干潟の後の溜りのように、彼だけが取残されているのだった。恐怖と疲労にうちのめされ、道端の塀によりかかっていると、数人の中国人の青年がやってきて無言のまま彼をおしのけ、彼がよりかかっていたあとに一枚のビラを貼りつけた。

《東北人的東北(東北人のための東北)》

しかし、もう場所をかえる気力もなく、そのビラと並んで、白く乾いた道をじっと見つめながら、いつまでもぼんやり立ちつくしていた。そのあいだにも、戦車や兵士を満載したトラックの群が次から次へと通りすぎていく。その時の光景を、彼はずっと後になってからも、幾度か夢にみたものである。

夕方ちかく、偶然アレクサンドロフ中尉の車がそこを通りかかった。呼びとめて事情を訴え、会社の連中の行方をしらべてほしいとたのんでみた。中尉はそれには答えず、久三の胸の赤いリボンをつまみ、疑わしげにその意味をたずねた。ロシヤの赤だと答えると、薄笑いをうかべてそれをひきむしり、車に乗れと合図をした。

翌日、戦争がおわったことをロシヤ兵におしえられた。彼らは熱狂し、一と晩じゅう歌いあかした。むろん、なぐり合いもすこしはあった。しかし久三の身にはべつに何も変ったことはおきなかった。そのころ、何十万という僻地の日本人が、死と手を握り合いながら、なだれをうって南の都市に絶望的な行進を開始していたのである。しかしこはその絶望さえない、静かな颱風《たいふう》の眼であった。もっともそれから二年と七ヵ月後には、その凄惨《せいさん》な嵐のあとを、そしてまたひとしお激しい嵐の中を、彼自身通りぬけねばならなかったのではあるが……

が、ともかくも今はこうして、そのままアレクサンドロフのもとにとどまることになった。ずっと後になって分ったことだが、あの日中尉は、久三の訴えをかなり誤解してとったらしいのである。久三の母が、北というファシストに財産をうばわれ、そのうえ傷を負わされた、というふうに聞きちがえたらしい。だからむろん北たちの消息はそのまま分らずじまいだった。しかし、この誤解は、彼にとってかならずしも損にはならなかった。

たとえば、アレクサンドロフは冷い我儘《わがまま》な性格の男で、直接久三の面倒をみてくれるというようなことはまずなかったが、それでもその誤解のおとぎ話はよほど気に入ったとみえ、誰彼となく久三をファシストの犠牲者としてかなり感傷的にふれまわったりしたので、しばらくのあいだは一種の人気者あつかいにされていたものである。そしてその人気者であることが、またアレクサンドロフには気に入るらしかった。だから後に一応ロシヤ語が話せるようになってからも、彼はその誤解を訂正しようとはしなかった。

翌年の三月末、あわただしいソヴェト軍の撤退がはじまった。かわって八路軍が進駐してきた。しかしアレクサンドロフは他の十数名といっしょに、通信技術者として残留することになった。幾度か日本に帰りたいという気持をほのめかしてみたが、アレクサンドロフはまるでとりあってくれなかった。「おれたちと一緒にいるのが、なんといったって、幸せなのさ。」と、疑いもなく信じ込んでいるようであった。外にはファシストどもが、歯をむきだして、うろついている。——

（一九四六年）

四・五　米英ソ華四国対日理事会発足

七　渉外局発表、日本人海外未帰還者総数四百三万九千四百四十七名

五・一　国府、重慶から南京に還都

三　極東軍事裁判開廷

七　中共、長春に人民政府樹立

一二　東京世田谷区民、宮城へ米よこせデモ

七・一　米、初の原爆実験ビキニ環礁で施行

一六　第一次吉田内閣成立

八・一九　中共、総動員令を発し、本土総攻撃開始。全日本産業別労働組合結成、労働攻勢たかまる

一一・三　日本国新憲法公布。戦争放棄

一二・三〇　六・三・三制教育体制発表

（一九四七年）

一・三一　マッカーサー、全官公労二・一ストに中止命令

二・二八　台北に大暴動発生、一千名以上の死傷者

四・一　私的独占禁止法公布
六・一　片山内閣成立
七・一八　国府、総動員令公布
　三〇　ニューヨーク株式大暴落
九・一二　中共、総反攻宣言
一二・一四　ソヴェト、通貨十分の一切下げ
（一九四八年）
一・三〇　ガンジー、兇弾《きょうだん》に倒る
二・一〇　シカゴ市場記録的大暴落
三・一〇　芦田内閣成立

だがその二年間に、久三にも、いくらかの変化はあった。異質なものが知らぬまに身近なものにかわっていた。

向うみずな陽気さと孤独、そしてあからさまな欲望と悲しみ……いたるところに生活をみなぎらせて屈しない自由さ……はじめはうとましく思いながらも、いつか親しみやすいものにかわっていたのである。

粗野と単純と退屈の連続であった。しかし夜になると取り残されたものの焦燥が夢になってあらわれた。虫になって地図のうえをさまよう夢や、切符なしに行先のない汽車にのっていく夢などをみた。

7

大きな音がして、体ごとはねとばされた。寒さにしびれて、しばらくは身動きもできない。やがて鼻をさす煤煙のにおい、行き交う固い靴音のひびき、鉄のうなり、蒸気のむせかえる音……やっと貨車の中にかくれていたのだということを、それから前後の事情を思い出す。

しかし今の震動はなにか？　あの固い足音は？（どうもコンクリートのうえを歩いているらしい。プラットホームかもしれない……）するといったい、どれほどの時間がたったのだろう？　痛い足をゆっくりとのばして、のぞき穴にちかづいた。

まず《巴哈林《パハリン》》という標識がみえた。それから駅の黒ずんだ赤い屋根がみえた。がっかりしてしまう。八時三十二分――まだ一時間半しか経っていないのだ。あと三十分、それもおそろしく危険な三十分なのである。

左に改札口が見わたせる。駅員とならんで武装した枯れた芋虫のような八路兵が二人、乗客の顔と証明書をいちいちみくらべていた。乗客の六割までが中国人の一般市民で、体よりも大きい青い木綿のふろしき包みをかついでおり、べつに並ばされて簡単な荷物検査をされていた。あとの半分は詰襟服にバッジや腕章をつけた軍属か役人風の連中、残りが八路軍兵士という組合せである。

貨車に近いほうも、なんとなくあわただしい。ふと標識のすぐうしろの駅長室のドアが開いて、アレクサンドロフと熊と戦慄があらわれた。すぐうしろに駅長と若い八路の将校がいて、しきりになにか話しかけている。アレクサンドロフがうなずき、左手で帽子のつばを引きおろしながら右手で列車のほうを指さした。

久三は自分が指さされたように思って、急いで身をひいた。見破られたのだろうか?! そんなはずはあるまい。彼らには彼らの用事があって来たのだろう。昨夜もそんな話をしていたじゃないか……だが、彼の失踪もすでに分ってしまったことである。逃げたとなれば、まずこの列車をさがすにちがいないのだ。隠れ場所にかたく身をふせ、ふるえながら、襲撃を待つ……

かなりの間があった。危懼《きく》にすぎなかったのかと思いかけたとき、急に荒々しい足音が近づいて、扉がひき開けられた。闇がめくりとられるように光がさしこんだ。

「キューゾー！」とアレクサンドロフが呼んだ。

久三はじっと動かなかった。

「キューゾー……」こんどはずっとおだやかな声になり、もう見つけられてしまったらしい。しかしやはり久三は動かなかった。

アレクサンドロフが貨車の中にはいあがってきた。久三は顔をあげて、おびえた目で相手をみた。

「来い――」と低い声で中尉が腕をさしだした。

久三はその腕をかりずに自分で立上り、よろめいた。よろめいた肘《ひじ》を、中尉のがっしりした指がつかまえた。二人は無言のまま、貨車を出た。熊が手をかしてくれた。戦慄はふるえる腕をさすりながら薄笑いをうかべていた。遠くから、いくつもの眼が、じっと彼を見つめている。

男たちにとりまかれて、駅長室に歩きだす。アレクサンドロフがたずねた。「おれたちと一緒にいるのが、いやなのかね?」久三は黙って首を左右にふった。説明しても分りやしないのだ。

ストーブが音をたてて燃えていた。手足がほてって、むず痒くなった。駅長が一枚の紙きれをとりだした、サインと拇印をもとめた。それがすむと、その下にアレクサンドロフがサインをした。駅長が大きなスタンプを押し、それで手続がおわった。しかし、なんの手続だかは分らない。

アレクサンドロフが、幾枚かの紙幣を駅長にはらい、その紙片をうけとって、久三にわたした。

「特別旅行者証明書です。」とわきにいた八路軍将校が思いがけないあざやかな日本語で説明した。

「この列車は鉄嶺《ティエリン》のすぐ近くまで行きます。瀋陽《シンヤン》市は国民党傀儡《かいらい》軍が占拠しているから、ずっと東側を迂回してください。解放区はこの証明でどこでも通れます。行先は安東《アントン》になっていますがいいですね……傀儡軍にはこの証明をみせないように、注意しなさい。かえって危険かもしれないね……それ以上のことは、行ってみなければ分らない……」

二年ぶりに聞いた日本語である。久三は思わずたずねた。「日本人ですか?」

「朝鮮人です。」と相手は不愛想にこたえた。

アレクサンドロフが手まねで証明書をしまうように合図した。

「お礼を言いなさい。」と八路軍の将校がうながした。

「ありがとう《スパシーボ》。」と久三が小声で言った。

「なあに、気にするな、どこに行ったっていいことはあるよ。」と熊が久三の肩をたたいて笑った。久三はひやりとして肩をすくめた。

（地図のことに気づいているのだろうか？……それから戦慄のナイフのこと、匙のダーニヤのこと……）

外に出るとアレクサンドロフが黙って、一センチほどもある紅色の軍票の束を、久三のポケットにおしこんだ。久三は口ごもり、あいまいな身ぶりで、ただやたらに唾を飲込む。後尾の客車のほうに歩きだしながら、戦慄がそっと一袋のひまわりの種を差出した。

「こいつは、復讐があきらめきれないんだ、日本人だからな。」とアレクサンドロフが沈んだ声で言った。

「まあ、いろんなことがあるものさ。」と熊が首をふりながら気軽に言った。「とにかく、うまく行きついてくれればいいがな……」

戦慄はつぎつぎとひまわりの種をかみ、あたりかまわずはきちらしながら、二、三歩おくれてついてきた。

「あと三分で発車だよ。」と急ぎ足にすれちがいざま駅員が言った。機関車が全身をふるわせて息づいた。

「まあいいさ。」とアレクサンドロフが客車のほうへ久三を押しやった。

久三はちょっとためらったが、すぐに駆けだしていた。駆けだしながら、半ばふりむいて、やっと聞きとれるくらいの小声で言った。

「ありがとう《スパシーボ》！」

どっちの車輛ももう満員だった。風が吹きとおしなのをきらって、最後尾のデッキのところにまだ幾分余裕があった。首をまわすと、肩ごしに、アレクサンドロフたちが改札を出ていく後ろ姿がみえた。便所のわきに場所をとって、床にすわりこんだ。むきだしのデッキに警備兵が一人うしろ向きに立っている。その股のあいだをとおして、錆びたレールがどこまでもつづいていた。右手に製粉工場の貯蔵タンクが半分のぞいている。左側は見わたすかぎり白く凍ったゆるやかな丘陵の海である。波間に一本アカシヤの大木がそびえ、その下に黒い箱のような農家の壁がみえていた。

呼子が鳴った。連結器が音をたてて咬み合い、ゆっくりと車輪がまわりだした。

見送り人や駅員たちが熱狂的に手をふっている。それを見て、この列車がこの線を南下する最初の長距離列車だったことを思い出した。人々に見守られているということは、それだけ安全の保証だろう。やがてプラットホームがよごれた一枚の紙片《かみき》れのように遠ざかる。巴哈林《パハリン》の町がみるみる地面のうねりの中に沈んでゆく。黒いしみになり、ガスタンクとパルプ工場の煙突だけが残った。

久三は、まるでそうする義務があるかのように、逃げ去っていく風景をいつまでも眺めつづけた。たしかに半分は、過去に対する教えこまれた因習的情緒である。しかし残りの半分は、その情緒のもとになった二十年間をもぎとられる肉体的な痛みであった。だが、時速五十キロで近づく未来への期待と不安で差し引きすれば、それも大したことではない。

久三の反対側にいた、まぶたに目脂《めやに》をつみあげた綿入れの老人がタバコに火をつけると、まわりの者があわててタバコをとりだしその火を借りた。デッキの仲間は久三を入れて全部で八人である。久三とならんでドアの前に病身らしい老婆とその附添の青年。通路ぎわには、トランクに腰掛けた商人らしい猫背の中年男と、額をそぎ落したように顔の下半分が出張っている六尺ゆたかの大男。それから水の出ない壊れた洗面所を、鼻がつぶれて唇が厚く、のっぺり顔で詰襟服の三十男が占領している。兵隊帽を改造したような妙な帽子をかぶり、胸にバッジをつけているところをみると、軍属かあるいはそれに近いなにかなのだろう。

寒さが身にしみてきた。警備兵も身ぶるいして、切りとられた通路の口をはなれ、ぶつぶつ言いながら目脂老人の前にしゃがみこんだ。ほとんど久三と同じくらいの年頃の若い兵隊だ。老人がタバコをすすめると、手をあげてことわった。唇がまっ青になっている。

順調にいっても目的地まで十五時間はかかる予定である。長期の体制をととのえなければならない。毛布をほどいて、中のふろしき包をべつにした。わきからつっこんだままにしておいた匙のダーニヤがころげ落ち、あわてて包の中におしもどした。（どうも誰かに見られてしまったような気がする。）毛布の一部を尻の下に敷きこみ、残りを頭からかぶって、包を膝にかかえる。ナイフの柄が胸につっかえるので、すこし脇によせなければならなかった。

ポケットから、ひまわりの種を一と摑み、警備兵に差出すと、よろこんで受取った。久三も嚙みはじめる。草の味がする。すこしもうまくはないが、退屈しのぎには実にいいものだ。病人の女が、いかにも固そうな黒い蒸饅頭をしゃぶりだした。猫背がなにか揚げ物に、音をたてて顔じゅうで嚙みつきはじめた。久三は水を一と口飲んで、目を閉じた。重い石の帽子を鼻まですっぽりかぶってしまったような感じだ。しかし、なかなか眠れそうにならなかった。

毛布の中で、そっとアレクサンドロフからもらった札束を勘定してみた。きっかり一万円あった。

通路のドアが開き、誰かが便所に来た。久三は直接邪魔にはならなかったが、猫背の荷物が便所の扉をおさえており、荷物をずらすためには久三が立上らなければならないのだ。誰かが久三の毛布をちょっと引張った。そのはずみに毛布が脱げ落ちた。あわてて札束をかくす。(畜生! また誰かに見られたかもしれない……)

警備兵が立上って、その荷物を久三の腰掛にするか、あるいは猫背が久三と位置をかえるべきであることを提案した。そうしなければ、誰かが便所に出入りするたびに、久三が席をたたなければならないわけである。むろん猫背がすぐに反対した。この場所は自分がとった場所だし、体が弱いから風当りの強いところは厭だ。また荷物は壊れ物だから、上に乗られたりしては困る……言い合いになりかけたとき、洗面所の男が間に入って、久三に場所を提供することを申し出た。男が洗面台の上に坐るから、久三は下に席をとればいいというのだ。猫背はしまったというふうに久三と男とを見くらべた。たしかにそこはデッキの特等席である。警備兵は自分のことのように満足して男にうなずいてみせた。

しかし久三ははじめどうしてもその男に気を許せないものを感じて厭だった。変に動きの早い、さぐるような眼つきが気にかかるのだ。男は席をととのえるとすぐ眼鏡をかけて本を読みはじめた。それをみると久三は、こんどは急にまた安心してしまった。ありふれた黒枠の眼鏡をかけると、男の顔はまるで学校の先生のようにみえるのだ。それに中国人でこんなときにも本を読めるという人は、よほど偉い人にちがいあるまい。久三はこの二年間、一冊の本も読んでいなかった。紙の値段があがったので、引越のときにほとんど全部を売払ってしまった。残ったのは学生版の粗末な世界地図と、《世界発明物語》の二冊だけだったが、発明物語のほうは二回以上くりかえして読むことができず、すぐストーブにくべてしまった。それで彼は本や本を読むことに一種の飢えを感じていたのである。

なに気なく、男の読んでいる本の背表紙をのぞきこもうとすると、向うから久三のまえに差出した。《東海道仇討道中》と書いてある。はっとして顔をあげると、男は眼鏡をはずして薄笑をうかべた。左側が義眼だった。

「日本人だな。そうだろうと思っていた。」と外のほうに目をくばりながら低い乾いた声でささやいた。いかにも軽い日本語だった。あらためて見なおすと、男の顔に日本人の輪廓が浮び出る。

「あんたもですか?」と久三もついつられて囁《ささや》き声になった。

「いや、おれは中国人だがね。」と赤地の襟バッジをたたいてみせ、「通信工作員だから、いろんな言葉を話せるよ。日本語、朝鮮語、北京語、福建語、これだけはまあ区別なしにつかえるね。それに蒙古語とロシヤ語もまあまあというところだな。しかし、あんまり大きな声で日本語をつかわんがいいよ。いまは抗日反帝だからな。」

「秘密警察みたいなものですか?」

「誰が?……おれがかい?……冗談じゃない、つまり新聞記者みたいなものさ。」

「でも日本語、すごくうまいなあ。」

「おふくろが、日本人だったからな。」

「じゃあ、半分は日本人なんですね。」と久三は毛布の中で両手をもみ合せた。

「まあそうだ。しかし名前は汪木枕だからね。君はなんていうんだ?」

「久木久三、ひさしい木のひさしい三です。」

「変った名前じゃないか。」汪はふいに音をたてて本を閉じ、「寝よう《スイジアオバ》。」と中国語で言って横をむいてしまった。

久三は不安が体の一角から融けはじめたような、心持よい脱力感にひたりはじめる。この汪という男はいったいどこまで行くのだろう。むろん八路の新聞記者だろうから、うまくいくと安東くらいまで行くんじゃないかな……いや、北朝鮮にだって行く可能性がないとは言えない。北朝鮮にはまだルスキイの軍隊がいるはずだ……汪の目がさめたら、すぐに聞いてみなくちゃ……しかし《東海道仇討道中》とはおどろいたな……いま、何時だろう?……

ちょうど十一時三十三分だった。しかしそれをたしかめるのを待たず、久三はすでに眠りにおちてしまっていた。

8

錆びたレールのうえを、十二輛連結の貨客車が、白い蒸気をはきだし、あえぎながら、時速五十キロの速度でのろのろと走っていく。あたりは一面、雪と氷に閉ざされた、見わたすかぎりの大草原である。十分走っても、一時間走っても、十時間走っても、風景にはなんの変化もおきないのだ。

ここはハンガリアから中央アジアの高原を横切ってつづく湿帯草原の東の端であり、タクラマカンとゴビの砂漠で切断された黒土地帯がその東端でふたたび姿をあらわす場所でもある。

一メートルをこえる茎の太い雑草が、厚く密生し、その上にうすくつもった雪と氷をささえているが、風におされてもちこたえられず内側に折れこんでしまうところもあった。近くで見ると洞穴《ほらあな》のようであり、すこし離れてみればあばた面になり、さらに遠ざかれば海の波頭になる。けだものは、その下をくぐって走る。

昼ごろから、雲がうすらぎ、陽がさしはじめた。すると地面が輝き、空はかえってどす黒くなってしまった。

一時間か一時間半おきに、小さな村や部落を通過する。しかしこの列車は長春に向う線の分岐点である白城《パイチョン》までは無停車なのだ。時折、汽車の叫びが鴉《からす》の群をおびやかした。線路は鴉たちのいい猟場だ。雪の草原を歩くことのできない動物、人間や馬や犬が線路の上を歩き、それが雪の草原を自由に歩きまわれるけだもの、飢えやこごえや狼や野鼠どもにおそわれれば、それが鴉の餌になる。もっとも、ふだんより、鴉の数が少々多すぎたような気もする。ときには数千羽の黒い渦が、ほとんど空の半分を覆いつくし、そういうときは機関士が警笛をならして徐行しなければならなかった。

汽車はひたすら走りつづけた。

目にも見えず、体にも感じられない、ただ水だけが感知する草原の分水嶺のふもとにさしかかるころ、陽が沈みはじめ、はるか西のほうに、大興安嶺《だいこうあんれい》の森林が赤くふちどられて、青い棚のように浮び上った。

はるか遠くで、むち打つひびきが、小刻みに鳴りつづける。地面が凍り、雪が凍り、氷までが凍りはじめているのである。その寒さに久三は一度目をさました。目をさますと同時に汪木枕が寝返りをうった。久三は乾パンを一と握りゆっくりと嚙みしめ、中から金平糖を一つさがしだしてなめ、それからチーズを一片、皮ごとかじった。最後に大人なみにウォトカを一口つけくわえることも忘れなかった。しばらく汪が起きるのを待ってみたが、いつかまた眠ってしまっていた。

夜がきて、気温がさらに下ると、蒸気の圧力も下って、速度もおとろえだした。機関助士はいつもの二倍の速度で投炭作業をつづけなければ、ならなかった。

八時十三分前――機関士はじっと右手の暗闇を見つめていた。司令部からの報告で、いま一番の危険地帯を通過中であることを彼は知っていた。ここが例の十二号鉄橋地区なのである。興安嶺の森林が腕のようにのびて真近までせまり、スンガリーの上流が幾本にも分れ線路を横切ってその中に消えている。

そのとき、線路と森のちょうど中間あたりで、黒くうごめく物影があった。むろん機関士には見えはしない。見えたとしても、さまよい出た狼だとでも思ったことだろう。狼が森から出るのはこの辺では普通のことだった。森の中より、しばしば線路の近くに獲物が多かった。

しかし次の瞬間、機関士は見た。暗闇の中に二、三度赤い火がちらつき、それから澄《だいだい》色《いろ》の狼火《のろし》が高く火花の柱をふきあげるのを。目がくらむのを恐れて、帽子のひさしをさげ、ブレーキをひいた。ひきながら、もう一度目をあげると、ふたたびかえった闇の中に、こんどははっきり懐中電燈の光が、一定の合図をくりかえしていた。三度光り、間隙をおいて二度光り、また三度光って、二度光る……

機関士は非常ブレーキをかけ、たてつづけに警笛を鳴らした。列車は叫び、歯ぎしりして停った。警笛はなおもしばらく鳴りつづけ、闇の中の合図はさらに長くつづいていた。

不意に目をさまされた乗客たちは、倒れた体を起しながら、血の気のうせた顔を見合せて、声もなく耳をそばだてる。窓の氷をかきおとして、幾人かがはっきりと懐中電燈の合図を見た。久三は俯伏せに、洗面台の脚にしたたか額をうちつけてしまった。もし帽子をかぶっていなかったら、多少の傷はまぬがれなかったにちがいない。汪はどこか一点にじっと目をすえ、中腰になって、あたりの気配をうかがっている。その落着いた様子は、いま急に目を覚ましたのではなさそうだった。

前の車輛に乗っていた輸送指揮官と数名の兵士とが、すかさず飛び降りて機関車のほうへ走りだした。同時に機関士と助士の二人もこちらへ駆出してきていた。トラックを積んである無蓋車のところで出合った。

「どうした！」と指揮官が叫んだ。

「見ましたか？」と助士がふるえ声でたずねた。機関士はただ荒く息をはずませている。

「信号は見た。」と指揮官がうなずいた。

「すぐに引返さなければなりません。」と助士がせきこむ。「三、二、三、二の合図です。危険がせまっています。」

「あわてることはない、部隊が同乗しているんじゃないか……それにあの信号地点はここから一キロくらいのものだな。伝令がくるまで待ってみよう。」

「来るか来ないか、そんなこと分りはしませんよ。向うにどんな事情があるやら……」

「それにしても君たちは、すこし余分に汽笛を鳴らしすぎたようだね。」

助士は黙った。指揮官が振向いて部下に命じた。

「一、二、三分隊はただちに戦闘位置につけ。四、五分隊は荷下し作業。それから君は三分隊の兵二名をつれて斥候《せっこう》に出てほしい。」

部下たちが駆去った。

「すぐ戻らなけりゃなりません！」

と助士がくりかえした。

指揮官は黙って踵《きびす》をかえし、客車に戻って一般乗客に呼びかけた。

「皆さん、不慮の事態がおこりました。列車はただちに引返さなければなりません。部隊はここから目的地を変えて長春に向いますが、引返すことを希望のものはこのまま残っていて下さい。長春に行くことを望むものは、われわれと一緒に来て下さい。四時間歩けばまた汽車に乗れます。以上、司令部からの申し伝えです。」

誰もがすぐには決めかねた。二年間待ちに待った出発だったのである。一時大混乱におちいった。頭をかかえてしゃがみこむものもいた。しかし結局、一人が意を決して外に出ると、つづいて一人、また一人と、結局体の弱いものを除いた大部分が長春行きに変更することになった。長春に出れば、そこから先はまたなんとかなるだろう……

久三も降りるつもりだった。いまは証明書もあるのだし、金もある。本線でいこうと支線で行こうと、久三にとっては同じことなのだ。いそいで毛布をひろげ、縄でしばって荷物をつくりなおすと、うながすように汪をみた。

汪は、「まあ待て。」というふうにうなずいて久三を制し、身じろぎもせずに洗面台にあぐらをかいたまま、先を争って駆け出していく乗客たちを冷やかに見送っている。久三は汪を指導者たちの一人だと見ていたから、その落着きをべつに怪しみもしなかった。

部隊はすでに配置についていた。しかし荷下し作業は難渋をきわめている。トラックがこの部隊の第一の生命なのだが、足場がないのでうまくおろせないのだ。人間がかつぐよりほかなかった。二十人が貨車の下に背をこごめ、おし出してくるトラックの重さにじっと耐えている。

「出発しなけりゃなりません!」と助士が叫んで繰返した。機関士は運転台に戻ってしまったらしくてもうここにはいなかった。

「こういう場合にそなえて、足場を用意しなかったのは、君たち駅手の怠慢だ!」と指揮官も黙ってはいない。

「それは機関車乗務員の責任じゃない。」

「そんなら黙っていなさい。」

「われわれは司令部の命令を受けているんですからね。この貨車には絶対に敵の手に渡せない重要物資が乗っているんだ。ソヴェト関係の依頼なんですよ。だからこそ、あして先遣隊までだして、この列車を保護しようとしているんじゃないですか。とにかく三、二、三、二の信号をみたら、なにをおいてもすぐ帰るのが……」

「われわれだって司令部の命令をうけている。三、二、三、二の信号をうけとったら、ただちに積荷を下ろして、部隊をととのえなけりゃならんのだ。それに、私はすこし納得がいかんのだがね。なぜ伝令が来ないんだ! それに君はすこし一人でしゃべりすぎるんじゃないのかね。君は助士だろう。私は、あの信号命令は、機関士だけが受けていると聞いていたんだが……」

「じゃあ、機関士と話したらいいでしょう。機関車の中じゃぼくが助士だが、組合に戻ればぼくが副委員長で上なんだからね。まあ、いま呼んできてあげますから、とっくと話してみて下さい！」

助士はすっかりのぼせ上った様子で、跳ねるような足どりで機関車のほうへ駆出していった。

乗客たちがトラックの荷下ろしを手つだいはじめた。一台目がすでに半分がた引出されている。残りの人数が二台目に手をかけている。

最後の一人の後を追って久三が出ようとすると、汪が手をのばして久三の肩をつかんだ。

「あわてることはないって、おれに委《まか》せておけ……」

その語気が妙なので、最初の予感が当ったように思い、はっとした。汪は強く久三の肩をおさえたまま、じっと外の様子をうかがっている。

助士が運転台に戻ると、機関士は罐の前にじっと頭をかかえこんでいた。助士ががたがたふるえながら言った。

「準備しろよ、もうじきだぞ！」

「本当にやるのか……？」と機関士がうめいた。

「当りまえさ。」と助士が罐の蓋を開けた。

機関士もふるえながら立上った。汗をぬぐいながら、「風邪をひきそうだ。」と呟《つぶや》いた。とつぜんあたりが白昼のように明るく照らし出された。照明弾が上ったのだ。同時に四方から激しい銃声がおこった。擲弾筒《てきだんとう》が炸裂した。

機関車が蒸気をはいた。合図もなしに、急に車輪が逆転しはじめた。

久三が汪の手をふりきって駆出そうとする、汪は身軽に久三のまえにとびおりて、いつの間にか右手に握った拳銃を腹のあたりにつきつけながら、しかしいままでどおりの穏やかな声で言った。

「悪いようにはせんて……このままじっとしてりゃいいんだよ……」

ほとんど下りかけていたトラックが、ゆっくり、しかし抗しがたい力で右に廻転し、人々の肩をねじまげながら、転倒した。叫び声がおこり、何人かがその下敷になった。二台目のトラックは、一人の兵士と三人の旅客をはねとばし、百メートルほどいったところで頭から裏返しに落ちた。

一人の兵士が振向いて機関車をねらった。輸送指揮官は疑わしげな固い表情でそれをおしとどめた。

列車は久三と、汪と、それに女や老人や体の弱いものだけをのせて、次第にスピードをあげながら後退していった。しかし誰もそのことにながくは気をつかっていられなかった。ふたたび照明弾があがり、闇から撃ちこんでくる銃声がいっそう激しくなった。乗客たちはふるえながら地面にはいつくばった。氷に顔をおしつけた。

むろんこちらの兵士たちもよく反撃した。しかし事態がつかめていないだけに不利だった。向うの射撃があまり正確でないことだけが、幸運といえば幸運だったろう。それでも擲弾筒には、かなりの被害をうけたようだった。

久三はあきらめ、言われるままになっていた。汪は笑った。「心配するな、悪いようにはならんのだから……」しかしその笑いは緊張に固くこわばっている。たえず生唾をのみこみ、ほとんど空になった車輛の中を、むやみに歩きまわっていた。ずいぶん長い時間のようでもあったし、ほんのついさっきのことだったようにも思われた。だが正確には十二分と三十秒たっていたのだ。

三発目の照明弾があがった。銃声はいっそうの激しさを加えた。しかしなぜかますます盲ら撃ちになるようである。指揮官がそのことに疑問をもち、事態をたしかめようと、思いきって立上ったとき、彼は信じがたい音を耳にしてどきりとした。風にのって、列車の音が近づいてくるのだ……また戻ってきたのか、しかし、何しに?!

列車が急停車し、ふたたび南下しはじめたとき久三は呆れてしばらくは口もきけなかった。ところが汪は反対に興奮しきって、ピストルを振廻しながら、ほとんど休みなく喋りつづける。ざまみろ……やれよ、やれよ……ええい、くそ……でっかい勝負だ……やっちまえ……おい小僧、うまくいってるじゃないか、ええ？　ちくしょう、もっと走りやがれ！……

運転台では助士が機関士に拳銃をつきつけていた。機関士は声をあげて泣きながら仕事をしていた。汽車はぐんぐんスピードをあげていった。

汪は久三をまた洗面台につれこみ、こんどは二人並んで床に低く身をふせるように言った。久三の腕を痛いほどきつく摑んで、目をむき、唇の端から唾液を流しはじめる。車内の明りが消えた。

「汽車が戻ってきたぞ！」と誰かが叫んだ。

銃声はますますはげしくなり、同時にますます不正確になった。いつか擲弾筒の射撃もやんでいた。

汽車は近づいてくる。しかし一向に速度を落す気配はない。

とっさに指揮官は事態を理解していた。ぜんぶがぐるの仕事なんだ。列車を敵の手に渡そうという計画だったのだ。すかさず新しい命令を下していた。

線路のふちに横倒しになっているトラックを、線路の上にはこびあげようというのである。射撃隊をすこしだけ残して、全員がその仕事にかかることになった。死傷者の数を指揮官がたずねた。死者八名、負傷二十一名という返事だった。

列車のひびきが痛いように伝わってくる。車輪と線路がふれ合ってとばす火花が、遠い街の灯のようにきらめいていた。

「いいか、しっかりつかまって、足でこう突っ張っているんだ！」と汪がわめいた。

二人は固くだき合って、両足を壁に、進行方向におしつけ、目をとじた。

第二章　旗

9

列車は、ヘッドライトを消していたが、それでも暗闇の中に、カマの両側の小さなのぞき窓の光が、ぼんやり見えるほどに近づいてきていた。路盤がふるえ、レールが鳴りひびいた。

輸送指揮官は、兵士たちにトラックで線路をふさぐように命じたものの、列車を敵の手にわたすべきか鉄道を破壊すべきか、はっきりした確信があったわけではない。そうかといって思いためらう余裕もなく、言いようのない苦悩に身をくだかれながら、ただ一気に駆けぬけるような思いで、列車にむかって懐中電燈の合図をしつづけるのだ。しかし列車はなんの反応もみせなかった。

射撃は遠まきに、いぜんとしてつづいていたが、完全なめくら撃ちでもう気にかける必要はなく、兵士たちはトラックを押し上げることに専念する。ふと車台の腹が、堤防の角にかかって、後車輪が浮き、動かなくなる。四、五人が下にもぐって凍りついた堤防の土を砕きはじめた。

機関車が火の粉をふいた。さらに速力をあげた。

指揮官は急いで懐中電燈をしまい、号令とも悲鳴ともつかぬ叫び声をあげると、ぎっしり肩をならべた兵隊たちのあいだに割込んで、自分もその咬みつくような掛声の仲間入りをした。ポケットの布地をすかして、消し忘れた明りがぼんやり光っている。

トラックが急に動いた。斜めにすべって、左前車輪がレールを越した。

「逃げろ！」と指揮官が叫ぶ。

と同時に、その上にかぶさるように、機関車の頭がすさまじい音をたてて乗り上げてきていた。トラックの中にくいこんで、二つにへしまげた。逃げおくれた二人の兵士が、地面に叩きつけられた。

機関車はゆっくりと尻をもたげながら、トラックを引きずったまま金切声をあげて二十メートルほど走り、右にねじれ、立ちどまると、急に左側にころげ落ちて凍った地面をかきむしり、ものすごい音をたてて蒸気を吹きあげた。

ふりちぎられた次の貨車が、頭を右によじって、レールの上に直角に横倒しになる。さらに次のが、その上に、こんどは左にふれて乗り上げる。列車は吠えながら、次々にぶっつかり合い、ジグザグに線路からはみだして、停った。急にひっそりと静まりかえる。そのあとに、空転する車輪の音が、いつまでもカラカラと鳴りひびいた。幾つものうめき声が聞えはじめる。客車の中からも、弱々しく救いをもとめる声がした。

久三は衝撃で気を失っていた。しかし最後尾だったのと、あらかじめ身構えしていたこととでほとんどけがはなかった。ガラスの破片で手の指に小さな傷をつくっただけだ。手袋の先に黒いしみができていた。汪は顔をしかめて起上り、落ちたピストルをつかもうとして、あわてて手をひっこめた。左手首に焼けるような痛みを感じたのである。足で引きよせてから、右手でひろった。体がすこしふらついた。

ふいに明るくなる。四輛目の貨車が燃えはじめたのだ。最初はあざやかなオレンジ色の焔《ほのお》だったのが、緑色にかわり、それから空気を引裂くような音をたてて車輛全体が焔の渦にまきこまれる。

「おい、坊主、逃げるんだ!」と汪が言った。しかし久三は動かなかった。「しっかりしろ、おい……」とのしかかるように繰返したが、久三はやはり動かない。汪はピストルを痛む左手に持ちかえて、久三の頬を平手で交互に力まかせに打ちはじめた。

兵士たちの体勢は完全にくずれ去っている。持ち場を見失ったまま、思い思いの姿勢で、燃えさかる火に気をうばわれていた。すこしはなれたところに、荷物を中心にして乗客たちが、こごえた顔で一と塊になっていた。そのそばに、数人の負傷者がうずくまり、あるいはよこたわっている。堤防のわきにも、幾人かの怪我人が倒れているようだ。もしかすると、それは怪我人ではなくて、死人かもしれなかった。

危険を感じた指揮官が、命令を下そうとして振向いた瞬間、飛んできた弾に上顎を砕かれて、倒れた。それを合図に、また一斉射撃がはじまった。こんどはまえとちがって、ひどく狙いが正確である。たちまち何人かが傷つき、こちらの兵士たちもすぐその場に伏せて応戦したが、押され気味だった。かわって命令をとることになった副官は、まず残っているトラックの整備を命じた。二台だけはどうにか動きそうだ。それに負傷者と一般乗客を分乗させ、兵を五名ずつつけて雪原をまっすぐ東に横切り、郭爾羅斯前旗《コルロスチエンチ》の駅に向わせることにした。

「くそ、しっかりしろよ、すぐに逃げるんだってば!」ぼんやり目を開らいた久三に汪が怒鳴った。「逃げるんだよ、早くしろ!」胸ぐらをつかんでゆすぶり、ふと調子をかえてせわしげにたずねる。「おまえ、ロスケの証明書を持っていたな?」久三は黙ってただ汪の顔を見返した。「分っているさ、見ていたんだ!」汪は押しのけるように言って、ピストルをむりやり久三のポケットにねじこんだ。二人は床にはりついたまま、からみ合うようにして荷物をひきずり、デッキから外に匐《は》いだした。

乗客たちは我れ先にトラックの側板にしがみつき、場所をとろうとしていがみあう。ちょうどそのまん中に、一発の擲弾筒の弾が命中した。トラックは火をふき、人々は倒れ、叫び、つづいてもう一台のトラックにも燃えうつった。射撃はますます猛威をふるう。姿はみえないが、敵がもうかなりのところまで接近しているのが感じとられた。副官は気づいていた。機会をみて、草原の中に突破口をみつけるよりほかにもう方法はないことを。それまではただ、この恐怖の時間を耐えぬくだけのことである。兵士を信じるよりほかにすることはない。振向くと、倒れている指揮官のポケットがぼんやり光って見えた。手を入れて、消してやった。顔の下半分に、ふき出した血が凍りついて、食べよごした子供の顔のようにみえる。トラックの火が消え、貨車の火も燃えつき、あたりはふたたび闇にとざされた。副官は急いで立上った。

久三と汪は列車の下にもぐりこみ、身をふせたまま、しばらくじっと様子をうかがうことにした。部隊が後退しながら、草原の中に移動しはじめた。久三は狼狽して、思わず駆出しそうになる。

「馬鹿！」と汪がその荷物をつかんで引戻した。「死にたいのか！」

すぐそばを小銃の弾がかすめてとんだ。久三はなにか言おうとしたが、歯がカチカチ鳴るだけで、うまく言葉にはならない。しかしただおびえていたわけではなかった。彼は彼なりに、一応の情況判断はしていたのだ。どうやら南の占領者のほうが優勢らしい。そしてこの汪という男は、むろんあまり気を許せそうではないが、ともかくその南の力と気脈を通じているらしい様子だし、失敗したとはいえ、その機会と可能性をにぎっていたことは確かなのである。久三にとって、味方とは、要するに南への道を開いてくれるものにほかならなかった。

レールに弾が当って火花がちった。それから、次第に射ち合いの中心が東にうつり、こちらのほうにはもう弾がとんでこなくなった。

「どうするんです?」そう言って、口のまわりの感覚がにぶくなっているのに気づき、久三は手のひらで唇の上を痒くなるまでこすりまわした。そういえば、眼も、大きくは開けないほどこごえてしまっている。

「待つんだよ。」といった汪の声もこごえていて、ワズンラヨというふうに聞えた。

「何を……?」

「仲間をさ……」

一台の飛行機が、西北の空から近づいてきた。するとどちらからともなく、射ち合いがやんだ。飛行機は通りすぎ、また戻ってきて、鋭い金属的な音をたてながら急降下し、重い爆音を残して飛び去った。

「ソ連機だな。」と汪がかすれ声で言った。

かなりのあいだ、戦闘は中止したままだった。負傷者のうめき声が、まるでけだものの呼び声のようである。こごえると、痛みは薄らぐものなのだが、血がすくなくなり、動けなくなったものは、大声をあげて体を暖めでもしなければ、すぐに凍ってしまうのだろう。頭の上の客車の中から、二、三度、喉の太い鳥のような声がした。赤ん坊かもしれない。風がではじめていた。

ふいにまた、射ち合いがはじまる。戦場は遠のき、ずっと向うで、両軍は接近したらしい。喊声《かんせい》があがり、手榴弾が炸裂した。闘いは二十分ほどつづき、それから射ち合いがまばらになり、どうやら終りにちかづいた模様である。

「どっちが勝ったかな?」と久三が呟くように言ってみた。

汪はじっと暗闇の中を見つめたまま答えなかった。

銃声はまだしばらく続いていたが、一発々々のあいだにひどく間があり、どういう形勢なのかまるでつかめない。

「やりきれんな、むこうへ行こう……」と汪が手さぐりで久三の腰をつき、堤防の西側へはいだしていった。「まるで十二月の寒さだよ、零下四十五度はまちがいない。」

久三は、それほどには思わなかった。せいぜい三十度くらいのものだろう。あるいは二十五度かもしれない。うながされて一緒について下りると、ここは風が来ないので、たしかにしのぎよい。二人は本能的に身をすりよせ、見えない森にむかって並んで腰をおろした。呼びかわす狼の声が聞えたように思ったが、あるいは空耳かもしれない。風は耳鳴りのように、あらゆるうめき声をのせてふく。しかし列車の中の泣声は、たしかに赤ん坊だ。

「おかしい……」と汪は半ば腰をうかせて振向き、またあきらめたように腰をおろした。

「そうだな……もうピストルを返してもらってもいいかもしれんな……」

久三は、のろのろとした動作で、しかし結局いわれたとおりにした。べつに魂胆があったわけではない。ただ、手足を動かすのがおっくうなほど、全身がこごえてしまっていたのである。

堤防のすぐ向う側で、一度みじかく、誰かが叫んだ。銃声はやんでいた。

10

「眠むるなよ……」と汪が久三の脇腹をこづきあげはじめてから、もうたぶん二時間はたっていた。

「ちくしょう！」と叫んで立上り、よろめいて膝をつき、匐《は》いずりながら久三の前ににじりよって、息で薄められた声であえぐように顔をつきだす。

「なぐってくれ……なぐれ……おい、なぐるんだってば……」

言われるままに、手をあげてみたが、関節が痛んでほとんど力が入らないのだ。なぐるかわりに、よろけかかって、相手をつき倒してしまった。二人はしばらく、つかみ合ったまま、凍りついた地面の上をころげまわる。息がはずみ、吐き気がしてきたが、動作はずっと楽になった。起上り、ならんで、足踏みをはじめる。

「ウォトカをもっているんですけど……」と久三が言った。

「一口、やろうじゃないか、恩にきるよ。」と汪がうわずった声で言った。

毛布の端を開けて、手さぐりで瓶をとりだすあいだ、汪はたえまなく奇声を発しつづけていた。栓をぬこうとして、瓶にかみつき、ガチッと歯の折れるような音をたてる。むせながらも、息をつかずに、たっぷり三口分は飲んだようである。久三は一口飲んだだけで坐りこんでしまった。まるで、火の棒を飲んだみたいだと思う。

「まったく、寒いときには、こいつに限る……まあ大事にとっておくんだな。」

火の棒がとけ、五分もすると、全身にひろがった。汪がうめいた。左手首に痛みがまた戻ってきたのだ。久三はふと、昼間から聞きたいと思っていた質問を思いだしていた。

「汪さんは、どこまで行くんですか?」

「どこっていうこともないさ、うん……行った先々で、新しい任務をもらうからね……新聞記者なんて、割のいい商売じゃない。」

まだ通信員とかいう職業を言いはるつもりなのだろうか。(甘くみてやがる。)むろんもう信用する気などはない。

「静かになりましたね。みんな死んじゃったのかな。」

「機関士のやつもおだぶつだろうな。」

「あの赤ん坊も、死んじゃったかもしれませんね。」

「なにもあんなに、後戻る必要はなかったんだ、びくびくしやがって……」それから汪は久三の知らない言葉で、ぶつぶつ悪態をつきはじめた。

「どうしたんだろうな、誰も来ない……」

「わけが分らんよ!」

「本当のところ、汪さんは、どっちの味方なんです?」

「どっちの?……ああ、なるほど……しかし問題は単純じゃない、一口で説明するわけにはいかんよ……ちくしょう、空気が歯にしみやがるな、あんまりお喋りしてると口が凍傷にかかるぞ。とにかく君は、そんなことまで気にすることはいらんね……くそ、やつらのところに行きゃ、火もあるし、熱いスープもあるんだ……」

「来なかったら、どうするんです?」

「来るさ。」

「でも……」

「来るよ。でっかい取引なんだ。」

汪はなにを思ったか、いきなり機関車のほうへむかって歩きだした。久三もすぐ後につづいた。膝の関節がつっぱり、体の重みが三倍になったみたいだ。汪がわめいて倒れた。溝があった。「あぶないぞ。」と汪が言い、厚い壁を叩く音がした。レールを外れて転倒した家畜用の貨車の屋根だった。こげくさい臭いがした。

汪の目的は、三輛目の貨車だった。久三が最初にかくれようとしたやつの、一つ前の有蓋車である。右に傾《かし》いで、土手の下に頭をつっこみ、傾斜にそって後ろ半分を、まるで影の塔のように黒い空の中につき出していた。

「完全にやられたな。」

扉を開けようとしたが、ひずみがかかっていて、動かない。胸がわるくなるような臭いがしてきた。下をくぐって反対側にでた。扉は砕け落ちていたが、異様な臭気で、とても中をのぞくどころのさわぎではなかった。

「なんのにおいです？」

「まあ、こんなことだろうとは思っていたがな……」しかし汪はかなりの打撃をうけた様子だった。「うまくいけば、ざっと五十万からの大仕事だったんだ。」

「なにが入っていたんです？」

「ポリタールさ。特別な銅線の被覆塗料だよ。」

そうだ、アレクサンドロフたちが、そんなものの話をしていたっけ。しかし久三は黙っていた。もう自分には関係のないことだ。足踏みをしながら、耳たぶを叩いた。

「こうしているわけにもいかんな。」そう言って汪は手鼻をかんだ。

「くそ、鼻がちぎれそうだぞ……」

「じゃあ、どうするんです？」

「こうやっているわけには、いかんというのさ。さっきソ連機が飛んだからな。あと四、五時間もすりゃ、兵隊をつんで、べつな列車がやってくる……」

久三は、やっと逃れてきた巴哈林《バハリン》の町のほうを、振向いてみた。かすかな白い雲の裂け目があった。遠く、風の中で、大気がはためく。急に恐ろしくなってきた。

「この近所に、村はないんですか？」

「ないね……あっても、歓迎はされんよ。」

「どうして？」

「敵か味方かも分らんやつを、歓迎するはずがないじゃないか。」

「証明書はもっています。」

「証明書？……そんなもの、いくらだって持ってるさ……このあたりはね、ちょうど敵と味方の境い目なんだ。どっちを味方にするかもまだ決めておらんような連中に、証明書がなんの役にたつ。」

「金をだせば……」

「そんなに持っているのかね……それにしてもまあ、地雷のうえで、鬼ごっこするような真似はごめんだね。」

汪は唾をはき、身ぶるいして、さっきの場所に戻りはじめた。

「どうするんです？」

「出掛けるさ。」

「汪さんは、南に行くんじゃないんですか？」

「行くよ……それから、その汪さんは、今後はやめにしてもらいたいな。新しい名前はまたそのうち教えてやる……もっとも、君がおれと一緒に行くならばだがね。どうする、一緒に行くかね？」

久三はためらった、ほんのわずか。だがそのためらいに追いつくように、急いで答えた。

「行きます。」

「じゃ、そこで待っていてくれ。おれはちょっと、車の中に用があるんだ。」行きかけて、振向き、「そのあいだ、漁《あさ》っていてもいいぜ。」

「え……?」

「死人のポケットにはいろんな落し物が落ちているってことさ。」

久三は答えなかった。むろん拒否の意味である。

「どうせ誰かにさらわれるんだ。」汪でなくなった男は、鼻先で笑い、客車の中にはいって行った。「変ったことがあったら、すぐ知らせろよ。」

久三は腕を組んで手を脇の下にはさみ、爪先をそろえて体を上下にふった。ほんの一口でいいから熱い湯がほしい。男は手さぐりで車の中を歩いていった。中ほどにきて、しゃがみ、右の手袋をぬぎ、こごえた手で外套の内ポケットからマッチを一本とりだして、床にすりつけた。光が散らないように、目がくらまないように、上から左手で覆いをする。手袋の下から、手首に血が流れていた。しかしいまはそんなことに構ってはいられない。椅子と椅子のあいだに、目をつけておいた、小さな老人がころがっているのだ。マッチが消えた。男は老人の腹帯の下に手をさしこみ、分厚な金入れ――そう、それはもう片手ではうまくつかめないほどの厚さだった――をつかみだすと、足で老人の腹をふみつけて紐をひきむしった。久三は車の窓が微かに明るくなったのをみて、電気をなめたように口の中がしびれた。一つには恐怖であり、いま一つは赤くストーブの燃えている部屋の窓を連想したためだ。遠くでなにか紙をもむような音がした。あるいは、幾本かの足が、薄い氷をふみ割る音である。伝えようとして一歩踏みだしたとき、男がデッキからとびおりてきた。

「そこに、いるのかね!」

「ここです……」と囁きかえし、するといつのまにか、相手にもう他人ではないつながりを感じはじめているのだ。「誰か、こっちにやってくるようですよ。」

いまのところは無名の男は、じっと耳をすませた。たしかになにか物音はしている。しかし足音かどうかは、はっきりしない。

「いずれにしても、あまりありがたい連中じゃなさそうだな。」

「待たなくてもいいんですか?」

「こんな調子じゃ、いまさらね……」そのまま歩きはじめて、ぶっきらぼうにつけ加えた。「行こうや。」

久三もつづいて歩きだし、

「赤ん坊は……?」と言いかけて、後悔する。

しかし男はなにも言わなかった。

11

二人は線路の西側を、南に、ながいあいだ一言も口をきかずに歩きつづけた。唇はこごえ、ものを言うのが面倒だったし、耳もこごえて、なにを聞くのもおっくうである。全身が足――それもあまり出来のよくない足になり、ただ堤防からそれないことと、つまずかないことでいっぱいだ。石ころがあったし、くぼみがあったし、凍っていたし、それにとにかく真っ暗なのだ。ただ幸いなことに、風が追い風だった。

小さな川二本と、大きな川をこえた。

大きな川をこえるとき、無名氏が振向いて言った。「洮児河《タオルホー》かもしれんな……?」右手のほうで風がとくべつ大きなうなり声をあげはじめる。まるでそこに風の口があるみたいだと思う。しばらく行くと、大きな黒い塊りがみえてきた。あふれだした森林の裾である。

男は立止り、急に向きをかえて、その林のほうに歩きだした。

「あそこで飯にしよう。」

久三はためらった。

「狼がいませんか。」

「火をたくさ。それに向うにいけば、死体がごろごろしてるじゃないか。」

「凍っているから、臭いなんかしませんよ。」

「馬鹿、おれの言ってるのはな、狼どもはそっちに御出張だっていうことさ。」

足もとで氷がくだけ、ものすごい音をたてる。氷というより、薄い瀬戸物を踏み割るようだ。氷、雪、氷、雪と、幾重にもかさなりあったのが、かたく枯草の根にしがみついている。その草がしだいに深くなり、まるでざらざらした固型の沼を渡っているようだ。草がはねかえると、針のように痛かった。ときには、顔より高い草むらがあった。

林の中は、もっとひどかった。落葉松《からまつ》の落ち葉の上は、やはり固い氷で覆われていたが、もろいところにはまりこむと、その深さはほとんど股のつけ根まであり、一人ではとても抜けだせない。運がわるいと、折ったり挫《くじ》いたりする恐れもあった。しかもほとんど手さぐりで進まなければならないのだ。男が二度、久三が三度そういう目にあうと、二人はもうそこから先に行く気力をなくしてしまった。それに、なにか生き物の気配がする。

それでも、かなり奥まできていた。むろん林の全体からすれば、ほんの入口にすぎなかっただろうが、すこしぐらい火を燃しても、目立たないくらいには入りこんだつもりである。二本くっつき合った大木のあいだに、アーチ型の洞穴があり、その下には乾いた地面があるらしかった。マッチをすってたしかめようとすると、顔のまえから、人間の子供ほどもある丸い鳥が、いきなり馬のひづめのような大きな音をたてて飛び立った。だが、いかにも都合のいい場所である。氷を砕いて、枯葉と枝を集め、火をつけるとたちまち燃えあがった。すこし火勢がつよすぎたかもしれなかった。しかし、火の誘惑には勝てない。火の粉が、服やまつげを焦がすのにもかまわず、外套の前をはだけて、焔を抱きこんだ。前が熱くなると、こんどはうしろが冷くなる。うしろを暖めてから、また前をあぶる。ぐるぐる廻りながら、幾度もくりかえし、最後に靴をぬいで、足をあぶった。体の隅々がむず痒くなり、それが痛みにかわり、やがて全身がほぐれ、融け、充血した。うなりながら、体中をこすりまわした。

男が叫び声をあげて、左手をおさえ、かがみこむ。手首の外側に、指でえぐったほどの穴があいていた。手袋の中は血でいっぱいになり、手にはりつき、さらにそれが肘のあたりまで流れこんでいる。灰をかぶせて、手拭《てぬぐい》の切れ端で固くしばった。

男がもっていた飯盒《はんごう》に、雪を入れて、火にかけた。

「ここで、寝るんですか?」と久三がたずねた。なんとなく陽気な調子である。

「とんでもない、腹ごしらえするだけさ。寝るのは昼間だ。」

男は不愛想にこたえて、鞄からなにか袋の中身をとりだし、嚙みはじめる。豆だった。久三も毛布をほどいて、(ほかのもの、たとえば匙のダーニヤなどを見られないように、気をくばりながら)食い物を出して、膝のうえの帽子の底にならべた。今夜は、乾パンとチーズと、それにベーコンを一切ふんぱつしてやるとしよう……

けれども男は、いぜんとして豆を嚙みつづけるだけだった。湯が沸いてから食事にするつもりかと思い、久三もひまわりの種を嚙んで待つことにする。男はじっと火の中をみつめている。だが、本当に火を見ているのだろうか? 疑いはじめると、ひどく気がかりな視線である。そう思うと、こちらを見ているような気もしてくるのだ。動かない義眼のほうが視線がたしかで、それにかくれて、見えるほうの眼はどこをみているのかわからない。

湯がわきはじめた。交代に二人で飲んだ。すこし土くさかったが、甘いすばらしい味がした。ところが男は、それでも相変らず豆を嚙むばかりで、食事にかかる気配もみせないのだ。久三はすこし心配になってきた。

「食べないんですか?」

「くってるじゃないか……」男は顔をあげ唇をまげて笑った。その視線は、すると、やはりこちらを見ていたのだ。久三の帽子の中をのぞき込んでいたのである。「しかし君は用意がいいんだな、ごちそうじゃないか、え?……おれは、まさか、こんなことになるとは思わんかったし……」

とっさに、あまり考えもせずに、久三は言ってしまった。

「よかったら、食べてください。」

「そうか、すまんねえ。」男はいきなり、順序を一つとびこしたかたちで、にじりよってきた。

久三はいそいで男の分を追加した。

「悪いなあ……」そう言いながら、男は手をのばし、久三の帽子をとって、自分でそれを正確に二等分した。「大丈夫かな、うまく持つかな……?」

「七日分はあると思います。」

「二人でかい?」

久三はひやりとした。「いや、二人なら……」と臆病そうに、語尾をにごしてしまう。だが心の中では、仕方がないと、もう半分はあきらめていた。この暗い荒野を、一人でなんかとても歩けやしない。いまこんなふうにして火にあたっていることだって、一人では出来なかったにちがいないのだ。

食事は、まるで飲込むように、簡単にすんでしまった。

「さて、もう一度湯を沸かして、そいつで腹の中をふくらませてやるんだな。」

新しく枝をかき集めて、火にくべる。折れ目から脂がにじみだし、焔がうつり、煙をあげて燃えたった。痛む左手を、膝の上に高くささげて、ほっとした調子で男がつぶやく。

「おれは、ものを考えるのが好きなんだよ、いろいろとな……」

それから二人は、しばらくのあいだ、じっと消化のあとの飽和感を味いながら、湯の沸くのを待った。久三はあらためて男の服装や容貌を観察する。自分を安心させたかったのだと思う。しかし、顔の中心部にどことなく子供っぽい跡があるというほかは、安心させてくれるような材料はなにもなかった。いままではその特徴的な視線にかくされて気づかなかった、義眼の下の頬骨の線にそった一寸ほどの傷あとが、下から照らす焔にくっきりと浮かび上っていた。男の過去のはげしさを物語るしるしである。また外套は、その広い肩幅をつつみきれずに、袖のつけねが首のほうにつり上っている。しかもすり減っているのがやはりつけねの線のすぐ下だということは古着を買ったか、あるいはもらいうけたかした証拠だろう。それに、その襟の下からのぞいているのは、犬の毛皮で——久三だって襟の裏には野兎の毛をつけていた——しかも明らかにナメシの不充分な素人細工だ。これらが急に手に入れた服装であり、以前はもっとちがった身なりをしていたということは、ほとんど疑いえないことだが……だが、それ以上は考える気がしなかった。

「ここは、どの辺りなんでしょうねえ？」

「もう五里も行けば洮南《タオナン》かな。」

「すると、町に入るんですか？」

「そうもいくまいさ。ここらはまだ敵と味方の境界線だからな。おれの考えじゃな、なんといっても一番危険なのが境界線さ。そいつは、敵のまん中よりも、もっと危険なんだ。こいつはまったく……おれの経験だがね……」

「じゃあ、次の町は？」

「次は双崗《ショアンカン》だな……あそこも境界線だ。その次の開通《カイトン》も、辺昭《ピエンチアオ》も、胆楡《タンユイ》も、太平川《タイピンチョアン》も、その次のその次も、ぜんぶ境界線だ。こういう御時世には、どうしても境界線の幅がひろがってしまうようだな。」

「すると、どこまで……？」

「ずっと村も町もないところを通って行くさ。」

「四平《スーピン》までですか？」

「いや、とりあえず、瀋陽《シンヤン》に出たほうがいいように思うね。」

「瀋陽まで……」

「二週間もありゃ行けるさ。」

しかし、八路軍の将校は瀋陽には行くなと言っていた。さまざまな疑惑がわいてくる……が、聞きただす勇気はなかった。不安になるのが不安だった。失望するのがおそろしかったのだ。幻の道であっても、ないよりはましである。とにかく一歩でも日本に近づくことが大事なのだ。

物音がして、男が火の向う側を指さした。汚れた犬のようなけだものが、地面につきそうなほど首をひくくたれ、斜めによろめくような足どりでゆっくり通りすぎた。

「狼ですか？」

「狼だね。」

「さっきぼくも、ピストルを拾ってくれればよかったかな。」

男は答えなかった。湯が沸いた。

飯盒をおろし、飲める程度にさめるのを待ちながら、男がぼんやり半ば自分に言いきかせる調子でこう言った。

「内地に帰れたら、うれしいかね？」

「……そりゃ、うれしいです。」

「そうだろうな……おれはまったく、いろいろ考えたりするのが好きなたちでね、おれはいったい何処からやってきたのかな？　そんなことをつい考えちゃうんだ。おかしなもんだよ。それで、そのせいか、おれには信念みたいなものがあるらしいんだな……日本人もわりと考えるたちだな。日本人はいいよ。しかし負けちゃったなあ。だが、おれの考えでは、三年以内にアメリカとソ連は戦争をはじめるね。いや、こいつは確かだ。固い情報だからな……君の親父さんは、いくつになる？」

「もうずっと前に死にました。」

「そうか……君は、本当のところ、おれを何国人だと思う？」

「……中国人でしょう。」

「朝鮮人には見えんかね？……台湾人ならどうだ？」

「ぼくにはよく区別できませんよ。」

「うん……すると君は、誰をたよって帰るつもりなんだ、母さんでも内地にいるわけかね？」

「いや、やっぱり死にました。どこってまだ、はっきりしたことは……」

男は膝を組みかえ、火の中から燃えさしの長い枝をとりあげ、くすぶりながらあがる煙をじっと見ながら、首をかしげた。風の音が、林の外を、壁のように包んでいた。

「で、もしその気になればだ、おれは日本人に見えるだろうか、どうだい、見えるか？」

「そりゃ、見えます。」

「そうだろう、おふくろが日本人で、そのおふくろの父親は朝鮮人で、その先はよく分らん。とにかくまあ大したもんさ、ハハ……いったいおれは、何処からやってきたのかってことだな。いろいろ考えるんだが、まず日本人になるときは手鼻をかむな、朝鮮人になるときは毛抜でひげを抜け……しかしどっちみち大したことじゃないさ。日本人のいいところは、本を読むってことだ。おれも本を読むのは好きだな……しかしおれは、ちょっと福岡訛があるだろう。耳ざわりかね？」

「よく分らないですよ、ぼくは。」

「それじゃ、おれの新しい名前を教えてやるとするか、信用してな……この次の新しい名前は、たぶんコウセキトウだ。コウは高い、セキは石、トウは高い建物の塔……高石塔……なかなか風格があるだろう。南にいけば、ちょっとばかり通った名前さ。」

「高さんですね。」

「うん、知っているやつらはみんな、高先生《シェンション》というな。」

「火をくべましょうか。」

「いや……そろそろ出掛けたほうがいい。」

新しく高になった男は、鞄の底から、くしゃくしゃになったタバコを一本、大事そうにとりだし、半分にちぎって一方を鞄にいれ、残りを帽子の耳覆いのひだからとりだした小さな真鍮のパイプにつめた。

「本物のルビー・クインだよ。最後の二本だ。」

ゆっくりと残さず吸いこみ、腕の中に顔を落として、しばらくじっと動かない。

「兵隊に、見つからなかったでしょうねえ……」

「何を?」

「この焚火……」

「見つかったって平気さ。向うもびくびくしているんだ。影になんとやらいう諺があるじゃないか。」

急に明るくなった。二人は同時に空を見上げた。痛いように白く光る月が、からみあった枝ごしに、すこしゆがんでかかっていた。そのうえを、古くなった蜘蛛の巣のような雲がちぎれて飛んだ。あたりがふくらみはじめ、樹の一本々々が意志をもった動物のように見えてくる。一人でなくてよかったと、つくづく思った。

「きれいな月ですね。」

「きれいだって、月がかい？　ふん、ごめんだね。きれいなのは女だけで沢山だ。女だって、あんまりきれいなのは、虫がすかんよ。」

雪をかきあつめてきて、火の上にかけた。黒い蒸気がふきあがり、その中に赤い色ガラスのような火の粉が泳いでみえた。脂くさいべたべたした臭気がたちこめる。ぐっと冷えこみ、まるで皮をはがれたみたいだ。アレクサンドロフの部屋を逃げだそうとして、ドアを開けたあの瞬間のことを思いだす。そのドアの表には希望と書いてあり、しかし裏には絶望と書いてあったのかもしれない。ドアとはいずれそんなものなのかもしれないのだ。前から見ていればつねに希望であり、振向けばそれが絶望にかわる。そうなら振向かずに前だけを見ていよう。久三はアレクサンドロフの部屋のことを高に話したいと思った。が、どんなふうに話したらよいか、よく分らなかった。

九時四十五分。林を出て線路ぎわに戻り、北風に追いたてられながらまた歩きだす。石がごろごろしている。休んでいるあいだに足が脹れ、痛かった。でも月があるのでまえよりは幾分楽である。

次第に林が遠のき、やがて水のない川に出た。川岸に柳の灌木が密生しており、中で大きな動物の骨につまずく。前のが洮児河《タオルホー》なら、これはたぶん那金河《ナーチンホー》だろうと高が教えてくれた。

川をわたるとこちら側には樹が一本もなく、ただゆるやかな地面のうねりが限りなくつづき、まるで鉛で固めた動かない海のようである。もっとも久三は、写真と映画でしか海を知らないのだが……四キロほど行ったところに、先をとがらせた小さな木の標識が立っており、そこから線路が大きく左に折れはじめた。標識には《九・四》とただ数字だけが刻んである。洮南の駅まで九・四キロという意味だろうか。二人はそこでしばらく言い争った。久三はとにかく線路にそって行きたかったのだ。しかし高は、線路から離れてコースを直線にとることを主張してゆずらなかった。北極星を目じるしにすることにした。はじめは探すのになかなか骨がおれる。ずっしりと、あまり沢山の星がありすぎた。

鉄道のそばなら、何年か何十年か前に、何十人か何百人かの苦力たちがそれを建設するためにここで立ち働いていたというだけでも、まだなにか人の気配が感じられたのだが、いよいよ荒野にさまよいでると、吸いこむ息までが重さを変え、たまらない孤独にしめあげられて目まいがしてきた。二人は互いの間隔をちぢめ、まだ始まったばかりの行進を、逃げるような足取で先を急いだ。しかしなんという茫漠とした風景だろう。小石と、それよりはもうすこし大きい石ころと、豪雨か洪水にえぐられた不規則な細い溝と、点在する一とつかみほどの枯草と、それに地平線までつづく低い丘の無限の繰返しがあるだけである。

十一時……比較的小高い丘をのぼりつめたとき、次の丘の頂上ちかく、バケツを伏せたような形の塔が二つ並んでいるのがみえた。煉瓦焼場らしい。丘と丘のあいだは高粱畠だった。ほっとする。しかしウネの幅に合せて歩くのは、ひどくやっかいなものだ。それに、あまり早く来すぎた安心は、その先の不安を暗示するようでかえって面白くない。畠の中ほどに、馬車のわだちに練り上げられた細い道が、東西に横切っていた。どんな道でも、耳をかせば、人を呼ぶ声がするものである。それを見捨てて行くのは、恐ろしく勇気のいることだった。ここで高が、もしちょっとしたためらいでも見せたら、久三はそのままそこに立止り、先に進むことを拒んでいたにちがいない。高は久三のそうした気持を見ぬいていたのか、煉瓦焼場につくまで一言も口をきかなかった。

煉瓦焼場は、使わなくなってからもうよほどの年月がたっているらしく、風化してぼろぼろになっていた。古代の遺跡のようである。中から何か飛出してきそうで気味がわるい。とつぜんそこで高が足をとめて、「休もう。」と言った。そこが当分のあいだの、最後の休み場所になるのだということを、高は知っていたのだろうか？

高粱の根株を掘ってきたが、三つも掘ると、靴の踵がとれそうになった。あとはすこしばかりの枯草で間に合わせる。ひどく燃えがわるく、暖をとるどころか、飯盒の中の雪を融かすのがやっとだった。すくない雪をかきあつめてきたうえに、沸かしもせずに飲んだので、おそろしく泥臭く、胸がむかつく。ウォトカで口なおしをした。

すぐ後ろで荒い息づかいが聞えた。四匹の野犬がもつれ合いながら煉瓦焼場の塔をまわって、姿を現わす。無心にじゃれ合うふりをしながら、この二人の人間が適当な餌になるかどうかを、さぐっているらしい。それとも餌にすることに決めてしまったのだろうか、いやに浮々した調子である。手をふりあげて追ってみたが、なんの反応もない。完全に無視した態度で、すこしずつ近よってくるのだ。よほど人間をあつかいつけた連中なのだろう。高がいきなりピストルをだして射った。尻尾のちぎれた一番どうもうそうなやつが、悲鳴をあげてのめり、顎を地面にすりつけてくるくる廻った。あとの三匹は、何事もなかったように、犠牲者を残して悠々と逃げ去った。

12

丘を下ると、ふたたび荒地である。二人は固く背をまげ、じっと足もとを見つめたまま、夜っぴて歩きつづけた。あまり表面積をちぢめようとしたので、顔までが皺だらけになったようである。石ころと、溝と、枯草と、地平線までつづくうねりの果てしない繰返しと……それに、心の眼だけに見えている、最後の丘のむこうのあの希望と書かれたドアのことを……

（あたたかな火がもえていて、なにも考えずに眠られる寝床があり、家の外は庭、庭の外は道、そしてそれ以外にはなにもなく、安全で平和でこんな死にたえた荒野のことなどはただの笑い話になってしまうような、おかしいことがあれば笑い、退屈すれば椅子の背で静かに目をつぶり、すべての行為に意味があることを知っている、男や女や子供たちの住んでいる町……）

むろんそんなことを高が聞いたら、いっぺんに笑いとばしてしまうだろうことは、久三にも分っていた。自分と高とはぜんぜん異った世界の人間なのだ。だがそれだけに、つきまとう二つの疑問を、どうしてもふりはらうことが出来ないでいる。

なにが高を、この二週間もの徒歩行進にかりたてているのか？　なぜ久三を同行者にえらんだりしたのか？

たぶん二週間などというのは出まかせなのだろうと思う。そのうち、どこか大きな町で、馬車でも雇うつもりにちがいない。そういうことなら、一人よりは二人のほうが安上りだし、それまでだって、一人よりは二人のほうが心強いというわけだ――そんな理由はばかばかしいと思ってみても、それ以上考えないためには、そう信じこむよりほかなかった。さらにつけ加えて言いきかせる。おれの弱気を追いはらい、しっかり覚悟させようとして、あんな言い方をしたのだろう。つまり、大人というのは、そういうものなのさ……

その朝の太陽は、ぶよぶよとして、赤く、とほうもなく大きかった。平行に並んだ、長い影を見ると、なぜか急に睡気がさしてくる。ふと体が軽くなり、気づくといつの間にか坐りこんでいたりした。倒れても、もうすこしも痛みを感じない。

「そろそろ、休むところを探さんといかんな。」と高がいった。

しかし、なんという残酷な光景だったろう。この広さの中では、人間はあまりにも小さすぎ、しかもその小さな人間が、すくなくもこの半径四キロ以内には、身をかくす場所さえない始末なのである。あそこで休むのも、ここで休むのも、まったく同じことだった。ここで休むのがいやなら、どうしても、地平線を越えて探しに行かねばならないのだ。とにかくここで、一時間ずつ横になることにした。方角をまちがえないために、石を二つならべて、目じるしにする。草をかり集めてきて、小さな焚火をつくり、まず高が先に寝た。こうなると久三の毛布は、まったくの宝ものである。燃料がすくないし、風が強いので、ちょっと手をやすめるとすぐ消えてしまう。ただ次の一時間をたのしみにして、夢中で草を集めた。枯れるまえに凍り、凍ってから色あせた草は、手の中でくだけるほど脆い。心配なのは、高が、この大変な仕事をちゃんとしてくれるかということだ。

さあ、寝る番だ。ひろげた毛布の端に横になり、毛布と一緒にころがって全身にまきつける。うまく頭はかくれたが、足のほうが出ているようで心細い。高がおさえてくれているのを感じながら、すぐに寝入ってしまった。なぐりつけられるような寒さに、おどろいて目をさました。まるで氷の上に寝ているみたいだ、体が地面と同じ温度になり、鼻の頭だけを残して凍死してしまったようである。鼻だけがひどく痛んだ。それから置き去り、という考えがひらめいた。感覚のにぶった体を、死にもの狂いで動かして、やっと毛布からはいだしてみると、高は消えた焚火の中に頭をつっこみ、ひろげた膝の間に前のめりになって睡りこんでいた。

声をかけても、ゆすっても、気づかない。力いっぱいなぐりつけると、やっと目をさましたが、見えるほうの目は真赤にはれあがり、歯をガチガチ鳴らして、どうも様子が変である。なにか言いかけて、けいれんし、二回ほど黄色いものを吐いた。それでも、口を右につり上げて、顔の半分でこごえた笑いを浮べてみせた。久三はその笑いに好意を感じた。

やかましく叫びかわしながら鴉の大群が、南から北にむかって飛んでいった。一群が通りすぎると、またべつな一群がやってくる。ぜんぶが飛び去るのに、四、五分はかかった。

高はその鴉の群をさし、それから南の方角を指さして、やっと聞きとれるくらいの、かすれ声で言った。

「川か、林があるぞ……」

すぐに立上ろうとするのをなだめて、ウォトカを飲まし、火をおこして湯をつくってやった。自分より弱いものができると、人間は強くなるものだ。逆に自分より強いものがいると、弱くなる。しかし、高はすこしも弱味をみせなかった。湯を飲みおわるとすぐ出発すると言ってきかない。ちゃんと休むための、苦労だというわけだ。それに案外しっかりした足どりだった。

しかし鴉のお告は、高の見込みちがいだったらしい。いくら行っても、川も林もありはしないのだ。一日歩きつづけたが、いつまでも同じところに停っているように、風景にはなんの変化もおきなかった。ただ日中の数時間は、比較的気温がおだやかだった。たぶん零下二十度、もしかすると十五度を上まわっていたかもしれない。草むらをさがして、またさっきのように一時間ずつ休息をとり、食事をした。だが、あとになって後悔する。なぜあのとき、せめて二時間ずつでも睡《ねむ》っておかなかったのか……ふたたび夜がきて、月がのぼるまでの暗闇の時刻、いやそのまえに夕焼を追って、腰をかがめ足をひきずり、ほとんど小走りに走っていたとき……（もどってくるはずの鴉が、もどってこなかった！）……彼らは幾度か、これ以上もちこたえられるなどということをもう信じることが出来なくなり、絶望的な予感におびえながら、血がでるほど唇を噛んで思うのだ。なぜ、せめて二時間ずつでも睡っておかなかったのか……

結局いつまでたっても休み場所を見つけることができず、また一と晩、あるきつづけなければならなかった。なにからなにまでが、昨夜とそっくり同じだった。石ころ、溝、そして目をあげれば鉛で固めた動かない海。そのうえ、数倍の疲労がくわわっている。なんども荷物を投げすててしまいたいと思った。このまま横になって睡むってしまいたいと思った。二人はそのたびに互いに小突きあい、ひきずりあいしながらも、酔いどれのように不確かな足どりで、茫々としたひろがりの中を小さな虫のように動いていった。

「ウォトカを飲ませろよ。」と高が久三の肘をつかみ、よりかかるようにして言った。日がくれてからもうこれで五度目である。

久三はべつになにも言わなかったが、身ぶりですこし抵抗してみた。強制するように、高は久三の荷物に手をかけて、もぎとろうとする。久三も、それ以上さからうつもりはなかった。ところが、高は、飲んだ残りの瓶を返そうとしないのだ。当然のような態度で、栓をして、自分のポケットに入れてしまった。とっさに久三は相手の左手をつかみ、正面から組みついていった。高は叫び声をあげて、ふりほどき、左手をまもる姿勢で後ずさりながら、つまずいて倒れた。

「返せよ!」

あとにも先にも、これがそのとき二人が交したやりとりの、すべてである。高がだまってピストルをとりだして答えた。それで事件は落着した。双方とも、べつに大した意味は感じていなかったらしい。久三などは、ぼんやりした頭で、すべては順調にいっているというふうに受取っていたほどだ。なにごともなかったように、そのまま、また歩きだす。あいかわらず北風が吹きつづけている。

夜が明けた。間もなく、一つの丘のむこうに、ひろい灰色の低地があるのを見つけた。丈の高い、竹竿ほどもある太さの枯草が密生した、凍りついた湿地帯である。

二人にはそれが燃料の山にみえた。喚声をあげて駆けおり、よろけこむ。見かけによらず、もろい茎で、体にふれただけで簡単に折れるのだ。ころげまわるようにして、草を押し倒し、全身をつかってかき集めてくる。一部を寝床用にとりのぞき、残りを積んで、火をつけた。

乳色の厚い煙がたちのぼり、やがて炎は太陽の光をおし返すように、火薬の粉をまいたような音をたてってはぜかえった。しかし、どういうわけか、なかなか暖まってこないのだ。火にむかっている部分は、焦げるように熱いのに、体のしんはかえって冷えていくようである。たぶん、火では暖めることのできない、睡眠不足のための冷たさなのだろう。とくに高はみじめな顔つきだった。左手をかかえこむようにして、うめき、ふるえどおしである。小指の先から、耳の下まで、痛さで左上半身が砕けるようだと言った。火勢は強かったが、長くはつづかず、ほとんど五分おきに新しいのをくべなければならなかった。すがるような思いで、つぎからつぎと、かき集めてきてはほうりこむ。なかば睡り、なかば目覚めた状態で、繰返すうちに、いつか二人とも丸めた背中を火にむけた姿勢で、草に埋って睡りこんでしまっていた。

二、三時間はねむっただろう。高が目をさました。消えてしまった火の中に、久三が灰まみれになって寝ほうけている。顔をあげてみて驚いた。寝ているあいだに、あたり一面焼野原になってしまっているのだ。風下の方向に、扇形に、数百メートルの幅でまだくすぶりつづけていた。そういえば、胸の中まで、いぶされたような味がしている。

事態をもっとはっきり確かめたいと思ったので、ひどい努力だったが、やっと丘のうえに立上ると、開らけた見とおしの中に、周囲一キロもありそうな大きな沼が、南北に細長くのびているのが見えた。岸の手前は、つい五十メートルほどの距離である。火は西側の岸にそってのび、東側は草がすくないせいもあってか、ほとんど被害をうけていない。

彼は直感的に、たぶん傷ついた動物の本能で、そこに行ってみなければならないと思った。久三をゆすり起こすと、鞄をひきずって、かすかに紫色の煙をあげている焼跡を、這うようにして横切った。氷面は低く、切りたった崖になっている。氷と崖のあいだに、二メートルほどの乾いた赤土の地面があり、上からうまく草の根がかぶさって、ちょっとした日だまりをつくっていた。東南の日ざしをいっぱいにうけ、風もあたらず、いかにも居心地がよさそうだ。高はさそいこまれるように、すべり降りると、いきなり大きな音をたてて手鼻をかみ、するとそのまま全身の力が抜け落ちた。

（火をたくまえに、ここを見つけておけばよかったよ……あわてちゃ事をしそんじる、なんでも事をはじめるまえには、はっきりと見とどけてからやるんだな……湯を沸そうや、こんなときには、砂糖があると元気がつくんだがなあ……）

そんなことを、久三に話しかけているつもりになりながら、ただむやみとにぎやかな、わけの分らぬ悪夢の中に落ちこんでいく。

久三は、あたりの変化におどろき、まだぼんやりしている目で、高が崖から足をふみ外したのだと思った。高は崖によりかかったまま、いびきをかいていた。まだ死んではいないが、死ぬなと思った。沼の向う岸は、ゆるやかな斜面で、低い灌木のしげみがつづいている。二、三度往復して、枝をはこんだ。高をねかせて、そのそばに火をおこし、靴をぬがせて、足をあたためてやった。氷をかいて湯を沸す。飲ませてやろうとして、かかえ起すと、とつぜん笑いだし、沼のほうを指さして意味のないことを叫んだ。

「アンダラ、ツォアン、チィ、ルゥルゥルゥ……」

そのまま、すぐまた睡ってしまう。顔全体が青黒くむくみ、見えるほうの目に、大つぶの涙がうかび、唇は白く乾いて、そのまわりに凍傷の黒い輪ができていた。ひたいにさわってみると、びっくりするほど熱い。まちがいなく死ぬなと思い、恐ろしくなってしまった。

13

遠くのほうで野火がまだ燃えつづけている。久三はふと希望をもった。あの煙をみて、誰か人がやってくるかもしれない。百姓か、猟人か、羊飼か、木こりか、あるいは通りがかりの旅人か、偵察中の兵士たちか……

地図をもっていたことを思いだした。ひろげてみたものの、はじめはどこらへんにいるのか、見当もつかない。二晩かけてやってきたのが、まさかまだそんな所だなどとは、思ってみもしなかったからだ。まっすぐ南に下るとすると(コースは予期に反して、幾分西にそれていた)、これから約百七、八十キロのあいだ、一つの町もなく、見すてられた荒野が百キロの幅でつづいているのだが――地図のうえでは、たいして目立たない小さな空白だが――やっとさがしだした沼沢地帯の記号は、そのまだほんの入口にかかったばかりにすぎなかったのである。それでも、一番近い町(沼の向うの代欽他拉《タイチンタラ》という町)までざっと五、六十キロはあった。こんなはるかな小さな野火に、誰が気をつけたりするものか?……十日も二十日も燃えつづける、興安嶺の山火事の話を聞いたことがある。こんな小さな野火なんか……しかし、その小っぽけな火が、いま自分にはこんなにも大きく恐ろしげに見えているのだ。

久三は泣きだしてしまった。殺してやりたいほど、高が憎くくなった。だが、殺さなくてもその男は死にかけている。すると今度は自分自身にたいしてむしょうに腹がたちはじめた。涙が凍り、痒くなってきたので、泣きやめる。もっとも、なんのために泣きだしたのか、もう忘れてしまっていたが。

久三の考えでは、高はその日の夜のうちに死ぬはずだった。夕刻、鴉の大群が沼のむこう岸にまいおりたのは、高を食うためにちがいない。月の出と同時に、息を引きとるのだろうと思い、火をたやさぬように注意していた。こっそりウォトカの瓶をとりもどした。

一とねむりしたあいだに、月がのぼっていた。けれど高はまだ生きていた。火をかきたてて、食事にする。もってきたものだけにたよらず、明日はなにか食糧になるものを探してまわろう、そう思ったのでつい余分に食べてしまった。湯の中に乾パンを溶いて、高にのませてやった。高はわけの分らないことを呟きながら、飲んだだけすぐに吐きだしてしまう。「馬鹿やろう！」と怒鳴って、かかえていた頭を地面にほうり出した。もう一度なぐって、毛布をかけてやった。

物音に満ちた夜だった。その中には実在する音と、実在しない音とがあった。実在するのは、風のはためきと、けだものの吠え声と、鳥の叫びである。けものたちは、うなされたような、そんな声をだしては自分で恐くなるのではないかと案じられるような声で、飽きずにいつまでも吠えつづけた。しかし、それらよりも敵意にあふれていたのは、実在しない声どもである。翼をもった無数の幻影のはばたきである。のがれようとする心がうみだした幻から、どうやってのがれることができるだろう。シャツの下のナイフの柄をにぎりしめればしめるほど、それらの命は勢いをます。近づいてくる足音……久三を呼ぶ声……近づいてくる足音……恐怖の叫び……近づいてくる足音……すすり泣き……近づいてくる足音……荷車のきしり……ながいあいだ、ためらってから、そっと高のピストルをぬきとった。こういう場合には、当然の行為だったろう。かろうじて、彼を置き去りにしていった者たちへの憎しみと、たえがたいほどの睡む気とが、耐える勇気を支えていてくれた。おそろしい夜だった。

明けがたちかく、つい消してしまった火を、つけなおしていると、高が鼻にかかった気味のわるい声で歌いだした。「お嬢さん……」とその部分だけに歌詞がつき、あとはしゃくにさわるほど陽気な節まわしの鼻歌になる。それも最後まではつづかず、あるところまでいくと、傷のついたレコードのようにまたはじめの「お嬢さん……」に戻ってしまうのだ。お嬢さん……お嬢さん……六回目に久三はとうとうたまらなくなり、足をのばしてすねを蹴とばしてやった。あ、と驚きの声をあげて、歌いやめる。息たえるまえに歌うものがあるという。いよいよ夜明けに死ぬのだと思った。

しかし高は、夜が明けてもまだ死んでいなかった。死なないのかもしれないという気がしてきた。手首の傷口をウォトカで洗い、手ぬぐいを巻きなおしてやる。見かけは、べつに悪化しているようでもなかった。

崖のうえによじのぼってみた。野火は消えていた。黒々と沼の右手を焼きつくし、ほとんど地平線に近く、焼跡のおわったところにまた別の沼が見えている。岸にそってしばらく歩いてみた。乾ききった灰は、さらさらと音をたて、靴がくるぶしまで埋まった。風は弱まり、気温は昨日よりもまだ高くなりそうである。これで風が変れば、もうすぐ春だ。大きな鼠が一匹、歯をむきだし、白い腹をはちきれんばかりにふくらまして、焼け死んでいた。

一枚の薄い、まっ四角な雲が、飛んでいった。珍らしい雲だ。どこかで、誰かが、やはり珍らしい雲だと思って見ているかもしれない。とっさに、旗をあげよう、と思いついた。そのまま、向う岸にわたって、手ごろな枝をさがす。ナイフが役にたった。腕の長さほどのを、五本つくった。

風呂敷をとき、シャツの袖をしばって袋をつくり、中身をうつしかえて、二つに裂く。半分を旗につかって、残りをさらに幾本にも引き裂き、縄をなって、枝をつなぎ合せた。崖の上にたてると、かろやかにはためいた、まるでそこから見えない手がのびて、遠い世界を呼んでいるようだ。崖の下からでもよく見えた。崖のぶんだけ、高くみえるので、なおすばらしい。あまりながく仰向いていたので首筋が痛くなってしまった。焚木をとりに、むこう岸にいって、振向きざまに見えるのも旗である。赤にしては白すぎ、白にしては赤味がかち、光の具合ではどちらにも見えて、いかにも人の注意をひきそうだと思う。ふつうの旗よりも横長なのは、さもなにかを求める感じだし、こやみなくはためく様子は、不幸におののく気持をあらわしているのだ。それはもう、旗ではなくて、そこに自分自身が立っているようであった。

午後は食料の整理……十日分に分割してみたが、あんまり少なすぎる。二人でわければ一回に乾パン(親指の先ほどの小さなやつ)七箇という勘定だった。どうしても十五はほしい。するとあと五日分しか残っていないことになる。一番近い町まで往復三、四日はかかるのだから、留守中、高に残しておく分と、自分の片道の分を差引いて、おそくも明後日にはここを発たなければならない計算だ。副食類も、その計算にあわせて切りわけておいた。

だが急に、そんな考えがぜんぶ、ひどく馬鹿々々しいことのようにも思われはじめる。こんなことをしているあいだに、一歩でもいいから南にむかって歩きだすべきではないのか。歩かずにどこかに行きつくことなんて、絶対にありはしないのだ。

(そうだ、いますぐ荷物をまとめよう……)

むろん、高を置きざりにして行っていいとは思っていない。しかし、彼が死ぬまで待っていては、共倒れになる。また、仮になおったにしても、時間がかかれば、やはり共倒れなんだ。

(だが、あの旗をみて、誰かが救いに来てくれるかもしれない……)

それなら、高が助けてもらえるのだから、それでいいじゃないか。

（しかし、このまま二人とも助かることだって、なくはないんだ。）

いや、しかし……。

しかし、久三は、そんな内心の動揺とは無関係に、なすべきことを、しつづける。せっせと予定量の薪をはこびおえると、こんどは氷さがしだ。岸にちかいところのやつは、ほこりを吸い、風化していて、溶かすとインキを落したように色づき、一センチもの砂とごみとが沈澱する始末。かわきがとまれば、鼻について、とても飲めたしろものではなかった。とがった石ころを用意して、ずっと中心部までいってみる。表面は同じざらざらだが、すこし削ると、なかは幾分きれいだった。割るのに一苦労する。まさかナイフはつかえない。砕いて、破片を集めるよりほかなかった。だが、沸かしてみた結果は、沈澱物こそすくなかったが、色もにおいも、まるで同じことなのだ。この沼の、夏の姿を想像して、ぞっとする。

風がやみ、冷えこんできた。氷のうえに、うすく、乳色の膜がひろがりはじめる。また一日がおわったのだ。誰にも見つけてもらえなかった旗は、なえて、竿にまきついた。

ぼんやり焚火の火をみつめ、暮れていく荒地の音に耳をすませていると、頭の中に白い一枚の地図がひろがり、その上にぽつんと一つ、点があらわれた。なんてちっぽけなのだろう。あまり小さすぎると思って、目をちかづけたが、近づけただけ点は逃げさり、すこしも大きくはならないのだ。追いかける、逃げる。追いかける、逃げる……そして自分も、はてしない白の中の一点になって、消えてしまう……気をかえるために、高が汽車の中でみていた、《東海道仇討道中》という本を借りようと思う。鞄に手をのばしかけたが、気がとがめてやめた。匙のダーニヤをとりだしてみた。腰から尻にかけて、二重にくびれた、よく発達した女である。アレクサンドロフのまねをして、その乳房や、腹や、尻や、太ももを、親指のはらでごしごしこすってみた。固くて冷たい、金属の肌ざわりがするだけだ。ただ見ているだけのほうがずっと面白い。

「お……あ……」と高がうめいた。

こんなふうにして、また一晩すごすのかと思うと、たまらない。明日は、なんとか、きりをつけよう。昼まで待って、もしまだ誰も旗をみつけてくれなかったら……ふと、高が、眼を開らいているのに気づいた。不思議そうにあたりを見まわし、じっと旗を見つめる。すると、意識をとりもどしたのか。大声をあげて叫びたいほどうれしかった。のぞきこもうとすると、ほとんど表情をかえずに、息だけの声で言った。

「ばか！……は、はたなんか！……」

「だって、もう二日目ですよ。」

「はずせ……」

裏切られたような気持で、久三は黙った。高は体を動かしかけて、うめき、くいしばった歯のあいだから、なにかぶつぶつ言った。水、と聞えた。ちょうど冷めかけていたのを、唇の縁から流しこんでやる。びっくりするほど不精ひげがのびている。死にかけた人間は、早くひげがのびるということだ。むせかえり、涙をうかべ、苦しそうだ。眼は血走り、いぜんとして熱がたかい。

「気分、どうです？……痛みますか？」

「寒い……」

「なにか、食べてみますか？」

喉仏を上下させて、眼でうなずく。チーズのかけらと、湯にひたして柔くした乾パンを、嚙ませてやった。時間はかかったが、八つも食べた。これで死ぬのだろうか？

「あれから、もう、二日目ですよ。」

「旗は、おろせって！」

「なぜです……飢え死にするのはいやですよ。」

「ばか……」

「まるで、人に出逢うのを、こわがっているみたいですね。」

「じゃあ、ピストルを返せ。」

「病気がなおったら、返します。」

高はそろそろと右手をあげて、苦しそうに左腕をおさえた。「いまは、朝かな、夕方かな……？」

「夕方です。」

「情けないことになったな。そりゃ、恩にはきるさ……だが、旗は困るんだ。」

「だから、理由を言ってくれればいい。」

「気のつよいやつだな。ま、いいさ。言ってやるよ。病気がよくなったら、言ってやる。」

久三は口をつぐんだ。これはたぶん、人眼をのがれている犯罪者かなにかなのだろう。

高がくすくす笑いだした。

「おまえ、土人の顔みたいだぞ。口のまわりに輪が入っとる。」

「自分だって、そうじゃないですか。」

もう一度笑いかけて、ふいに血の気がうせ、舌をもつらせながら叫びだした。「たまらん、ちょっと、手の具合をみてくれんか……」

手袋をぬがせるのに、まずひどく骨がおれた。そのあいだ高は、歯をむきだし、足で地面をひっかいて、わめきつづける。小指の先が赤黒く、二倍もの太さに腫れあがっていた。中に、爪が、貝殻のように白くくいこんでいる。

高は一目みるなり言った。

「切ってくれ！」

久三が黙っていると、せかすように、「早く、暗くならんうちにな……おれの、左のポケットに、ナイフが入ってる。つけ根のところを、ぎゅっとしばって、二番目の関節のところから外ずすんだ。さ、急いでたのむよ……」

そう言うと左腕を体から遠く、地面にころがし、根つきた様子で顔をそらして、目をとじる。しかし久三は、ながいこと決心がつかなかった。そのあいだ高は、身じろぎもせず、また意識をうしなったみたいだ。意識をなくしたのだとすると、切るわけにはいかない。だいいち、意識がなくなる寸前の言葉に、どこまで信用がおけるものか。次に気がついたときには、忘れていて、勝手に人の指を切ったなどとめめかれたりしたのでは、たまったものではない。だが高は、気を失ってはいなかった。急に目をむき、おそろしい声で怒鳴った。

「早くしろ！」

久三はあわてて、言われたとおりに、手ぬぐいの切れ端をその小指にまきつけた。

「もっと、もっと強くだ！」

やがて、指全体が黒く、冷たくなる。ナイフは、鉛筆けずりをすこし大きくしたくらいなもので、とても人間の体の細工につかえるような代物ではなかった。思いきって、しばり目のすぐ上のあたりにつきたててみる。皮がやぶれ、黒い血がゆっくりあふれだしてきた。しかしそれ以上どうにもならない。横に引いても切れないのなら、ついてひきはがす以外、方法がないわけだ。しかたなしに、またべつのところに突きとおす。何度かそんなことをしているうち、血管や神経や筋などが臓物のようにはみだしてきて、嚙みきれずに吐きだしたすじ肉のようになってしまった。それに、手がぬるぬるで、うまく力がはいらないのだ。そうかといって、いまさらやめるわけにもいかぬ。薪の中から一本、ふと目の枝をみつけてきて、地面におき、そのうえに指をのせて、ナイフの刃で押しころがす。それでもまだうまくいかなかった。弾力のある固い部分が、骨のうしろに逃げてしまうのだ。高のナイフをよして、自分の蒙古刀にかえ、同じ要領でこんどは靴の踵でふみつけてみる。骨のくだける音がした。もう一度強くふむと、刃口は指を切りはなし、ついでにその下の枝も二つに切って、地面にくいこんだ。胸がむかむかした。

しかし高は、身じろぎもせず、声もたてない。いつのまにかまた、意識をなくしてしまっていた。あまり静かなので、心配になり、時計のガラスを鼻の下にあてがってみたが、まだ息はしていた。五時二分、ついでにねじをまいておく。火をかきたてて、湯をわかす。そのあいだに、残り少いウォトカを犠牲にして、指の切口を洗い、新しい手ぬぐいの切れで厚く包んでやった。

　寒気がしてきた。体のふるえがとまらない。思いっきり薪をくべて、火勢をあげる。焔のゆらめきに誇張された、高のむきだしの寝顔をみていると、哀れみよりもさきに、むかついてしまうのだ。この死にぞこないの、返事もできないやつに、なぜこうまで縛りつけられていなければならないのか。いったいこの男が、おれにとって、なんだというのだろう。ふとその首すじに、なにか小さな白いものがうごめいていた。白いものは、襟の折りかえしにそって、のろのろと耳のほうへ移動していく。しらみだった……しらみが、暖をもとめて、はいだしてきたのだ。（すると、こいつ、もう冷くなってしまったのかな？）……まだ冷くはなかった。しらみはすぐに、また、もとの領分に逆もどりしていった。だが、鼠の引越しは、不吉の前兆だという。しらみが引越しかけたのだって、不吉の前兆でないとはかぎるまい。脈はすでに一分間百三十をこえ、いまにも消えいりそうにかすかであった。

　手を洗い、ナイフの血をぬぐう。切り落した指を遠く崖のうえに、ほうり投げた。

14

次の朝も、風のないおだやかな日である。南の空に、薄雲がでていた。

そして高は、いぜんとして生きつづけていた。熱は高く、やはり意識はなかったが、朝がたから、しきりと体を動かすようになった。うわごとを言ったり、歯ぎしりしたり、寝返りをうとうとしてもがいたり、しかし久三にはその変化が、悪化のしるしであるのか、恢復のしるしであるのか、よくは分らない。

ウォトカを傷口にたらし、手ぬぐいをまきかえてやる。すこしも痛みを感じないらしい。腸詰の煮汁にひたした乾パンを口にいれてやると、そこだけはまるで別の生物のように、際限もなく飲みこもうとするのだ。指を切り落としてやったことが、よかったのだろうか。頭も、不精ひげも、いい、しらみのお告げも、のりこえてきた男だ。案外このまま生きのびるつもりかもしれない。

日がのぼるにつれて、風がでてきた。向きの一定しない、きれぎれに吹く、おかしな風である。久三は檻の中のけだもののように、焚火のまわりをうろついてまわった。

とにかく、明日の午後は、出発してやろうと思う。高には、三日分の食糧を残しておいてやればよい。どこか村にでもついたらすぐ、誰か適当な人物に金をわたして、高を救いだしに来てもらえばよいのだ。むろん、食糧だけでなく、薪も、水をとるための氷も、ちゃんと用意しておいてやる。二人いっしょに、飢死を待つなんて、まったくなんの意味もありはしない。

だが……と別の声がささやく。それは高が意識をとりもどしたときの話だな。もし彼が自分で食ったり、焚いたりできるのでなければ、それは見殺しにするのも同じことなんだ……

「高さん！」と耳もとで強く呼んでみる。相変らずなんの反応もしめさない。がっかりしてしまう。うごめきもがくのも、ただ内部の衝動にすぎないのだ。

午前中いっぱいかかって、薪木はこびをした。太い枝と、細い枝とをえり分けて、崖のくぼみの前につみあげる。枯草も集めてきた。するとこの場所が、ばかに居心地よく見えてきて、そのことがまたむしょうに腹だたしい。

昼ごろ、雲が空一面にひろがり、雪がちらついた。一時間ほどでやんだ。とにかく薪あつめをしておいてよかったと思う。雪がやむと、風もやみ、錆色の空が赤くにじんでいた。午後は氷かきをした。

石で砕いた氷の破片を集め、うしろ前に着た外套の裾をたくしあげた中に入れて搬ぶ。われながら名案だと感心するのだが、見てくれる人がいないのがなんとも残念だ。氷を割る技術も向上した。しかし貯蔵用にはなるべく破片が大きくなければならないので、骨がおれる。

二度目の運搬のかえりみち、風はないと思っていたのに、旗がわずか北になびいているのをみて、おどろいた。そういえば、南の空が、心もち濁ってみえる。

だが、三度目には、もっとおどろかされることがあった。つみあげた薪のかげに、なにか動いているのだ。はじめは、狼か山犬か、あるいは熊に(この辺に熊がいるかどうか、久三は知らなかったが)高が襲われたのだと思った。氷をほうりだし、駆けだしながら、ピストルをとりだす。しかし、すぐに、狼でも山犬でも熊でもないことが分った。それは高自身だったのである。すると、正気にかえったのかな? なにをしているのだろう? ……

もうここまでくれば、久三の足音が聞えているはずである。しかし、どうも様子がおかしい。大声をあげて呼んでみた。答えはない。よろこびが、疑いにかわる。それから、激怒にかわった。

高は、食糧をつめた久三のシャツを引裂き、そのうえに腹ばいになって、むさぼり食っていた。痛むはずの左手で、腸詰をつかみ、口いっぱいにおしこみ、右手を乾パンの中につっこんでかきまわしていた。

「よせ!」と思わず銃口をかまえて、ありったけの声で叫んだ。

しかし高は振向きもしない。死にものぐるいで、おしこみ、ほとんど噛まずに、飲みこんでしまう。けいれんが、肩から胃の裏側にかけて大きく波うった。全部は飲みこめないので、ぼろぼろこぼしながら、まるでなにかの怨みをはらそうとでもいわんばかりである。

「馬鹿!」とかけよりざま、うしろから、腰のうえをつきとばした。高は、エッ、エッ、と叫び地面にへばりついて、なおも食いやめようとしない。久三も負けずに叫んだ。領首《えりくび》をつかまえ、ひきおこして、仰向けにつきころがした。

食糧は七割がた食い荒されてしまっていた。信じがたいことだ。どんなに飽食しても、三食分はたっぷりあったはずである。なんていうやつだろう。

「馬鹿野郎、だめじゃないか!」

怒りが絶望にかわる。

「だめじゃないか!」

喉の奥に、甘い渋い味がした。頭の中が冷たくなった。

高はころがされたまま、動こうともしない。あけた口から舌の先をつきだし、よだれは流しっぱなし、目はつり上って白眼になり、義眼だけが真正面を凄い目つきでにらんでいた。

「だめじゃないか、本当に！」

もう一度叫んで、髪をつかみ、幾度も頭を地面にたたきつけた。そのたびに高は、短くうなった。自分のしたことに、気づいているふうはぜんぜんなかった。いきなり、体をふるわせ、食べたものを、吐きだした。ほとんど消化されないままの乾パンやチーズや腸詰などが、白い泡と粘液にまみれて、ふきだしてくる。

（気が狂ったのかもしれない……）

久三は、全身の感覚が、がさがさと音をたて、しわだらけになりながら、鼻の奥、顔の中心に集まってくるのを感じた。涙が喉の奥に流れこんでくる。吐きだしたものの中に顔をつっこみ、ふるえつづける高のわきで、ひっそりとすすり泣いた。アレクサンドロフは親切だったな、という考えが、ちらと頭をかすめる。

「お嬢さん……」と、ぶくぶく泡をふきながら、小さな声で高が歌いだした。

久三は、こぶしを膝にうちつけ、白くにごった荒野にむかって、大声で泣きわめいた。

やがて涙もつき、しゃくりあげながら、消えかかった火をじっとみつめている。まるで感情がなくなってしまったようだ。食糧はもう、完全に尽きたも同然である。これで、すべてが終ったのだ……しかし、頭ではそう分っていても、気分のうえではなぜかそんなふうに切実になれない。やはりなんとかなりそうだと思う。だが、こんな立場におかれた人間は、きっと最後まで、なんとかなりそうだと思いつづけながら、飢えて死んでいったにちがいない。興安嶺をこえようとした脱走兵で、生きて帰えったものはないということだ。狼の腹から、階級章がでてきたというような話を、幾度かきかされたことがある。人間はそんなふうにして死ぬことがあるものなのだ。おれも、最後まで信じることができずに、やはりこのまま死んでいくのだろうか……

（しかし、もしかすると、いやたぶん必らず、アレクサンドロフは列車の事故を知ったにちがいない。そして救援部隊に、おれの調査をことづけたにちがいない。おれの行方が分らず、死体もないとしたら、どうするだろう？　たとえば、あの証明書がわざわいして、国府軍に連れ去られたのだと考え、責任を感じ、さらに追撃部隊に——そういうものがあり、国府軍より優勢であると仮定して——おれの調査と救出を依頼したかもしれないではないか。いずれ国府軍の逃げる方向は南である。すると、いつかはその追撃部隊が南下して……）

と、そんな空想をくりかえしながら、最後まで希望をすてきれずに、やはり死んでいくことだろう。

それにしても、妙なめぐり合せだと思う。母親の看護のために、おれは北たちから置きざりにされてしまった。そしてこんどは、見知らぬ他人の看護のために、運命から置きざりにされようとしているのだ。もし万一、助かるようなことがあっても、おれはもう二度と金輪際人の看護なんかしてやるまい。

15

そのあと高は、また二度ばかり、胃の中のものを吐きだし、そのままおそろしい鼾《いびき》をかいて寝こんでしまった。久三は機械的に、薪をくべ、一と晩じっと坐りつづけていた。一睡もしなかったように思うが、鴉の声におどろいて目をさましたところをみると、やはりいくらかは眠っていたのかもしれない。泣きすぎたために、眼の下が黒くはれあがり、涙のよごれで顔がちぢんでみえた。高は昨夜とおなじところに、うつぶせに顎をつきだし、よほど苦しんだとみえて、帽子はぬげ、外套が胸の下でねじれあがっている。顔一面に吐瀉物がはりつき、乾き、ひげの中で霜になって光っていた。同じものが、喉にもつまっているのだろう、笛のような音をたて、しかし案外規則正しい息づかいである。

湯をわかして飲んだ。急に飢えを感じた。高の食い残しを集めてみる。ちょうど両手にいっぱい分しかない。思わず顎がひきつって、奥歯がキリキリと鳴った。腸詰の小さな切れ端を、まるで足があって逃げだそうとしているもののように、勢いこんでほおばった。すこしも味がしない。灰汁をなめているようだ。飢えと食欲とがべつのものなのなら、そして食欲がないのなら、むりに食べることもないと思ったが、飢えのほうが承知してくれなかった。食欲よりもずっと強迫的で、おそろしいやつである。

一度たべだすと、とめどがなかった。すこしでも口を動かしていないと、たまらなく不安なのである。飢えそのものよりも、飢えにたいする恐怖だったのかもしれない。いかん、と気がついたときは、もう半分ちかく平らげてしまった後だった。飢えが、なにか実体のあるもののようにさえ思われだす。昨日は高にとりつき、今日はおれにとりつこうとしているのだと、そんな馬鹿気たことを、本気で信じこみそうにさえなるのである。暗闇のなかで光を求めるように、彼は飢えのなかで食物を求めた。ありとあらゆる食物の色や形で、頭の中がいっぱいになってしまった。

自然に、まず思いついたのが、沼の魚である。氷を割って、魚をとればよい。たちまちすべてが解決だ。あまり簡単すぎたので、ぼんやりしてしまったくらいである。氷割りをした場所に出掛けていって、そこをさらに深く掘り下げてみることにする。すでに十センチは削ってあったから、あと二、三十センチも掘れば水面にとどくだろう。だが、表面の風化した部分とくらべると氷というものは意外に堅いものだった。苦労はべつにいとわない。しかしそれだけ、飢えを成長させることになるのだと思うと、それがこわかった。

腹ばいになって、顔いっぱいに氷をあび、一と振りでも無駄にすまいと、けんめいに掘りすすむ。どうしても穴がせばまってしまう。横にひろげなおして、また掘りすすむ。なんどか繰返すうち、ふと手ごたえが変った。氷ではない、しかし水面でもない。手をいれてかきだしてみると氷のかけらに、ねばねばした青い腐蝕土がまじっていた。

気落ちしてしばらくは、起上る元気もない。氷の冷たさが、服をとおして直接肌にしみとおってくるまでじっとしていた。露出した手首の部分が、赤く腫れあがって、ひりひりする。顔の氷をぬぐい、のろのろと立上ったが、しかし心は沼にたいする挑戦で、異常にするどくさえわたっていた。

すばやく周囲の地形を見まわし、このあたりの底が浅いのが当然であることを認める。もっと崖の近くで、じゅうぶん深そうなところがある。

焚火から、ほんの三十メートルほどの地点に目ぼしをつけた。だがもうさすがに石をふるう気力はない。ピストルをとりだし、いきなり下にむけて引金をひいた。短い、乾いた音がして、氷の粉がとびちった。そのあとに、小指ほどの穴があく。深さは予期したほどでなかったが、指の長さよりは深かった。

弾倉をあけて、弾をぬく、なに式というのかは知らないが、七連発の自動拳銃で、(煉瓦焼場で例の犬を射ったのと、いま使ったのを差引いて、残りは五発)三発とりだすと、二発残る。その三発を順に、こごえた指で薬莢をつかみ、弾頭を歯でくわえてとりはずした。血がにじみ、歯が一本ぐらぐらになった。火薬を穴につめる。引返して、細めの枝と枯草を一とかかえ、搬《はこ》んできた。ほとんどなにも考えずに、次の行動が決まっていくのは、まったく不思議なくらいであった。

枯草をかぶせ、枝をつみ、火をつけた。火がついたのを見とどけ、すぐに駆けもどった。うまく燃えあがっている。息をつめて待つ。ながい時間がたった。輝きがうせ、煙がたちのぼり、やがてその煙もうすれて、消えてしまった。しかしなんの爆発もおきなかった。

こわごわ近づいてみる。灰をとりさると、ぬれた枯葉があり、その下に小さな水溜りがあった。……つまり、氷を熱すれば、水になったというわけである。

腹立ちまぎれに、残りの二発も射ちこんでしまう。一発は近くに、もう一つべつの穴をつくり、もう一発はうまく命中して、水しぶきをあげた。

振向くと、高が片肘をつき、上半身をおこして、こちらを見ていた。音におどろいて、目をさましたのか。一瞬、久三の目がよろこびに輝いた。息をすいこみ、爪先だつ。だがすぐ、無駄な期待だ、あれは狂人なんだ、と思いつく。しかも、食糧を食いつくしてしまった、手に負えないやつなんだ……しばらく目をとじていて、それから関節がはずれたような足どりで、のろのろと戻っていった。ものといたげな高の視線には目もくれず、うしろむきに坐りこんでしまう。

「どうした……?」

久三は返事のかわりに、股のあいだに唾をはきとばした。

「体が割れそうだぞ、おれは……」高はざらざらした、生気のない声で、一言いうたびに喉をつまらせる。「いまの音は、なんだね?」

久三ははっとして顔をあげた。すると正気にもどったのか……あらゆるうらみ言が、とつぜんせきをきってあふれだした――

「いまの音?……おれはねえ、言いますよ、なんだって今ごろ……じっさい、今ごろ、なんだって……もう間に合いやしないじゃないか。ちゃんと計算してあったのに。五日分を、たった一度で食っちまうなんてね、どうかしているよ…… いいですか、五日分をですねえ、たった一ぺんでですよ……」

勢いこみ、ただ一気に言ってしまおうとあせるので、繰返し、飛躍し、逆転し、激しいばかりでとりとめもない。

「そうかい、分ったよ……」高は弱々しくさえぎり、口のまわりにこびりついたものを、こそげ落としながら、「そりゃ、迷惑をかけちゃったな。熱にうなされていたんだなあ……水、水をくれんか、いっぱい……」

かなりの衝激を期待していた久三は、はぐらかされた気持で、薄氷のはっている飯盒を、ぞんざいに押しやった。高は一気に飲みほして、だるそうに、また横になる。

「割れるようだぞ、体が……指もだな……これは？……なるほど、切ってもらったんだっけ……どうも、ない指が痛むのは、妙なもんだなあ……どこにやったね、おれの、切った指は？」

「むこうに捨てましたよ。」

「うん……割れるようだな……おれは、ずいぶん寝たのかな？」

「六日目です。」

「そりゃひどい……えらいことだ……なんだ、まだ腹をたてとるのか、分らんやつだな。」

「分らんで、けっこうさ。」

高は目をほそめた。疑わしげに、まるで裏切りにあったといわんばかりの表情で、唇をなめながら、久三の顔をのぞきこもうとする。

「ま、よかろう。世間知らずは、いい気なものさ……」

「死ぬのを待ちながら、そんなこと言ってるほうが、よっぽどいい気なもんじゃないか。」

「なんで、誰が、死ぬのを待つんだ?」

「もう、食糧がなくなったんだって、言ってるじゃないか。ここで、こうして、二人とも飢え死にするんです。」

「あまり、大げさなことは言わんほうがいい……しかし、さっきの音、あれはなんだ、ピストルだな?」

「ピストルですよ。」

「どうしたんだ?」

「氷を割って、魚をとろうとしたんですよ。」

「割れたかね?」

「駄目です。」

「そうだろう。無駄をしちゃいかん。弾丸は、おれたちの命の綱だからな……約束どおり返してもらうことにするか……」

「どうぞ……弾はぜんぶ、つかってしまいましたよ。」

無造作に、高の足もとに、ほうり投げてやった。高は身じろぎもせず、目をとじ、うすくひらいた唇から、ながい息をはきだす。

するど、その息が、鋭い悔恨の針になって久三の胸につきささるのだ。ちくしょう、おれのやりかたはまるで、破滅にむかって、駆け足しているようなものじゃないか……たしかに、ピストルさえあれば、まだなんとかなったかもしれないのだ。沼の奥に行けば、兎がいるだろう。狼がいるだろうし、山犬もいるだろう。鹿だっていないとはかぎるまい。いざとなれば、鴉だって役立つはずだ……

そっと高のほうを盗み見る。よごれきったつやのない顔をかたくなに閉じて、死んだように動かない……しかし、おれだけの責任ではないんだ。もとはといえば、やはりこの男が原因だった。そして、正気にもどったのだって、おれの介抱があってのことじゃないか。だが……だがさっきこの男は、食糧のことについては、あんなに楽天的だった。なにか成算あってのことだとも考えられなくはない。それが急に、うってかわった落胆ぶりだ。やはり、ピストルのことは、決定的だったのだろうか……おれたちはまるで、互いに、殺しあいをしているようだ。

久三は、口いっぱいにたまった唾液を、音をたてて飲み込んだ。その音が、意外に大きかったことで、目がくらむばかりの恐怖におそわれる。ふたたび、なにかが、そこにいる……はるか、身近にせまった、飢えだった。

太陽は高く、にごった南の空にのぼりつめ、どんより赤く光っていた。それが、はるか上空を、南の風が吹きつのっているしるしであることを、久三は知っている。生命をかきたてるそのにぶい輝きに、かえって身を引き裂かれるような絶望を感じるのだ。

彼は駆けだした。崖をよじのぼり、いつか歩いた野火のあとを、駆けまわった。ふくれあがった白い腹をむきだし、仰向いてころがっていた、あの焼けた鼠をさがすのだ。あったはずの場所からは消えていた。灰になった枯草に手を入れてかきまわし、無駄とは知りながらも、どうしても探しやめることができなかった。

ふと、しわがれた、犬が咳こむような声を聞いた。声は崖の下からしていた。高が呼んでいた。

「おうい、旗を、おろせよう!」

下をのぞくと、高は崖によりかかり、あぶなっかしい腰つきで、しかしなんとか立ち、ためすように首を左右にふっている。久三は相手のおどろくべき強靭さに圧倒された。

久三に気づくと、高は、ほとんど陽気ともとれるきっぱりした調子で言った。

「旗をおろせ!　出発するんだ……」

下唇をつきだし、息をつめて、崖から身をはなし、一歩あるいてみせて、鼻のうえに皺をよせた。だがすぐにまた、坐りこんでしまう。

「……まあ、出発は明日にしようか。しかし、とにかく、旗はおろすんだな。おれは、弱味につけこまれるような真似はしたくないからな……」

「理由を説明するっていう、約束じゃないですか。」

「そう……説明してもいい……説明してやるよ。」

そんな口約束を信じる気はなかった。ためらいは残っていたが、結局、竿をといてばらばらにし、ひもと旗をたたんでポケットにしまい、枝の中の丈夫そうなのを二本えらんで、そのうちの一本を高に投げおろしてやった。

「杖にいいですよ。」

「なるほど、杖にいいな……」

第三章　罠

16

丘の傾斜をのぼって行く途中、後ろからついてきていた高の足音がとだえた。沼を発ってから四日目のことである。五、六歩うしろで、高は黒い塊になり、地面にはいつくばっていた。かまわずに歩きかけたが、次第にその足どりがにぶくなり、やがてあきらめたように立ち止まってしまう。呼んでみたが、声にならない。無理に声をだすより、歩くほうが、まだ楽だった。のろのろと後戻ってきた。

「どう……？」こごえた声で、肩に手をかけ、ひき起こそうとすると、相手はかえって力をぬき、べったり腹ばいになってしまう。顔の右半分が、斜めにさす月の光に照らしだされてはれぼったく、むくんでみえた。息をするたびに唇の端がこまかくふるえ、つぶれた小鼻が横にふくらんだり縮んだりする。流れだした唾液が、白いつららになって、無精ひげの先に下っていた。かすかに、いびきさえかきはじめたようである。

「起きなさいよ！」つづけさまに、手の甲で、耳のうしろを打ちすえる。声が干あがった喉の裏にはりついて、ひりひりした。

高はわけの分らぬことを呟きながら、久三の手からのがれようとして、体をよじった。そのはずみに、傷ついた左手を体の下にはさみこんで、しわがれた叫びをあげ、正気をとりもどした。久三の腕につかまり、ぎくしゃくと体を起こす。両膝で立って、首を左右にふらつかせながら、うわずった声でわめいた。

「なぐってくれ、もっと……」

久三は両手で交互に打ちつづけた。感覚がにぶっていて、まるで綿を打っているようだ。しかし指先が折れるように痛み、それが肩から耳までひびきあがって、ただその痛みだけが自分の動作をたしかめさせてくれるのである。

「もういい、行こう……」

高は喉をならし、不確かな手つきでさえぎって、白く背をみせて光る荒野のうねりを恐怖にみちたまなざしで見まわした。「くそ、行くぞ……」杖をにぎりなおし、まだじゅうぶんに立上らない中腰のまま、ふらふらと歩きだした。腰に紐がまきつけてあり、紐の端が長くうしろにのびてその先に鞄がむすびつけられている。一と足ごとに、左右にはねながら、地面をすべって、ついていく。

その鞄の音が、疲れきった二人の暗い心には、なにか虫の匐いずった跡のような、一本の線になって刻みこまれるのだ。じっさい久三は繰返して、広い白布のうえを、端から端にのろのろと匐っていく虫の姿を思いうかべ、それを自分になぞらえてみたりしたものだ。すると不確かだった自分の運命に、確かな裏づけがあたえられたような気がしてくる。あるいは、一歩の幅を五十センチと計算して、一足ごとに百、百五十、二百、三百……と加えていってみる。やがて、万の桁にちかづき、混乱しはじめでもすると、それだけ希望に近づいたような安心が得られるのだった。

高が鞄を手に持てなくなったのは、つい今朝がたのことである。夜が明けると間もなく、丘のくぼみに細長い灌木の林があった。そこで火をおこした。しかし高は体をすくめ、血走った目だけを動かして、不安そうにあたりを見まわし、休もうとはしないのだ。

「地図をみせてくれ。」

しばらく地図をのぞきこんでいてから、前の小高い丘の頂上に登っていき、振向いて久三をまねく。南の方を指さして、疑わしげな口調でたずねた。

「なにか、見えるかね？」

いぜんとして変化のない、荒れはてた原野、その見飽きた単純さが、あらためてしびれるような苛立ちと、乾ききった恐怖をよびさますだけである。久三が首を横にふると、明らかな狼狽の色をみせ、きょろきょろ地面をさぐるように見まわって、

「ここ……ここは……畠じゃないな……」

まるで、畠だと言ってくれと哀願せんばかりの、たよりなげな調子になった。むろん畠なんかであるはずがない。

「どうしたんです？」

高は黙ったまま、虚ろな表情で火のそばに戻り、ぼんやり何やら考えこんでしまった。よく火がまわったところで、新しい枝をつみあげる。勢いよく火の粉をちらしながら煙がふきあがった。風がないので、煙はまっすぐ渦をまいてのぼり、かなりの高さまでいって、ぶるぶるとふるえ、かすかに北西の方角になびいて消えた。高の腕をつかんで久三が言う。

「南風ですよ！」

足もとからむしりとった草の根を無心に嚙んでいた高は、空を見上げるなり叫んだ。

「馬鹿！　そんなに煙をたてちゃいかん、見られるじゃないか……」杖の先で枝をかきあげ、ぬいだ帽子をふりまわし、風を送って焰をあげた。焰がひろがるにつれて、煙の柱は色あせる。

「見られるじゃないか……」

久三は、馬鹿々々しいというふうに唇をゆがめた。返してもらった地図を眺めているうちに、ふと今しがたの高の狼狽の理由が分ったように思う。予定のコースを、予定どおりに来ていれば、いまごろは胆楡《タンユイ》の西、四十キロほどの地点に来ているはずである。だとすれば、あたりには畠があってもよく、また南の方角には内蒙古との境の丘陵群が見えなければならないわけだった。すると、道に迷ってしまったのだろうか……

「いま、どこらへんにいるんです？」

しかし高は意地悪げな一べつをくれただけで、何も答えようとしない。かき集めてきた雪で湯をわかし、寝る順番をきめるために、いつものように帽子の中に五十銭玉を入れて差出した。すると高は手をふって、いまいましげにこう言うのだ。

「火を消せよ。今日は休みなしで行くんだ……」

久三は反対しようとして、高の追いつめられた目の色におどろき、黙りこんでしまう。高は、鞄を持ち上げようとしてよろめいた。飢えが、感覚よりも、肉体のほうに先に現れてきたのである。靴下に一本分だけ残しておいた高の豆を、最後に食いつくしてしまったのが昨夜のことだ。たっぷり二十時間は水よりほかに何も腹にいれていない。それに二、三日まえから、寒さがまたぶりかえしていた。熱量の消費が大きければ、それだけ飢えの影響もまた強いわけである。

「ちくしょう、手がしびれていやがる……ちょっと、持ってくれんかな。」

おびえた声だった。久三は焚火のあとをふみ消しながら、返事をしたくなかった。

「な、持ってくれよ……するだけのことはするぜ……一時間、百円はらおうか……」

久三は沼で旗竿をつなぐために、風呂敷を裂いてつくった例の紐を、ポケットからとりだして、ほうり投げてやった。

「これで、下げたらいいよ……」

足もとに落ちてきた紐の端をつかもうとして、高はそのまま前のめりに倒れ、右脇を下に、まげた腕の中に鼻をつっこんで、ひびきのない声で言った。

「じゃあ、火をおこせよ……二時間交代だ!」

その耳もとにしゃがみこんで、久三がうながす。

「ねえ、やはり道に迷ったんですね?」

だが高はかすかに身ぶるいをしただけで、なにも言わずに目をとじ、もう低くいびきをかきはじめている。

　しかしいま、久三は、高にその紐を投げあたえてしまったことを、心から後悔しているのだ。ほとんど空になってしまった毛布の包みが、まるで鉄の包みででもあるように、肩先に鋭い歯をたててくる。あれから二人を支えていたのはもはや理性的な意志などではなく、恐怖と幻とけだものじみた内臓の衝動だけであった。その衝動によって相手が支えられており、いぜんとして屈せず努力をつづけているという事実の刺戟だけが、いまにも消えさろうとする生への執着を、なおも鞭うつ最後の力だったのだ。

とりわけ坂道が苦しかった。ほんのわずかの傾斜でも身にこたえた。同じ距離が何倍にも感じられ、どういう理由でもいいから口実をみつけて、ほんの一と息でもいいから休みたいと思い、いぜんとして歩きつづける高の強靭さにほとんど神秘的な畏敬の念をさえ感じるのである。そしてたぶん、高のほうでも、久三に対して同じような気持だったにちがいない。

そうやって二人は支えあっていたのである。だからもし、相手からの刺戟がなくなり、その支えがぐらついた場合、それでもなお歩きつづけていることと、立ちどまってしまったことを、はたして感覚のうえで区別できたかどうかは、きわめてあやしいものである。傾斜がすこし急になったり、あるいは大きな岩肌がむきだしていたりすると、歩いているつもりで、よつん這いになっていることがよくあった。あるいは、背をこごめ、まげた膝のうえに両手をささえて、体を左右にふりながら、それで前に進んでいるような気持になっていたりするのだ。

目をとじたまま歩く実験をしてみようとか、自動車の運転手になったつもりになってみようとか、そんな思いつきをしたときが一番いけなかった。空想と現実の差はほとんどなくなってしまい、感覚は厚い鉛の壁にとざされた氷室の、小さなよごれたのぞき窓のように、陰気ににごってしまう。意地のわるい嘘の世界が、すぐそこに、ちらついては消える。町角の飯屋の軒下で湯気をふいている大きな蒸籠《せいろ》、せまい路地をかきわけて走る雌鶏たち、動けないほど肥った猫、はげかかった電柱の広告、ベッドのある部屋、洗面器の中の熱い湯とシャボン、すべすべした茹《ゆ》で卵のしろみの肌……そしてそのあい間あいまに、ぐらぐら揺れる暗い物音と叫びに満ちたあやしい地面が、彼の足を吸いこもうとしてせり上り、足がどうしても前に進まなくなってしまうのだ。放心は多く、ほんの一瞬のことだったが、しかしその一瞬が連続してきて、そのまま彼をそこに引きとめてしまわないとはかぎらなかった。

現に、いましがた、高がそんなふうにして、歩きながら眠りこんでしまったではないか。

相手のつまずきは、彼の勇気をふるいたたせるかわりに、かえって挫《くじ》いてしまったらしいのである。自分と高との距離が、次第に遠ざかっていくのをぼんやり感じながら、どうすることもできないのだ。さっきは自分が前を歩いていたのだからそれでもよかったが、今度は逆である。自分が取り残される番なのである。つまずきというやつは、どうやら、伝染するものらしい。

昨夜の高との言い合いのことを思い出している。雲につつまれたまっ暗な夜だった。こういうときは、道に迷い、同じところをぐるぐるまわったりするものだからと、久三は先に進むことに反対だったのだ。それに幾度か、遠くで、狼の吠え声がしたように思った。しかし高は耳をかそうとしなかったのである。もし道に迷ったのだとすれば、たしかにそのせいにちがいない。迷ったといっても、むろん正確にきめられたコースがあったわけではなく、とにかく南に行けばいいのだと考えれば、修正のきかない逸脱というほどではなかったかもしれぬ。だがこの限られた体力のなかでは、ほんのわずかな廻り道でも、とりかえしのつかぬ命とりになる危険があった。たまらない恐怖が、しだいに青ざめながら、絶望にかわる。さらに青ざめて、怒りにかわる。するとその怒りが、形をとって、一本の紐に集中されていくのだ。高が鞄をひきずっているあの紐である。自分の運命のすべてがその紐にかけられているという、おかしな妄想にとりつかれはじめるのである。

ずるずると地面をすべる鞄の音を耳にして、はっと我にかえる。膝をついたまま、ぼんやり考えこんでいるのだった。杖にすがってようやく腰をあげる。

(そうだ、あの紐をとりもどさなけりゃならん……)

肘で、万一の場合にそなえて、バンドの下のナイフをたしかめたりしたが、本当に歩きはじめるまでには、まだ大変な努力がいった。右足の小指の外側にできた新しいまめがすりむけて、ひりひり痛んだ。

やっとその尾根までたどりついた。そのときには二人の距離はもう五十メートル以上はなれ、高はもう次のうねりにさしかかっているのだった。こんどの下り坂の短かさに久三は絶望する。肩の骨が砕けそうだ。船に酔ったようなはげしい嘔吐感に、胃の中がねじりあげられる。坂をおりながら、「待ってくれよ！」と思わず叫び声をあげる。しかし声はこごえた唇にふさがれ、ワェヨーというふうな、弱々しい悲鳴にしかならなかった。その悲鳴も、凍りついた厚い荒野の壁に吸いとられて、十歩もはなれていれば、紙を引き裂いたほどにしか聞えなかったにちがいない。叫びのしまいは、泣き声に変っている。

次の傾斜はもっとも長く、もっとけわしく感じられた。高はふりむいてくれない。もう駄目だと思う。枯草にからんだ、乾いた雪をつかんで口に入れてみる。すこしも冷たさは感じられなかったが、融けないので、石の粉をかんだようにざらざら上顎を刺した。草の根でもかじれば、すこしは元気がつくかと思い、そのうえを踵で蹴ってみたが、地面は小さな白い傷をつけただけでびくともしない。そのかわり、腱が切れたかと思ったほどの鋭い痛みに、しばらくは身動きもできなかった。

ふと足もとに、ねずみの死骸があった。白い腹を上にむけ、焼けて薄桃色にふくれあがった、大きな野ねずみである。なんだい、こんなところにいたのか、と笑いだしたいような気持でそのうえにかがみこむと、消えてしまった。ぞっとして、立ちすくむ。次の瞬間、火をもすことを思いついた。いま自分にとって必要なのは、なによりもまず温度だし、それに火をもせば高が戻ってくるにちがいない。まさに一石二鳥の効果である。しかしあたりには燃料になりそうなものが何もなかった。風化した雪に、ぼさぼさとからみついた一とつかみほどの枯草なら、あちらこちらの窪みや石のかげにいくらもちらばっていたが、焚火にするほど集めるとなると、もうほとんど不可能である。

それにしても、とにかく火がほしかった。無意味なことは分っていたが、枯草の一つの雪を杖の先でこそげおとし、そのうえに直接マッチの火をすりつけてみたが、ちりちりと幾本かの葉が燃えあがっただけで、煙もたてずに消えてしまい、結局マッチの火が一番ながもちしたくらいである。手袋の先がこげるまで軸木をつかんでいて、それから次の枯草にうつる。

高が立ちどまった。久三はさらに次のマッチをする。かすれた声で高がなにやら叫んだ。かまわずに、次から次へとマッチをすりつづける。高が後もどってくるのを聞きながら、しまいには幾本も一緒に束にしてすりつづけた。

高が久三の肩をつかんで引起した。

「ばかやろう……よせ、なにをする……」

その手をふりほどいて久三が叫びかえす。

「紐をかえせ!」

「紐……?」

久三はまたマッチをすりはじめる。

「おい、よせって言っているんだ。」杖の先で久三の手をはらいのけようとして、「よせよ、無駄じゃないか……」

久三は振り向きざま、うなり声をあげて高につっかかっていった。ねらいがはずれ、肘で地面をかきむしって倒れる。起上るとすぐにまたマッチをする。

「馬鹿やろう、遠くから見えるんだぞ!」

「見えればけっこうじゃないか、紐を返せよ!」

高が近づくと、背をみせながらそれだけ逃げて、いつまでたってもすりやめようとしないのだ。とうとう最初の束をすり終ってしまった。さらに内ポケットから取出した二た束目に、手をつけようとする。追いすがりざま、高が杖をふりあげて久三の右肩を打った。杖が折れて飛んだ。久三は泣きながら、とっさにジャケツの下のナイフの柄をつかんでいる。高もピストルをとりだしかけたが、すぐ弾が入っていないことを思いだして、もとにもどした。

二人はながいあいだ、じっとそのままにらみ合っていた。やがて、しめった気力のない声で高がゆっくりと言った。

「行こう……もう、一と息だからな……」

「なにが、一と息だ?!」ヒステリックに久三が顎をふるわせる。「きさまのせいじゃないか。おれが、きさまの命を助けてやったんだぞ!」

しかし高が黙って歩きだすと、五、六歩おくれて、久三もあとにつづいた。

17

夜が明けるすこしまえから、うねりの尾根にあがるたびに、南の地平線になにか見えるような気がしていた。月が、にごった白い弦を下にして沈むにつれて、その何かは次第にはっきりと姿をあらわし、森のようにも、また小山のようにも、時には大きな町のようにも見えた。しかし、ただ黒い塊りということが分るだけで、しじゅう形が変わるところは、単なる雲かもしれない。だが、夜の影で動かない影などというものがあるだろうか。形が変わることだって、見る側の目の錯覚かもしれないのである。しだいに空が明るくなりはじめた。小高い丘を一つこえると、それは急にすぐ目のまえにあった。目の迷いはある程度正しかったのだ。地平線の南半分に、おりのようによごれた雲が沈澱しており、その手前に、地図でみたあの丘陵群が、幾重にもおり重なって行手をさえぎっているのだった。

しかしその小山の群は、まったくの禿げ山である。高さはそれほどでないはずなのだが、乾燥季には骨まで干からび、草は根をはるまえに鼠にくいちぎられ、ぼろぼろになったところで雨に流されけずりとられるので、その怪しげな起伏が横から朝日に浮き彫りに照らしだされ赤、黄、緑、紫、黒とあらゆる色に輝く姿は、まるで大連峰さながらに人を威圧するものがあった。なんというのか高も知らなかったし、地図にも書いてなかったが、何々山脈と名前がついていてもべつに不思議はなさそうにさえ思われるのだ。

「あの山をこえるんですか……」

疲れきった薄目で見ながら、足をひきずり、声までひきずるような声で、久三がたずねる。

「あの向うが、科爾沁左翼中旗《コルチンツオイチュンチ》だ……」

「そこに、行くんですか?」

「分らん……」

しかし高の足どりには、なにか力がこもっており、それにつられて久三も、いくらか気力をとりもどしていた。それに、雲が次第に高さをまし、かすかではあるが眼と頰のあたりに南の風が感じられ、気温があがりはじめたのか、吸いこむ息になんとなくまるみがあった。

さらにうねりを二つばかり越えると、丘陵群とのあいだに広い低地があり、そこを東西に一本の道が、進路を横切っている。道は不規則にふるえ、丘陵のふちにそって、東にすすむにつれて右に迂回しながら、ずっと先のほうで、谷間のかげに消えていた。

「道ですよ!」

久三の声は興奮でうわずっている。人間の生活の跡を見なくなってから、ちょうど十日目のことだ。しかし高はなにも答えなかった。

道はほかよりも一段低く、馬車のわだちのあとがなかったら、枯れた川床と見まちがえたかもしれない。川床ではないが、雨季には小川と同様になることもたしかだった。思いっきりこねあげられて、そのまま固く凍りついている。道の両側には不思議と枯草が多く、土手のかげになったところには栄養こそわるいがちゃんとした木さえはえていた。木といっても、高さ三、四十センチしかない小枝のかたまりである。成長しそこねたニレの根株らしい。毎年若芽がでるたびに兎や鼠や、あるいは欠食している旅人につみとられ、のびきる余裕がなかったのだろう。それにしても、道端のほうがまだ他よりも保護されているというのは面白い現象だ。一つには雨を集めて流れになり、ほかよりも水分の保存がいいためだろう。いま一つには、人間の気配が、小動物どもをよりつかせない働きをしているのかもしれぬ。

久三は道のうえにとびおりると、ぜいぜい息をはずませながら、振向いて笑った。つづいて高も土手をすべりおりたが、なぜか久三の視線をさけるように、そのまま道を横切って、向うがわにはい上っていこうとする。

「休まないんですか、高さん……」

「明るいうちに、開河《カイホー》まで出るんだな。」

「なぜ……ここでいいじゃないですか。」

「冗談はよしにしてくれよ。いまさら、道のそばなんかで……」

「いやだ、ぼくはここで休む。」

「二里か三里のしんぼうじゃないか、ここまできて、つまらん……」

「そんならよけい、無理することはないさ。」

久三は、土手の下に荷物をおろし、道端の枝をあつめにかかった。

「おい……」息をつめたために輪廓のぼやけた声で高が呼びとめる。「悪いことは言わんから、一緒にこい。」

「手つだってくださいよ。」

「悪いことは言わん。おれには、考えがあるんだ。」

「どうせ休むんなら、ここで休むのが、いちばん理窟に合っていますよ。うまく馬車でも通りかかってくれれば……」

「つまらんことを言うのはよせ!」

「ぼくは腹がすいているんだ!」

「だから、おれの言うとおりにしろといっているんだ。君は日本に帰りたいんじゃないのか。そうだったらおれのいうとおりにしろ。危険なんだぞ、ここは……だからあんなに、旗のことだって、やかましく言ったんじゃないか。さ、行こうや、明るいうちに向うに出て、中旗《チュンチ》の様子をさぐっておかにゃいかん……さ……」

「でも、ぼくにはなにもそんなに、びくびくする必要はないんだからな……」久三は道のうえに一とかかえの枝をつみあげ、せわしげな手つきでこんどは枯草を集めはじめる。「いままでだって、けっこう危険でしたよ。なにもいまさら……」

「だから、説明するって言ってるじゃないか!」

「言うだけはね……でも一度もしてやしない。」

「おれは……」黒い短い舌の先で、すばやく下唇をなめ、さらにそれを手の甲で拭きとって、「おれは、追われているんだ。」

「分ってますよ、それくらいのことは、ぼくだって……」枯草をまるめて枝の中におしこみ、マッチをする。一本目は軸木にもえうつらないうちに、消えてしまった。風がでているのだ。胴ぶるいをして、二本目をつける。

「畜生！……貴様がピストルの弾をおもちゃにしてしまっていなけりゃなあ……」

「分ってますよ。」

火がついて、白い煙がふきあがる。道にそって西にながれ、土手のちょうど高が足をかけているあたりでぱっと散って、ぶるぶる波立ちながら荒野のうえを、渦まきながら北のほうへ飛んでいった。高は咳こみ、のろのろと煙をよけて、久三のいる側にやってきた。しかし火のそばまでは近づかない。誘惑にうちかとうとする強い決意が、義眼をまでも上につりあげてしまい、まぶたのかげで瞳孔が小さく、穴のように黒くみえた。

「こいつ馬の糞じゃないか。」わだちで出来たうねとうねのあいだのくぼみにころがっていた、小石ほどの灰色の塊りを、久三が杖の先でついてみた。塊りは、簡単に地面からはなれて、くるりと腹を上にむける。そこは、霜がはがれて鮮かな馬糞色をしていた。

手もとにひきよせ、靴の踵でふみわると、粉っぽい割れ口に、草の繊維がなまなましく浮きたっている。「まだ新らしいや……」

「凍ってりゃ、いつまでたっても、新らしくみえるさ。」

「だって、まわりの氷がまだ薄いですよ。それに、そんなにながいこと……そのうち何かが来て食ってしまいますよ。」

「なにが?」

「鴉とか、犬とか、鼠とかさ……」

「なあ、無駄な期待はよせ……」高は苦しげに背をこごめ、しかし表情はくずさず、折れた杖の先で半長靴の胴を小刻みにうちながら、「いくら待ったって、なんにも来やせん。来るもんか……はっきり言っとくがな、ここいらが一番危険なんだ。どこにどんな野郎が待ちかまえているか知れたもんじゃないんだからな。いまどき、こんなところを通る馬鹿はいやせんよ。」

「そんなら、あんただって、安心じゃないか。」

「へらず口はよせ……とにかく悪いようにはせんのだから……」

「とにかく、ぼくはここにいます。」払いのけるように言って、また薪をあつめだす。

「……おせっかいはもう沢山だよ。」

高は唇の両端の肉をゆっくりと持ちあげ、喉の軟骨をはげしく上下させながら、重そうに右足をひいて体を向うむきによじり、顔だけを残して、じっと久三の耳のあたりを見つめている。

「じゃあ、おれは行くぞ……」

久三はあつめた薪をかかえて火のそばに戻り、もどかしげな手つきで、靴をぬぐ。右の靴下の半分が、生がわきの血でごわごわに固まっている。それを火にあぶりながら、だるそうなひしゃげた声で言った。

「いいですとも。」

「そうかい……後悔するな……」

久三は、毛布をひきよせて目をとじ、するともう半分睡りかけているのを感じて、身ぶるいする。高が歩きはじめた。靴をひきずり、傾斜にそって左のほうへ、迂回しながら登り遠ざかっていくその足音を、まるで死の宣告のように聞き、しかし休息への強い欲求がすべての不安を消しさって、結局おれは最上の選択をしたのだと、繰返し自分に言いきかせては、自分でうなずいてみるのだった。

かかえた膝に顎をのせ、眠ろうとする。ところがなぜか、いつまでたっても寝つくことができないのだ。ゆっくりと移動する大気の地面とふれあうひびきが、世界をとほうもなく大きなものに感じさせ、重荷をおろしたという安堵感の中にかくれていた小さな不安の芽が、その世界のひろがりに合わせて成長しはじめていた。ふと、自分がもう死んでしまったのだという気がしてくる。馬車がやってくるのがほんの一っとき遅かったのだ。

「可哀そうな日本人だな。」と一人の馬車夫が言う。

「うちの娘と、同じ年頃じゃないか。」ともう一人が相槌をうつ。

「鴉が食いやすいように、着物をはいでやろう。」とはじめの馬車夫が言って、久三をおしころがし、外套と上着をはぎとってしまった。

二人目がズボンを脱がせようとすると、彫刻の入った見事なナイフがころげおちた。はじめのやつがいそいで拾いあげる。二番目が文句をつける。はじめのやつがナイフをぬいて、いきなり……と、そのはずみに、重い靴の踵が、むきだしになった久三の脇腹をおもいっきり踏みつけて……

馬鹿気た夢だ！　久三は気をとりなおそうと、強くまばたきをくりかえしながら背すじをのばし、その瞬間、非常に重要なことに気づいたのである。飯盒のことだ。高が持っていってしまった。あれがなければ湯がわかせない。思わず腰をうかせて、耳をそばだてる。しかし聞えてくるのは風の音だけだ。後を追って行こうかと思う。だが、思うだけで体は言うことをきいてくれない。飢餓行進のすべての苦しみが、高という存在のまわりにしみついているようで、高のところに戻るということ自体に、本能的な不安が感じられるのだった。むろんいまの状態のほうがいいという確実な保証はどこにもない。しかし道にたどりついたということ、現にいまその道のうえにいるのだということには、やはり何かを期待してもいいことがあるのではなかろうか。

シャツでつくった袋の中に、ウォトカの空瓶をとっておいたことを思いだす。そうだ、あれでけっこう間に合うじゃないか。幸先がいいぞ。ただ、雪をつめるのに、ひどく手間がかかる。やっといっぱいにして、灰の中に立てた。やはりこれでよかったのだ。

さらに確信をつよめるために、地図をひろげてみた。黒龍江省《こくりゅうこう》の南に張りだした部分と、内蒙古が東に鉤《かぎ》のように曲りこんだ部分とが、ちょうどこのあたりで接している。もしかするとこの道が境界線かもしれぬ。道は宝順号《パオシュンハオ》からまっすぐ東にむかい、途中から二またにわかれて一方は胆楡《タンユイ》へ、もう一方が科爾沁左翼中旗《コルチンツオイチユンチ》に通じている。地図の見方さえ正しければ、ここからその分岐点まで東に十キロ、そこから中旗《チユンチ》まで東南の方向にさらに四十キロ、あわせて五十キロほどの距離である。歩いても、せいぜい二日の行程である。せいぜい二日だって？……なに、人間というやつは水だけでたっぷり二十日は生きられるものさ、と高の口ぐせをくりかえし、その率直な数字の残酷さをいそいで打ち消した。

それに、歩くというのは最悪の場合の話なのだ。宝順号《パオシュンハオ》は高原地帯の部落群の出入口だし、中旗《チュンチ》は黒土地帯の村落の中心である。そのあいだをつなぐ、ただ一本の幹線通路を、馬車が通るだろうと期待するのは果して非現実的な願望にすぎないものだろうか。むろんその回数は分らない。一日に二遍か、三日に一度か、それは分らない。が、そのどちらであっても、一時間後に、その馬車がやってこないという証拠もないわけだ。

だが、すぐまた入れかわりに、べつな心配が顔をだしてくる。中旗《チュンチ》まで行きつけば、そのあたりは鉄道にはさまれた三角地帯で土地もよく、村落がいたるところにあって、これまでの荒れはてた原野のようなことはない。金さえだせば食糧も買えるだろうし、水ももらえる。もうあんな恐ろしい目はみなくてもすむはずである。しかし、そこには、またべつの恐怖が待っているのではないだろうか？　人間のほうが、自然よりも残酷でないと、誰に約束できるだろう。問題は、中旗《チュンチ》を占領しているのが国府軍か、八路軍かということでもあった。八路軍のことなら分っている。証明書も持っている。八路軍であってほしいと、久三は心からねがってみた。

そう言えば、高も、中旗《チュンチ》にはなにかしら期待をよせていたようである。もっとも彼の場合は、これまでの行動からおして、八路軍であることを期待するはずがなかった。それに、あの列車襲撃事件のことなどとも考え合わせてみれば、あまり希望をもちすぎるのも危険なように思われる。ただ、八路側が鉄嶺《ティエリン》まで汽車を直行させるつもりでいた以上、すくなくもその鉄道沿線だけは一応確保していたわけだろう。中旗《チュンチ》から、たとえば三林《サンリン》駅までは、せいぜい五十キロほどしかない。とすれば、やはり八路軍が占領している可能性もありうるわけだ。

（なるほど、高の言ったとおり、まさに広い境界線地帯というやつだな……）

火の中で、かたく乾いた、わずかにひびく、小さな音がした。それから突然、はげしい吐息とともに、一とかかえほどもある灰の山がふきあがる。吐息はいつまでもつづき、灰はふきつづけ、黒くなった部分をかき分けてしまうまでやまなかった。瓶の底が割れてしまったのである。

ひどい動悸で喉がつまりそうだ。まるで力いっぱい駆け足をしたあとのようだ。むしょうに腹がたち、瓶の首をつかんで、ほうり投げた。急に喉のかわきがひどくなる。たまらなくなり、歯をむいて泣き声をたてた。

すっかり目がさめてしまう。するといままでは眠っていたのだろうか。眠りながら考えていたのかもしれない。あるいは考えながら眠っていたのかもしれない。いつのまにか、太陽はかなりの高さにのぼり、にごった空の中で磨きあげた銅板のように輝き、あたりは一面つかいふるした陶器の色に光っている。そして風の中には、はっきりと春のにおいがまじっている。

南側の土手を背にしていたので、影がすでに彼の腰から下をつつみはじめていた。北側の土手にうつれば、太陽はうけられるが、風に対してはやや不利である。風はまだしも、下手をすると煙にまかれる心配がある。だがたよりになるのはなんといっても太陽の光だ。思いきって移動してみると、風も煙も案じたほどのことはなかった。

それにしても水がほしい。水さえあれば二十日間は生きられるのだ。いくら春のにおいがするといっても、この温度ではまだ雪のままかじることはとうてい出来ない相談である。苛立ちのあまり体がふるえだした。いまにも息がつまりそうだ。この苦しみがしだいにたかまり、やがて限界がきて、身もだえながら死んでいくのだろうか。そんな限界を考えるだけでもたまらない。砂漠では、道に迷った旅人が、手首をかんで自分の血をすするという。ここも砂漠と同じことだ。おれもいまに自分の手首をかんで血をすするのだろうか。いや、そのまえにきっとこごえて眠ってしまうだろう。寒さのおかげで、それほどの苦しみはしないですむにちがいない。

すると、気のせいか、なんとなく瞼が重くなってきたような気がする。はっとして目を見ひらき、握りこぶしをかためて、つよくこめかみに押しつけてまわした。

(なにかいい方法はないものだろうか……)

と、とつぜんすばらしい考えに思い当ったのである。旗にした、あの風呂敷の半分をつかえばいい。二つにたたみ、雪をくだいて中に入れ、四隅をしばって杖にくくり、それを火の中にかざしてみた。雪がとけて、布にしみこむ。それをしぼって、底のほうからすするのだ。味はわるいが、けっこう飲めた。まったく、なんてうまいことを思いついたものだろう。(やはり、なんとかなるものだな……)

満腹すると、胸がわるくなり、すこし吐いた。しかしいつものことだから、べつに気にはならない。いくらか気分も落着いてきた。ぷつぷつ油をふきだしながら燃えている枯枝をじっと見ているうちに、その小さないぼいぼが、まだ未熟で厚い鞘につつまれた、新芽であることに気づく。すばらしく養分がありそうだ。なぜもっと早く気づかなかったのだろう。

適当に焼けたところを、ぬきだして雪でさまし、とうもろこしをかじる要領で両端をもってまわしながら、噛んでみた。味はちょっと苦いだけで甘味もあり、たいしたことはなかったが、臭いがひどい。口じゅうが脂でべたつき、なまぐさい強烈なにおいが、口蓋をつたってねっとりと目の裏にまでひろがるのだ。それでも三十センチほどのを、三本はかじった。やがて喉いっぱいにやわらかいゴム栓をおしこまれたような感じになった。頭の皮がひきつり、むかむかしてきた。栄養があるのだからと思って、耐えられるだけ耐えてみたが、とうとう我慢できずに、すっかりもどしてしまう。固い地面のうえを身もだえしながら、しかしまだあきらめきれず、きっとあまり急いで食べすぎたためだろう、草の根とまぜて噛めばもっとうまくいくにちがいない、あとでもう一度、どうしてもためしてみなければならない。

18

うなり声に目をさました。最初にあぐらをかいている靴の底がみえた。踵が斜めにすりへって、一番上の革までとどいている。爪先を神経質にふるわせながら、そのうえにかぶさるように、上体の影がリズミカルに前後に大きくゆれていた。

いつの間にか高がもどってきていたのである。右手で左手首をつかんでささげ、顔をゆがめ、体をふりながら高はうなっていた。久三は、高と一度わかれてしまったのだということを思いだすのに、すこし手間がかかった。警戒しつつ、薄目をあけて、様子をうかがう。太陽はまだあまり動いていない。一時と二時のあいだくらいだろうか。火はほどよく燃えている。すぐ目につくところに、新しくあつめた枝の小さな束がおいてあった。気がひけているんだな、と久三は判断する。

二人の視線があった。高は口をきくかわりに、久三がおどろいて起上ったほどの、ひどい苦痛の叫びをあげた。手のような気がして、半信半疑だったが、思わず久三のほうが先に口をきいてしまう。

「どうしたんです……」

芝居がかった、きれぎれな息遣いで、高が言った。

「鞄の中から、タバコとキセルを、だしてくれ……畜生、ころんで、傷の上をついちまったんだ……タバコの、中身を、半分出して……そら、この胸の、襟の裏から……そこ、瓶があるだろう……いてえ、畜生！……瓶から、粉を、ちょっぴり出して、いやいや、その半分くらい……そいつをタバコの葉に、まぜて、もう一度紙の中につめて……」

「阿片ですか？」

「知ってるのか。ヘロインだよ……つめたら、キセルに……」くいしばった黄色い歯をむきだし、その間から、こまかい唾液の泡をはきちらした。

仰向いてキセルを空にむけ、ふるえる手つきで火をつけると静かに胸いっぱいに吸いこみ、しばらくじっと息をとめていた。儀式のように荘重に、同じことを三度くりかえす。すると高の表情が変りはじめた。上瞼が重くたれ、まわりに赤味がさし、唇がだらりとたれさがる。黒い肉の袋のような唇を舌の先でなめながら、がくりと首を胸のまえにおとして、低いふくみ笑いをした。

「どうです？」

「なんといっても、こいつの効きめが一番だな。」顔をおこそうとするが、首のつけねがうまくすわらない。ぐらぐら左右にふりながら、「よかったら、君も、ためしてみるかね？……しかし、おれは、常習者じゃないよ。くせになっちゃいかん、これだけはな……おれも若いころ、くせになりかけたことがあるがね、作用のきつい薬だから、なかなかやめられんのだ。しかし中毒患者なんて、みんな下らん連中さ。しっかりした目的をもっておらんのだな。おれの考えじゃ、薬をやるから人間が駄目になるんじゃない、人間が駄目だから中毒になるんだ。男らしい男はな、こんなものには負けやせん……まったく、阿片の取締りなんて、下らんこったよ……」

「なぜ、もどってきたんです？」

「なぜ？……なぜってことはないさ。ずうっと行くと、岩ばっかりのえらく急な坂があって、すべって指をついちまったんだ。畜生……なくなった指の先が痛むってのは、妙なもんだな。いや、もう、ちくちくするだけだがね……湯をわかさんかな、えらく喉がかわきやがる……飯盒がなくて、困ったろう……」

「氷を切れにつつんで融かしましたよ。」

「なるほど……なるほど……君はなかなかしっかりしている。おれはそうにらんだね……一人でいて、さみしくはなかったかね？」

「ぼくは道をとおって行くことにきめましたよ……寝ますか？」

高はあいまいな笑いをうかべ、手鼻をかんで膝にすりつけた。

「この山の中には、兎がいるらしいね。弾さえありゃあ……」

しかし久三はわだちのくぼみにじっと目をすえたまま答えない。くろく焼けてけばだった皮膚に、うすくほこりがしみこんで、それだけ皮膚があつくなり、心の中までその表情のかたさがひろがったようである。そういう高の言い方にも、黙っていられる心理の変化に、久三は自分でおどろいていた。

高は背中を土手にすりつけて掻いた。久三は飯盒に雪をあつめて入れた。そのあいだ高は、誰に言うともなく一人で呟いている。

「……阿片が中国人を亡ぼしたなんていうがな、そりゃ嘘だよ。亡びるような連中だから、阿片吸いにもなったのさ……指導者がわるいんだ……しかしだな、中国人もまだ亡びやせん、亡びるもんかい……豚みたいに、よく生みやがるからなあ……可哀そうなやつらだよ……」ふいに語調をかえて、「君は、ヒトラーの生いたちを知ってるかね？」

「知りません。」

「ヒトラーはただの伍長だったんだ。おれが聞いているのは、その伍長になるまえのことなんだが……」

「知りませんよ。」

「そうか……おれも知らんのだがね。」

空が急に赤味をましはじめていた。日暮れにはまだ間があるのに、まるで夏の夕景色のようである。目にはみえないほこりの粉が降っているのだ。かがやいていた丘の起伏が、みるみる黄灰色ににごり、錆びていく。気がつくと、飯盒の水面にも、薄く乳色の膜がはっていて、風にあたって細かく波立ちながらつぎつぎと片側にふきよせられていた。

「春だな……」と高がひしゃげた声で言って、手袋の甲で顎をなでまわした。

それを聞くと久三は、唇がしびれ、顔の中でなにかがほどけたように感じ、いそいで唾を飲みこんだ。すべてがおそろしく不当なことに思われ、涙がこみあげてくる。「くそ!」力いっぱい自分の膝にとびつき、きつくしめあげた。

高がぐらっと倒れかかって、声をあげて体をおこした。瞬間的に眠っていたらしい。

「いま、妙な夢をみたぞ。ありゃあ、どこかな……深川あたりだな。おれはよく日本の夢をみるんだ。おふくろが日本人だからな。小学校も三年まで行ったよ、ふん……どうも、おふくろの顔がよく思いだせんのだ、夢に出てくるときはいつも後ろをむいてやがる。髪の毛が黒くて濃い女でな、足の指をぎゅっと内側にまげて、鼻緒をつっぱって、年中走って歩くもんだからしょっちゅう下駄を踏みわってさ……小さい声で、餓鬼！って言いやがってね、いきなり耳をつまんで宙づりにしやがるんだ、ふっ！……まだ、どこかで、生きてやがるかな……」

「寝ませんか……」

「待てよ、その夢ってのはだ、おれがどこかの家の軒下の小さなどぶにつかっているとな、外からは見えんのだが、底にごろごろ罐詰がころがっておって、つかんでみると実際は罐じゃなくて虫というわけだ。かぶと虫みたいに殻の厚い虫でね、その皮をはぐと、中身はやはり罐詰で、なんの罐詰かというと、それがおどろくじゃないか、できたての……」

「よして下さいよ、馬鹿々々しい！」

「ああ、ヘロがきいてくると、どうも舌のまわりがよくなりすぎる……」

「寝てください、時間がおしいんだ。」

腰をあげて、薪をあつめに行く。戻ってくると高はもう寝入っていた。

ありったけの薪をくべてしまうと、久三もそのそばに横になった。こんど火が消えれば出発するつもりだったから、もう交代で見張る必要はないと考えたのである。

19

内容はよく思いだせないが、息苦しい恐ろしい夢をみていた。無限につづく、せまい急な坂道を、なにかに追われて逃げ降りているところだった。そいつは、姿は見えないのだが、全身かさぶただらけの、そのかさぶたのあいだから黒いぬれたような毛を二、三本ずつ生やした、ひょろ長い男で、キイキイつぶれた音をたててヴァイオリンをひきながら、跳ぶような足どりでいつまでも追いかけてくるのだった。その音がおそろしかった。ついに緊張に耐えられず、わざと足をふみすべらせ、まっ暗な冷いほら穴の中に墜落しようとして、夢からさめた。

風が吹きつのり、空は一面暗い橙色にそまって、気味わるく光っている。目が痛い。砂とほこりで、喉と鼻の粘膜がひりひりする。胸の上に、なにか重いものが乗っていた。胸に両手をかけて、久三の顔にのしかかり、ひやりとするものを鼻の裏におしつけてくる。それから、ぜいぜいいう荒い息づかいが、すぐ耳の下で聞えた。

とっさに肘をあげて、相手の脇腹を右にはらい、膝を内側に折りまげながら体を左にまわして、はね起きた。だが相手は、それよりも早くもうとびのいており、五、六歩向うから低く首をたれて、さぐるような目つきでこちらを見つめているのだった。

犬の一種であることにはまちがいなかった。ともかく狼でないことはたしかである。しかし根っからの野犬であるのか、飼主をはなれた迷い犬であるのかは、分らない。黒い唇からむきだした歯や、荒い毛並は、代々の野犬のようだし、やせほそった小さな体つきや、浮きだしたあばらや、臆病そうな目のくばりには、いかにも飼犬特有の卑屈な弱々しさが感じられる。

体の割に大きな不格好な頭を横にむけ、視線があうとあわてて目をそらし、短いごみだらけの尻尾を股のあいだにまきこんで、しかし耳だけは注意深くいつもこちらにむけている。ためしに手をだして、呼んでみると、一歩さがって低くうなった。しかしそれ以上遠ざかろうともしない。腰をおろして、後あしでせわしく腹のあたりをかきむしりはじめる。

火が消えかけていた。まわりに散った燃え残しを、かきよせようと、杖をさしだしたとたん、犬はぜんそく病みのような叫び声をあげてはねあがり、ふらふらと不器用によろめいた。

病気だ、と思い、するととっさに久三は相手にもうれつな食欲を感じて、体を固くする。うまくすれば捕まえられる可能性もあるわけだ。気配を感じてか、犬も鼻にしわをよせて歯をむいた。犬の方でも久三たちに食欲を感じていたのかもしれない。ただ病気なので、思いきって料理してしまう決心がつかず、死ぬまで待ってみるつもりで、ぐずついていたのだろうか。もしかすると、敏感な犬の鼻には、半分くらいもう死人のにおいがしていたのかもしれぬと思い、いやな気がした。

杖のうしろで、高の肩をついて目を覚まさせた。高はのろのろと体をおこし、瓶の口をふいたような音をたてながいあくびをする。犬が後ずさりながら、しわがれた声で咳こんだ。

「なんだい?」

「犬ですよ。病気にかかった犬です。」

犬はまたすこし尻ごみしたが、そこに腰をおちつけるつもりか腹ばいになって、うなりつづける。

「犬じゃない、狼だぞ、あれは……」

久三には信じられない。狼というのは、もっと大きくて、もっとスマートなものだと思っていた。高にも確信はないらしく、あいまいにつけ加えて言った。

「狼じゃないかもしれんが、犬でもないな……そのあいだの、なんとかいう動物かもしれん……なんというのか忘れたが、たしかにそういうのがおって、狼よりもどうもうだということだ。朝鮮山犬っていったっけな……」

「でも、あいつは病気ですよ。」

「そうかもしれんな。」

「捕まえましょう。」

「どうだかね……」高の唇がなにか言いたげに皮肉にゆがむ。

それがピストルの弾のことをさしているのだということは久三にもすぐ分ったが、すんだことを言ってもはじまるまい、差し引きすればおれのほうに歩があるのだ。おまえの命を助けてやったんじゃないか、そのうえおまえは一度おれを置き去りにしようとした――そんなことを心の中で繰返しながら、相手の皮肉を無視して腰をあげた。

「あいつ、いま、ぼくのうえにはい上って、喉のにおいをかいでやがったんだ。それでも咬みつけなかったくらいだから、そうとう弱っているんですよ。」

ナイフを抜いて右手にかまえ、腰をのばすと、睡眠不足と飢えと疲労がいちどきに襲いかかり全身の、とくに下半身の、神経と筋が統制をうしなって互いにもつれ合い、息切れがして思うように踏みだせない。高も立上っていた。例の小さなナイフをにぎり、猫背のままそろそろと焚火のあとをまわって犬の向う側にでるつもりらしい。

「刃を上に向けるんだ！」

犬も起上った。喉をならして、だるそうに地面のにおいをかいでいる。

高が近づいていきながら、あやすように口笛をふいた。犬はくるりと向きをかえ、のっそりと歩み去る。こちらが立ちどまると、むこうも立ちどまり、こちらが進むと、むこうもそれだけ後ずさるのだ。はさみうちにしようと思っても、そこはちゃんと心得ていて、高と久三とを底辺にした二等辺三角形の頂点の位置をあくまでも守りつづけ、けっしてまごついたりはしない。犬の足どりはひどく不確かなので、いまにも追いつけそうな気がするが、こちらが近づく速度以上には走らなくても、それ以下ということはなく、二人は道の両わきを、さそわれるまま、どこまでも追っていった。彼らの目にはもう、犬が、すぐにも食えるばかりになっている肉の塊りに見えているのだ。

とつぜん、犬が、横にとんで土手の南側に姿を消した。声をあげてあとを追ったが、すでに行方を見失っている。あたりは小さな地面の起伏がはげしかった。二人は近くの小高い場所に並んで立って、申し合わせたように歯をがちがち鳴らした。しばらくは身動きすることも、口をきくことも出来ない。ふいに久三が枯枝を折って、生のまま皮をかじりはじめる。それを見て高も、すぐにその真似をしはじめていた。

感覚がなくなり、ほとんど半分以上胴のなかにめりこんでしまったような重い足をひきずり、やっと火のところに戻ってくると、いつのまにか先まわりして、犬がそこにいた。土手のうえにだらしなくはらばい、口をあけて、まるで無関心な顔つきでこちらをながめている。久三は駆けだそうとして、つまずき、わめきながら倒れた。それにこたえるように、犬も毛をさかだてて咳込んだ。

そしてまた死にもの狂いの追跡がはじまる。犬は道路を横切って北側の荒地に逃げこんだ。ただ歩いているときとちがって、なんていうひどい凹凸だろう。石ころや、草の根株や、くぼみや、溝に、一と足ごとにひっかかる。そのたびによろめいて、肘や膝小僧にうち傷をこしらえるのだ。重心が、その場その場で勝手に場所をかえ、ときには体から外にはみだしてしまい、どうしても立って歩くことができず、四つんばいになって這っていったこともあった。

犬も疲れきっていた。一度は久三のナイフの先がその足の毛をかすめるところまでいった。身をひるがえした犬の歯が、彼の手首のそばで、がちっと音をたてる。しかしそんなことは、ただの一回かぎりだった。さすがに犬のほうがすばしっこかった。あるいは犬のほうで人間たちをほんろうしていたのかもしれない。本当は追いまわされたりしていたのではなく、そんなふうをよそおいながら、じつは二人がやがて疲れて抵抗力を失ってしまうのを、こっそり待ちうけていたのかもしれないのだ。

高は動作がのろく、ほとんど役に立たなかった。息をはずませ、遠まきに後をついてくるだけである。しかし完全に引き離されてしまうこともなかった。あるところまでくると、犬がかならず向きをかえて、高のうしろにまわりこむのだ。まるで高のほうが先にまいってしまうものと見越しているようだった。一度などは、そのすぐ足もとをくぐりぬけようとしたことさえある。高は体をひねろうとして、棒倒しに倒れ、さすがに腹をたてたらしく、わめきながら力いっぱいナイフを投げつけた。ナイフは犬の背をかすめたが、相手は振向きもしなかった。

空は黄砂におおわれたまま、夕暮が近づいていた。三匹の餓鬼は、まだ飽きずに、淡く影がのびた荒野をはねまわり、鬼ごっこをつづけている。それはもうたしかに意志の力をこえた努力だった。あたたかな肉の通過を待ちうける食道の粘膜の感触だけが、この三匹の人形たちを動かしている力だった。

しかしその力さえ、いまはゆるみ尽きようとしていることを、久三は感じている。気温のせいもあるだろうが、肩から脇の下にかけてじっとりと汗ばみ、こんなことはかつてないことだった。顔の表面だけを残して全身が遠くどこかに飛び去ってしまったような、とりとめもない放心と虚脱にうちのめされ、相手の姿を見失ってしまうこともあった。そのたびに、やっとの思いで這いだして、また後を追う。犬はそのあいだちゃんと待っていて、彼が歩きだすのを見とどけてから、また一定の距離を保って前をゆっくり逃げていくのだった。

それにしても、そろそろ残された全力をふりしぼって、一気に解決にもっていくべきときがきていた。そう思いながらも、その結末をおそれて、なかなか決心がつかなかったのだ。といって、べつに特別な計画があったわけではない。ただ、倒れたふりをよそおって、相手をできるだけ近くに、たぶん三、四メートルのところまで引きつけておき、いきなり体ごとバネにしてとびかかろうというだけのことである。そのときに必要とするだろう筋肉の消耗を、心臓の苦痛を、考えただけでもぞっとする。とにかく一回かぎりで、二度とは繰返す見込のないこころみだった。しかし、なしくずしに命をすりへらすよりは、まだましなように思われる。それに、なによりも、狂暴な飢えが、相手の肉にくいつこうとして全粘膜を苦しいほどに張りひろげて待っているのだ。

高に合図を送ると、ただでさえ倒れたがっている彼は、よく意味をたしかめもせずに、すぐに地面にころがってくれた。つづいて久三も、片膝をつよく胸にひきよせ、両腕をだきこむようにいつでも飛びだせる姿勢で斜めに伏せた。

それから、あの、彼がいちばん恐れていたことがおこったのである。犬の思惑どおりに、こちらが負けて餌食にされるのも、恐ろしいことだったにはちがいないが、これはもっと打ちのめされたというに値いする結末だった――引きわけにされてしまったのだ……

こんどにかぎって、犬は立ちどまってくれなかった。振向きもしなかった。犬のほうでも力の限界にきていたのかもしれない。尾をすぼめ、ひょろひょろと、地面に鼻をすりつけ宙にうかんだ足取りで、荒野の中を、まっすぐ東のほうへ走り去ってしまったのである。

久三は、起上ろうとしたが、できなかった。ぬれたぼろ布のように、その場にべったりはりついてしまう。犬の闘いでは引きわけだったにしても、生命との闘いでは負けである。とりかえしのつかない敗北だった。生きのびようとする気力さえ、もうおぼつかない。

高がにじりよってきて、久三の顔を引きおこして言った。

「ピストルさえ、使えてりゃあ、こんなこと……いいか、きさまのせいだぞ、くそったれ……くそったれが、きさまの馬鹿のおかげで、地獄に行くんだ……」

高が手をはなすと、久三の頭はことりと氷のうえにおちた。

「その地獄行きでさえ、ピストルが使えねえばっかりに……きさまにパンと一発、おれにパンと一発、それであっさりけりがつくところをよ……その地獄までが、この分じや、えらくまた難行軍だぜ……パンと一発、それですむところをよ……あんな腐れ犬くらいに……今度というこんどは、思い知っただろうが……ばかたれめ……」

久三は、水っぽい鼻声で、だらりと体をのばしたまま、声をあげて泣きはじめる。涙がよごれた頰にたまり、その中でほこりがくるくるまわっている。

二人とも、もう、身動きするのもいやだった。しかし、汗がしだいに冷え、襟や袖口から冷たい風が素手をさしこんで、疲れで異常になった皮膚をなでまわしはじめると、その気持わるさにはさすがにじっとしていられず、それぞれ胴ぶるいや溜息で悪感をおさえながら、這うようにして道のほうに戻ってきた。

けれども、火は消えてしまっていた。黒い灰のまわりで、細いコバルト色の煙が数本、弱々しく風になぶられているだけである。いまさら薪をあつめなおす気力もない。久三は、手袋をひきはがして、どす黒く霜ぶくれした手を焚火のあとにつっこんでみた。鋭い痛みを感じはしたが、その乾いた感触がかえって心持よい。空いているほうの手で毛布をひきよせて、目をとじる。高は体ごと灰のうえに倒れ、まいあがった粉の中で体をふるわせた。

「ねむるなよ……」息をつめた声で、久三のほうに手をさしのべる。

久三は、ぬくみを求め、さらに燃えさしの中にはいこもうとして、左肩で強く高の肘をおした。高は久三の毛布の端をつかむと、黙ってなかにもぐりこんでくる。二人は本能的に相手の体温にすがろうとして、たがいに強く体をよせあった。灰と体臭のまじりあったきついにおいが、やがて毛布のなかに充満し、それが言いようのない安心感をあたえてくれるのだ――

「ねむるなよ……」

しかしそう繰返した高の声も、すでになかば眠りの膜につつまれ、音の輪廓がぼやけてしまっている。

（……こまかい光のしわが、まっ暗な空からいちめんにふりそそぎ、目のなかに流れこみ、かたまって白い部屋の壁になり……壁のひびを一匹の虫がよじのぼっていく……虫が消えて、巴哈林《バハリン》の製紙工場の煙突がそびえたち……煙突の陰に、犬をつれた一人の男が立ち上った。アレクサンドロフ中尉だ……振向くと、それが死んだ母親の顔にかわってその目の中でスープが煮えている……アレクサンドロフが手ですくって、穴をあけた黒パンの中にそそぎこみ……と、まわりにいた沢山の男たちがその中に手をひたし……）

煙にむせて、久三の脇の下に指をつきたて、高がまた思いだしたように言った。

「ねう……る……あよ……」

夢が割れて、場面がかわる――

（誰もいない、がらんとした寮の中……一人で歩きまわっていると、だんだん子供にかえっていき……ドアを開けると小学校の教室である……ダーニヤ軍医が出席簿をかかえて教壇に立っていた……教壇の下に誰かがかくれている……ドアや窓のかげから、幾つものずるそうな視線がこちらをのぞいていて……ダーニヤが笑って、手まねきする。ダーニヤが笑うと幸子に似てきた……耳もとで誰かが囁く、ロスケと言っちゃいかんぞ、ソーベートと言え、女はみんな髪を切れ！……ダーニヤが出席簿をひらく……うすい絹のハンケチがすべりおちる……のぞくと、砂丘があって、大きな塩の塔が立っていて……その下に自分、久三自身が死んでいる……外の校庭では、級友たちが、教師の呼子にあわせてスケートの練習をやっていた……）

20

四時半。――毛布の下の男たちは、灰の中で抱きあったまま、もうながいこと身じろぎもしない。あたりは一度うす暗くなりかけたが、風がなぎ、ほこりが晴れると、また明るくなった。本当の日暮れまでにはまだ間がありそうである。

そのとき、二人のそばを何台かの荷馬車がとおりかかったのだ。しかし、音だけで形は見えない。こんな時刻、こういう場所ではなにかのせいで、たぶん気温や風向きのせいで、一里も二里も遠くの物音が、とつぜんすぐ鼻の先に聞えてきたりすることがあるものだ。空気の波の屈折でおこる、音の蜃気楼なのだろう。

見えない馬車が近づいてくる。――大きな木の車輪をつけた、あのいちばん原始的な二輪馬車である。車軸がきしって、悲しげな訴えるような歌をうたいつづけ、車台の下に吊りさげられた、大きな黒い油壺が、なにかとぶっつかりあっては、そのきしみにふさわしい伴奏をつけている。鞭が鳴った。なまける馬を急がせているのだろう。ごとごと揺れがひどくなる。

毛布の端から手がのびた。黒い皮手袋だから、高の手だ。毛布がもちあがって、高の肩からすべり落ちた。体ごとのしかかって、久三をゆすり起こそうとする。灰まみれの狼狽しきった様子で、あわただしく周囲を見まわす。ふっと馬車の音が消えてしまう。しばらくのあいだ茫然としていたが、すぐにまたがっくり灰の中にのめりこんで、次の瞬間にはもう寝息をたてていた。まるで喉をかきむしるような音をたてて……

次にまた見えない馬車がやってきたのは、それから五分ほどしてからだった。高は反射的に起き上った。そして起きるなり、体を波打たせて吐いた。しかし空っぽの胃からは何も出てこない。音の正体を見きわめようとして、死にものぐるいで動きまわる赤く血走った目と、無関心に正面を見つめている白くすみきった義眼とが、異様に対照的だった。泣きそうな声で久三の胸を打ちはじめる。

「起きろよ、おい、馬車だぞ！」

久三も、ぼんやりした意識のなかで、その音を聞いていた。しかし体を動かすことはできない。まげた指をのばす気力さえなくなっていたのだ。

「聞えるか、馬車だぞ！」麻痺した声帯から、力いっぱい、久三の耳に囁きこむ。

久三は薄目をあけて視線をかえし、見えるか見えないかに顎をひいてうなずいた。高は、幻聴でなかったことがたしかめられたので、ほっとしたように、しばらくのあいだは黙ってしまう。久三の肩をつかんだ手がふるえている。そのふるえが次第にはげしくなり、急にまた乱暴にゆすぶって、叫びはじめた。

「起きろ……おい、起きろよ……おい……」

すると、馬車の音がゆっくり遠ざかりはじめ、ゆらゆら揺れたかと思うと、そのまままたどこかに消えてしまった。いそいで地面のうえに耳をおしつける。はじめはなにも聞えなかった。しばらくすると、重い大地のうなりの中から、かすかに馬車と馬の足音のまじりあった、細い弱々しい振動が聞きわけられてきた。いまの音の幻とくらべれば、おはなしにならぬくらい遠くかすかである。だがまぎれもなく本物の音であった。

高はのろのろと体をおこす。帽子の耳覆いをおろし、そのうえを軽くこすりながら、ぼんやりあたりを眺めまわした。体をすくめ、横目でちらと久三を見る。それから、なにか決意をおしだすように、低くうなった。

まず、胸のバッジをむしりとって、灰の中に埋めた。ちょっと考えて、ひろいあげたが、やはり埋めることにした。指先をばたばたと膝に叩きつけ血行をよくしてから、次の仕事にかかる。鞄をひきよせて、一通の書類をとりだし、二つに折って靴の底にかくした。それがすむと、また久三を起こしにかかる。久三はもがき、毛布にしがみついてはなれようとしない。しばらく争ってみたが、けりがつきそうにないので、あきらめて自分の外套をぬぎはじめた。

つづけて、上衣のボタンもはずしてしまう。歯が鳴り、よごれた顔から、完全に血の気がうせ、錆びた金具のような色になった。唇だけが、びっくりするほど白い。下に着ていた毛編のシャツをぬぎすてる。木綿地でつくった厚いチョッキがあらわれた。一定の間隔をおいて、縦に幾本もミシンが通っており、そのあいだになにか詰めものがしてあるらしく、まるくふくれ上って、ちょうど防弾チョッキのような感じである。

どうやらこのチョッキが目的であったらしい。紐をとき、脱ぎすてると、こんどはシャツから逆に、むしゃぶりつくようにして着込んでいく。ひどくほっそりしてしまった。

寒さにうめき、身をよじり、ののしりの声をあげる。

「おい、起きろ！」

久三は叫んで、腕で顔を覆った。その首のうしろに手をまわして、むりやりに引き起こす。

「起きろってば！」

「いいじゃないか、よせよ……」久三はかすれた声で、そのままたぐにゃりと向うに倒れこんでしまう。

「な、久木君、たのむから起きてくれ……」

そう言いながら、もうかまわず久三の服をぬがせはじめた。さからって、手をあげようとすると、その手を膝に組みしいて仕事をつづけた。

「眠むっちゃいかん、おれの言うことをきけよ、な……眠むると死ぬぞ……内地に帰れんぞ……このチョッキを着てくれ、わるいことは言わんから……あったかいぞ、まだぬくもりが残ってるぞ……しっかりするんだ、な……」

もがきながら久三が、高の顔に唾をはきかける。だがなんの反応も示さない。外套の上衣のボタンをすっかり外してしまうと、襟をつかんで一緒にひきおろした。狭窄衣《きょうさくい》をかぶせられたように両腕がうしろにしまり、身動きができなくなる。

「よせよ、なにをするんだい！」

「だから、チョッキを着せてやるんだよ。」

しごきおろして袖をぬきとった。久三は顔をひきつらせ、恐ろしい叫び声をあげた。腕が自由になるのをまってナイフの柄をさぐる。そのナイフをとりあげて、高がわめく。

「馬鹿、はやくチョッキを着ろ！」

久三は痙攣しながらおびえた目つきで高を見つめ、とぎれとぎれに悲鳴をあげた。その頬を手袋の甲で打ってはげしく高が繰返す。

「はやく着るんだ！」

こんどは久三もさからわなかった。

チョッキはずっしりと重い。寒さに麻痺した体には、息をするのにもこたえるほどだ、久三にはすこし大きすぎたが、年にしては大柄なほうなので、上から着込んでしまえばなんとかごまかせるだろう。

ふらふらしている久三を、こづきまわしながらさらに高がたたみかける。

「証明書をどこにやった、……証明書……ロスケの証明書だよ……」

「どうして？……ナイフを返してくれよ……」

「ばか！　馬車が来てるんだ。」

「馬車?」

「さっきから、そう言ってるじゃないか。食い物をもらえるぞ、水もあるかもしれんぞ……早くしろよ……靴の中にかくすんだ!」

「どこに……?」

「靴の中だよ。」

「馬車は……?」

「いいかげんにしやがれ!」思わずまた久三の頬を打ちすえる。

のろのろと靴をぬぎながら久三が小声で呟く。「おぼえていろ……」

体が感覚をとりもどすにつれて、堅いチョッキがひどく邪魔になりだした。

「なにを、着せてくれたんだい、こんな……」

「あったかいだろうが。」

「ごまかすなって!」

「ごまかしはせん……たのんだ以上は、はっきりさせる……」

「畜生!」

靴の紐がどうしても結べないのだ。高がてつだおうとするが、やはりうまくいかない。靴のうえにかがみこみ、歯をつかって、やっとなんとかしばりあげてやった。

「ナイフを返せよ。」

「返すとも……」唾をはきとばして、高はがっくり地面にふせた。急にどんよりした声になり、

「聞いてくれ……このままで、聞こえるかな……」

「聞こえるよ……」久三も並んで横になった。毛布を引上げようとして、ふいにせわしく叫びだした。「馬車だ、馬車の音がする！」

「あたりまえさ……でもまだ、遠い……」

「近いよ！」

「あわてることはない、おれはな……」とあえぐように高が言葉をつづける。「おれは、恩知らずな人間じゃない……おれが、君にあずけたのは、おれの全財産だ……どのくらいの額か、聞いたらきっとおどろくよ……信じないかもしれんな……舶来の自動車五十台といったらどうかな、おどろかんかな……」

「阿片ですね。」

「おれはするだけのことはする、十万でも二十万でも、いや、五十万でもいい、おまえにくれてやる……それだけあったら、ちょっとした商売くらいはじめられるぞ……たのむ……おれは、追われているんだ……船に乗るところまでは、ちゃんと世話してやる

から……おい、聞いてるのか？」

「しかし……」

「眠むっちゃいかんぞ、もうちょっとのしんぼうだ……最後のところで、がっくりいくもんだからな……ここで、がんばれば、助かるんだ……もう一息だ……」

「でも、なぜぼくが……？」

「だから言ってるじゃないか、おれは、ねらわれているんだって……眠むるなよ。」

「畜生！……あの馬車、うまく食い物を持っているかな？」

「あたりまえさ。」

「でも、分らないのは、はじめになぜぼくを誘う気になったのか……」

「同情だよ……負けた国の人間が、たった一人でうろうろしているのを見りゃあ……そうだろうが……」

「それだけかな？」

「いや……」

「やはり、身がわりだったんでしょう……畜生、頭がいたいな。」

「おれはね、ただで人を利用するような、人間じゃない……とにかく、たのむよ、な……わるいようにはせん。だまされたと思って、きいてくれ。いまに分る。おれという人間は、そこらの下らん人間とはちがうんだ。何年かたったら、またおれの噂をきくことがあるかもしれんよ……そうすりゃ、おどろくだろうな、きっと……いまのおしゃべりのことなんか、思いだしたりしてな……」

「だって、知りませんよ……ぼくは、あんたのせいで、ひどい目にあったんだ……」

「いや、そうとはかぎらんさ……いまに分る……なんだって、そうだ、ずっと後になってみなけりゃあなあ……」

「頭がいたいんだよ!」

「がまんしろって、もうじきだ……」

21

馬車は一台きりである。遠距離用の大型のやつで、乱暴にだが前半分には一応アンペラの幌がかけてあり、沈みかけた陽を背にうけてまばゆく光るので、見つめていると目が痛かった。馬もあばらのすけた見るからの老いぼれだが、ともかくちゃんとした二頭引きである。ゴムびきの雨合羽に、犬の毛をまいた若者が、両足を交互にぶらぶらさせながら、三メートルもある鞭をつかって器用に宙を切っていた。

ふいに土手のかげから立上った二人の男を見て、若者ははじめぎくりと身をすくませる。このあたりに怪しいものが出るという噂はきいていたが、実際に出遇《であ》ったのははじめてだ。日が悪いからという妻の忠告をきかなかったことが、つくづくとくやまれてくるのだった。――だが、全身灰まみれのみじめな風体と、立っているのもやっとらしい、そのあぶなっかしげな足もとに気づくと、ほっとした。大した危害をくわえられるほどのものでもなさそうである。いざとなれば闘う自信も、なくはなかった。

高は最後の力をふりしぼって、まっすぐ立ちつづけていた。まっすぐに立つことこそ、人間の尊厳の度合だというのが、日頃の彼の信念だったのである。たぶんそれはぜんぜんの間違いではなかっただろう。彼は直立しているつもりで、実はおかしいほどぐらぐら揺れつづけていた。だから同時に尊厳もみとめるわけにはいかなかった。

久三はすでに坐りこんでしまっている。救われたという気のゆるみが、全身を甘い虚脱につつみこみ、すでに飢えさえ感じなくなっているのだ。発育ざかりの死とたわむれていることさえ、心たのしかったにちがいない。

「道に、迷ったんだがね……」若者に、馬をとめる気がないことを見てとった高は、進みでて、馬の鼻面をおさえた。惰性におされて倒れかかるのを、せいいっぱいこらえて、隙間風のような声をはりあげる。「道に、迷ってしまってね……」

「迷った？……どっから来て、どこへ行くつもりで、迷ったのかね？」若者は嘲《あざけ》るように問い返す。あるいは、嘲るつもりだったのではなく、分りにくいどこかのひどい訛――たぶん興安嶺の向うの高原地帯あたり――のために、そんなふうに聞こえたのかもしれない。「迷ったんだ……」とはぐらかしておいて、「この車は、開河《カイホー》をわたって行くのかね?」

「行くよ。」

「科爾沁左翼中旗《コルチンツオイチュンチ》かね?」

「そうだね。」

「あそこに兵隊はいるかね?」

「親父、この人は、兵隊はいるかって聞いているんだよ。」若者は振向いて、幌の中にいる誰かに告げてから、とぼけた顔で聞きかえす。「いたほうが、いいのかね?」

「どっちの兵隊がいるんだ?」

「で、あんたは、どっちの兵隊がいたほうが、いいのかね?」

高は梶棒によりかかって、やっと身を支え、ぶるぶる震えた。ポケットに手を入れ、ピストルの形をほのめかしながら、力いっぱいわめく。

「ふざけるのはよせ!」

「ふざけてなんか、いやせん……本当のはなしだよ……おれが中旗《チュンチ》を出たのが一週間まえのことだからな。そのときには、国府軍がまだ少し残っていたよ。でも、どんどん、引揚げをはじめていたからな……もうすぐ全部、引揚げると言ったよ……本当のはなしだ。おれには、分らんのさ。」

「いくらで乗せるんだ、町まで……？」

「いくら持っているんだね、あんたは？」

足もとで久三が、よつんばいになったまま、小声で言った。

「一万円……」

「三百円だ。」とおっかぶせるように高が打ち消す。

「おや、日本人かね？」

「三百で町までのっけていってくれ。」

「三百しか持たないで、三百出しちゃ困るだろうが。」

「持っているのは、ぜんぶで五百だ。」

「でもなんだなあ、親父、ふつうの相場でいって、二人なら五百がいいとこだよなあ……」

幌の中から、低いうめきと、ごぼごぼいう咳ばらいがもれてきた。

「五百円やる、それでやってくれ……」

「そうかい……」若者は人の好さそうな笑いをうかべ、馬車からおりてきた。軽々と久三をかつぎあげて、高に腕をかす。「ほう、なかなかいい毛布だな……親父、席をあけてやってくれよ。」

やがて若者はたかく鞭をふりあげ、あざやかに8の字をきり、道の両わきを交互に打って馬をすすめる。しばらく行ってから、振向いて言った。

「親父、なにか食いものを分けてやれよ、町につくのは明日の朝だ。」

だがそのときにはもう、二人の男は積みあげてあった空の南京袋にもぐりこんで、物のように眠りこんでしまっている。

22

陽が沈んでから、一度、馬車がとまった。年寄りが久三の寝息がしなくなったのを案じて、若者に注意したからである。久三の口もとに耳をよせて、まだ完全には息絶えていないことをたしかめてから、若者は道ばたに火をおこして湯をわかし、二人を外にかつぎだした。ゆすっても、なぐっても、目をさまさない。強い酒をふくませると、やっと意識をとりもどした。冷たく凍った煎餅《チエンビン》を火にあぶり、味噌をぬって食べさせる。にんにくをかじらせ、熱い湯に酒をたらしてすすらせる。二人は半分眠りながら、むさぼり食った。いっぺんなど、久三が、まちがえて自分の指を咬んでしまったほどである。叫び声をあげ、そのときはじめて周囲の光景に視線があう。頬がこけ、唇のとびだした目の大きな老人が、貧乏ゆすりしながら、筋ばった厚い指できせるの頭を焼いていた。表が赤く裏が緑のほのおの膜が、ひらひら踊り子の手のようにゆらいでいる。その向うに、高い赤土の崖があり、地層の縞目がぼんやり浮んで見えていた。ところどころ粗い灌木のしげみがあるほかは、よごれた雪と風化した岩肌がただどこまでも重なりあった、深い山ひだの中である。星の重さで黒い空がたわみ、振向くと爪の跡のような月がかたく光りながらのぼってくるところだった。そしてそこに、一本、いままで気づかなかった松の巨木がそびえている。見わたすかぎりで、ただ一本の樹である。急に久三はすりあげていた。

ほうっておけば、二人は、いつまでも食べやめなかっただろう。高が三枚半、久三が四枚目を食べておえると、若者は火を消して食糧をいれた柳の籠に蓋をした。若者は親切な心の持主であった。

だが一晩あけて、二人が目をさましたのは、どこか屋根のない廃屋の中である。すでに午後の日ざしが傾き、影が下から壁をつたって一メートルちかくも這いあがっていた。床も柱もドアも窓枠も、材木をつかった部分はすべてとりはらわれてしまっている。むきだしの煉瓦の空にかこまれた五、六坪の土間には、一面にこわれた瓦やコンクリートのかけらがちらばっていた。

はじめに目をさましたのは久三だった。どこにいるのか、どういうことがおこったのか、まるで見当がつかない。体じゅうが重っ苦しく痛み、自分の寝ている姿勢さえ分らない始末なのである。こわれた窓の外に一本の樹がたっていた。なにかしら心をひきつけられるようで、眺めているうちに、そこに昨夜の山の中での松の木の影像がかさなりあい、それから次々に馬車のこと、若者のこと、荒野や犬のことなどを思いだしている。だが馬車から先のことはやはり分らない。ここは一体どこなのだろう？　なぜこんなところにいるのだろう？

昨日と同じで、空はどんよりと赤く、気温もぐんとあがっている。どこか遠くで犬が吠えている。やっとの思いで首をまわすと、すぐ横に高が寝ていた。うすく開けた唇の端に、無精ひげにそって何本も小さなつららが下っている。そのうち一本は長くのびて、ほとんど五センチちかくになっていた。もちあがった襟の毛皮が、そのそばでかすかにふるえ、それだけが彼にまだ命のあることを証拠だてている。

高の目をさまさせるのに、ながい時間がいった。そのあいだに、毛布が盗られてしまっていることに気づく。中に入っていたのは幾枚かの着がえの下着だけだ。なんとしても毛布が惜しい。見まわしたところ、高の鞄もなくなっているようだった。

鞄をとられたことに刺戟されて、高は急に起き上った。頭をかかえ、身ぶるいしながら、ながいことぶつぶつ悪態をついていた。言っているのを聞いていると、べつに大したものは入っていなかったらしい。ただ例の《東海道仇討道中》と、半ダースの石鹼のことだけをひどく口惜しがっていた。《仇討道中》という本は、吉野中佐とかいう関東軍の特務機関の将校から贈られたもので、その扉には次のような文句が中佐の自筆で書かれていたというのである。

贈・高石塔君
おれが男なら、君も男だ――
陸軍中佐・吉野博人

「……聞いたことがないかね、福岡の出身でな、立派な人物だった……そりゃあ、その方面じゃ、吉野中佐と言えば、知らんものはなかったよ……なんといっても、人物だったからなあ……いい記念だったんだ、畜生……とにかく、自筆なんだからな、なんといっても値打ちもんさ……」

石鹸の思い出もまた、なまなかなことではなかった。そこらへんの魚油を使ったような代用品ではなく、アカシヤという昔のすばらしいやつで、色もきれいだし、てんで泡立ちがちがうというのだ。《東海道仇討道中》と石鹸のことを交互に、しばらくぶつぶつ言っていたが、そのうちそれに鞄自身のことが加わった。天津製の、牛の一枚革で、やはりさる軍関係の御用商人から譲りうけた、いまどきとても金なんかで買える代物じゃなかったのだそうである。

そのうち、ふと、不安げに久三を振向いて言う。

「大丈夫だな?」

「毛布を、やられちゃったよ……」

「あれは……?」と強く胸のあたりをたたいてみせる。チョッキのことである。

大丈夫だ、とうなずくと、ほっとして、はじめて頭が普通に動きはじめたらしく、靴の中に指をつっこみ、それからポケットに手を入れて、首を傾《かし》げた。なぜか金もピストルも盗られていないのである。それにつられて久三もしらべてみた。金もナイフも匙のダーニヤも、腕にまいた時計さえもが無事だった。服がはがされていないだけでも大したことだのに、これはまたなんという不思議なことか。やはり、並はずれて善良な若者だったのだろうか。——

「……いや、ちがう……」高は目をほそめて考えこんだ。足もとから這い上るけいれんが、首のまわりにたまり、間歇的に顎のところで爆発する。爆発のあとでながい溜息がでる。「ちがう……これには、なにか、わけがあるぞ……やつらは何か、具合のわるいものにぶっつかって、あわてて、おれたちをおっぽり出したんだ。体をさぐる間も、ないほど、あわててな……なんだ？……つまり、もっと手くせの悪いやつらだ。鞄も毛布も金も、すっかりそちらに横奪《よこど》りされてしまうくらい、手ごわいやつらなんだ……」

「兵隊でしょう？」

「おれも、そうにらんだがな……そんなめにあうよりは、というので、目立たない毛布と鞄だけをふんだくって、ここにほうりこんだんだ……畜生、運賃にしちゃ、高くつきすぎたな……」

「出掛けませんか？……」のびあがって、南側の窓をのぞくと、道があり、二、三百メートル先で左に折れて、その先に長い土塀が見えている。「町が、近いですよ。」

「まあ、待て……その兵隊は、どっちの兵隊だと思う？……つまり、おれの考えじゃな……」

「とにかく、行きましょう。なにか食うものを手に入れないと……」

「だから、考えているんだ……おれの考えじゃ、そいつらは国府の連中だと思うんだがね、八路は、行儀はよろしいからな……おれの考えじゃ、そうだな……つまり、このことは、大事なことなんだ……」

「どっちだったらいいんです?」

「当りまえじゃないか。」

「そうかな……?」

「おれたちが、行くのは、瀋陽《シンヤン》なんだ。」不愛想に言って、そろそろと腰をあげる。よろめいて、壁によりかかる。そのはずみに、足もとから、大きな音をたてて鼠がとびだし、外に駆けだしていった。

「……いや、君はここに残っとれ。」

「なぜです?」

「兵隊に交渉するのは、一人のほうがいいからさ……心配するなよ、おれが君に何をあずけていると思っているんだ……まかしとけって……」

「でも、兵隊なんかに、なにを交渉するんです?」

「してみなけりゃ、分らんさ。」

久三は面白くなかった。高の言うとおりにすれば、食いものを口にする時間を、それだけおくらせてしまうことになる。にもかかわらず、後に残ることにしたのは、そのとき急に立っていられないほどのはげしい睡気におそわれ、とても町までは歩けそうになかったからである。

遠ざかっていく高の痛々しげな靴音を、聞きながら、壁にもたれて、ぼんやり眠っていた。眠りながら、北側の壁にのこっている小さな陽溜りにむかって、ゆっくり進んでいくと、そのすぐ手前で、ごろごろ腐った材木のようなものにぶっつかった。見おぼえがあるようで、わけの分らぬ、奇妙なものだ。……鼠にくい荒されたミイラだった。

ミイラはぜんぶで五つあった。どれもがぜんぶ素っ裸である。三つは大きく、一つは中くらいで、残りの一つはひどく小さい。中くらいのやつと、大きなやつの一つには、まだ頭に長い髪の毛が残っていた。みんなそれぞれに、勝手な姿勢をとっているが、横にちゃんと一列に並んでいる。そして同じように、顔と内臓をきれいにかじりとられていた。

すぐ頭のところに、ちょうど日ざしに半ばかかって、石でほりこまれた文字が読めた。

ムネン
ミチ　ナカバニシテ

ココニ
ワレラ　ゼンイン
ネツビョウニテ
タオル
二十一ネン　ナツ
ミズウラ　タケシ
ホカ　四メイ

久三ははじめいやな気がした、休息の邪魔をされたように思ったのだ。それから、相手が同じ日本人であるのに、そんなふうに考えるのはすこし気の毒なような気もした。誰だろう？　どこからやってきたのだろう？　子供がまじっているところを見ると、家族かもしれないな、それとも会社かなにかの同僚だったのかな？……あの小さなミイラは、きっとあの女のミイラの子供にちがいない、どっちが先に死んだのだろう？……すると、急に、なんだかこわくなってくる……もしかするとこの連中も、おれたちと同じようにあの荒野を歩いてやってきて……そして、あの苦しみのあとで、まだ死ななければならないなんて、はたして信じることができただろうか……いや、そんな不公平は、絶対に信じることができなかったにちがいないのだ……久三はぞっとして後ずさる。ミイラたちが彼をうらんでいるような気がしてきたのだ。

ほかにもなにか、文字らしい傷跡はあった。しかしほとんど判読することはできない。ただ一ヵ所だけ、どうやら『水』という形にみえるのがあった。名前の水浦の水だろうか、飲む水のことだろうか？……むろん飲む水のことにきまっている……全員が高熱にうなされながら、誰一人汲みにいくものもなく、せめてもの思いで水という字を彫りこんだ、その音がまだあたりにただよっているようだ……二十一年といえば、発疹チフスが大流行したあの年である。発疹チフスといえばしらみ。沼のほとりで、高の襟元からはいだしたしらみのことを思い出して、急に全身が痒さでうずきだした……ミイラたちは、彼を、まきぞえにしようと望んでいるにちがいない……彼らの目をさまさないように、そっとしのび足で後ずさる……

喉がひりつく。やっと出口までたどりついて、唾を飲込むと、はりついた粘膜が音をたててはがれた。

23

小屋の外でしゃがみこんでいた久三をみて、高はひどく腹をたてた。

「おい、冗談じゃない、ちっとは責任を感じたらどうだい。」

「なかに、死体があるんだよ。」

「死人ぐらい、世の中には、おとなしいものはないんだぜ。恐いのは目の黒いやつらさ。これからはもっと気をつけろよ。」

だが高は陽気だった。交渉がうまくいったらしいのである。いやがる久三を、むりやり中にひきずりこみ、買ってきた食糧を得意気にひろげ、ミイラのほうへ唾をとばしてはしゃいでみせたりする。

「そうれみろ、死人はおとなしいや、なにをしたって文句は言わん……」

饅頭《マントウ》と、塩からい肉の油づけと、ふわふわした何かの揚げ物があった。それにサイダーが入っているのは、なんとしても豪勢である。あとは火の気があれば申し分ないのだが、それはどうしても高が許さなかった。

「どうだったんです?」

「だから、おれたちは、まったく運がいいよ……やっぱり国府の兵隊だったのさ……うまいことと買収しちゃってな……おどろくなよ、トラックに便乗できるんだぜ、軍のトラックによ……ここまでくりゃ、もう着いたようなもんだな。まったく運がいい……それも、とにかく、最後の車だっていうんだからなあ……」

たしかに耳よりの話だ。あのながい苦難と失意のあとでは、あまりうまくできすぎていて、すぐには信じにくいほどである。

「あれ、発疹チフスですね……」

「もういいかげんにしろよ、まずくなるぜ。」

「くそ、痒くってしようがないんだ。」

「おたがいさまさ、じきなれる……それはそうと、例の列車事故の件な、連中もうちゃんと聞きつけているんだ……間接につながりのある部隊なんで、将校仲間じゃ噂の種だったらしいよ……いや、助かった、おかげですぐ信用してもらえてな……なあに、今だから言うが、連中にあの列車の情報を提供したのは、そもそもこのおれだったんだからなあ……」

「知ってましたよ、そんなこと……」

久三はむさぼり食った。サイダーを飲んで、息を詰らせた。高が大声に笑いだす。久三は高がそんなふうに笑うのを、はじめて聞いたように思う。しかし滅入った気分は、すこしも和らげられない。

……ムネン　ミチ　ナカバニシテ……ワレラ　ゼンイン……

肉をかむと、ミイラの味がする。しかし同時にそれはすばらしい倖せの味でもあるのだ。よろこびとやましさが、入りまじって、彼にはもう感情そのものが重荷だった。

高が説明してくれたこれからの計画とは、だいたい次のようなことだった。——彼が取引きしたのは、白という主計少将である。もっとも少将と聞いて驚くことはない。国府軍はたぶん世界で一番将校の数の多い軍隊であり、ときには兵隊の数よりも多いことさえある。だがともかくもなかなかの腕ききで、自家用のトラックを一台もっていた。それがたまたま、すぐ南の銭家店《チエンジアティエン》が八路軍に包囲されそうだというので、急きょ退散の準備をはじめていたところに、運よく高が通りかかったというわけだ。彼は例の手で、ここでも新聞記者だと名乗りをあげた。脱出の途中、八路に使役されていた日本人少年を救い出してきたと、久三のことも紹介しておいた。白少将は話のわかる男だったので、二人はすぐに意気投合してしまった。はじめは後旗《ホウチ》までのつもりだったが、君のような愛国者のためなら、ついでに瀋陽《シンヤン》まで足をのばしてやろうということまでになり、しかもその間、たった三十五分の話し合いだったという。頭もきれるし、教養もあり、申し分のない男だと、高はさんざんにほめあげた。壁に自作の詩がかかっており、それがまた見事な筆跡だったということである。夜明け前に大林《ターリン》の鉄橋を通過しなければならないので、出発は明朝早くにきまった。大林は銭家店より一つだけ東よりの停車場である。ただし、それまでは私のところで休んでいるようにしなさい、と少将はすすめてくれた。

ここに来るのは日が暮れてからにしてもらいたい。トラックに便乗をねらっているやつが非常に多いので、へたに目立つと、うらまれるというのである。

いかにも筋のとおった話である。とりわけ、なにげなく言われた『愛国者』という言葉に、不思議と心動かされたのだった。むろんいまでは、意識のすべてが外から強制されていたあの時代に、その言葉がもっていたような重いひびきは、なくなっている。その言葉自身には、むしろ強い嫌悪をさえ感じたくらいだ。だがそうした実体のない記号が支配している世界そのものに、ある種のなつかしさを覚えたらしいのである。それは彼を置き去りにして逃げた、過去の世界に対する、憎悪と愛情の関係に似ていなくもなかった。さらに、その言葉の古さと陳腐さが、なぜか久三にオンドルのことを連想させたのだった。少将の住む建物になら、かならずオンドルはあるにちがいない。すると、そこに横になる瞬間の空想が、彼の全感覚を荒々しくつかんで、もう一刻も手ばなそうとしないのだ。裏切られた場合の恐ろしさに、考えまいとするのだが、それは現在の苦痛をさらに二倍にも三倍にもして思出させられるだけのことである。ともかく、いまはまだ、どんなオンドルよりもこのミイラたちのほうが身辺にあるのだから……思わず叫びかけて、息をのむ。

「ときに、君は、いくら持っていたっけ？……一万円だな……」

「でも、なぜ……?」はじめ久三は耳を疑う。

「それに、腕時計があるな。」

「だって、ぜんぶは、困りますよ……ぼくはまだ先があるんだ。」

「なんとでもなるさ、そんなことは……大事なのはここなんだ、境界線の突破なんだぞ……おれだってやっこさんに、例のヘロインの二十五グラム入りをそっくり献上したよ。金にすりゃ五万とは下るまいさ……それに現金でもきっちり三万そろえる。ともかく総額十万は約束してきたんだ……あの馬車の小僧にくすねられたつもりになってみろ、文句を言えた義理かって……軍の世話になろうってんだぞ……」

「しかし、高さんは、列車のことがあるんだから……」

「そりゃあのポリタールの積荷さえ、無事だったら、逆に向うからたっぷり釣銭を出してもらってたさ。」

「だから、なにもそんなに無理してまで……ぼくはこれからまだ、船賃だっているかもしれないんだ。」

「おいおい、あんまりとぼけないでくれ……おれたちはまだ、道のりにして、半分も来ていないんだぜ。それともまだ、一週間か十日、テクテクやってみたいというのかね?……それに、おれがちょっとした資産家だってことを忘れないでほしいもんだよ……もっとも、言わんでも分っているだろうが、この話だけは絶対口外無用にたのむよ……さ、もうつまらんおしゃべりは沢山だ、おれにまかしとけって……」

まったくだ。そういう話のほうが、ずっとはっきりする。「愛国者」やオンドルも、あり金をうばわれるという不幸で水を割られて、ずっと現実味をおびてきた。だから、心の中では、もう納得していたのだ。しかし、高のおしゃべりが夢をさらにいろどるのを見たいばっかりに、反対のための反対だと分っていながらも、やはり黙ってしまうことはできなかったのである。

「だって、馬車をやとったって、いいんじゃないか。」

「断っておくがね、おれは高石塔なんだ……若いころから、政治運動をやってきて、ちっとは名のとおった人間さ……しぜん敵もあれば味方もある。よくも、悪くも、目立つわけだ。おれには、狼がうろついている野っ原より、二本足のけだものが巣くっている町場のほうが、よっぽどけんのんに見えるがね……とくに、こんな具合に、金目のものを身につけているときはよ……」

「思いすごしさ、なんども死にかけたんじゃないか。」

「いや、その点、国府のやつらは、みんなはるばる南から来た連中だから気がおけん。なんといっても気が楽さ……よくも、悪くも、他人様で、金さえみせてりゃ、つまらん邪魔立てはせんからな……」

一言々々に、舌のもつれを意識しなければならないほどの疲れをみせながら、高もけっこう喋りやめようとしない。だいたいはじめから、選択の余地があるような立場ではなかったのだから高のいうとおり、つまらんおしゃべりはする必要がなかったのだ。しかし心臓病患者が寝床でいつまでも目を閉じることができないでいるように、二人とも自分の安全をたしかめるためには、どうしても口をつぐむ勇気がもてなかったのだろう。

「だまして、金だけとられるようなことはないですか?」

「おれが、ここまでたどりついたってことは、ほかの将校も知っているんだ。それに、あの本が誰かの目にとまってみろ。おれがどこで消えたかってことは、自然に分っちまうんだぜ……そんじょそこらの、馬の骨ならともかくよ……」

二人は声をからし、こわばる顔をもみほぐしながら、際限もなく言い合いをつづける。

やがて日がくれる。

よりそって歩きだす。まるで、見えない丸太をころがしているような足どりで小屋のほうは振向いて見ようともしないで……

日没と同時に戒厳令だった。町の方角から時折、小銃の音が聞えてきた。むやみと門の多い町である。門のなかに、門があり、さらにその中にまた門があった。門のたびに歩哨が立っていて遠くから銃をつきつけ叫びたてる。高が短くなにか応えると、連絡はついてたとみえて、すぐに通してくれた。家々の戸はかたく閉ざされ、町は暗くこごえ、道は息の根をとめている。いくつもの門をくぐりぬけ、やっと白少将が占領していた中庭のある屋敷までたどりついたときには、さすがの高も物言う気力さえうしない、あやうく射たれかけた。この最後の歩哨だけには、なぜか連絡がついていなかったのである。ふと、白の本心を疑ってみたい気持が、かすめもする。だが次の瞬間には、二人はもう白くきれいに剃りあげた丸い笑顔のまえに、立っているのだった。アセチレン・ランプのにおいがして、あたりがむっと暑くなる。そして、そこに、オンドルがあった。そのあと、ぼんやりおぼえているのは、ただ一椀の白湯《さゆ》を夢中ですすったことと、閣下の従卒が二人の上衣をとってくれようとしたとき、無意識のうちにそれに激しく抵抗していたことだけである。

だがオンドルは彼らの期待を裏切った。二人を責めぬくために工夫された、特別の拷問具かとさえ思われた。解放された十日間の飢えとこごえが、最後の威力を示そうと、力のかぎり体の中を荒れくるうのだ。全身が激痛にうずき、脈うち、内臓がはれあがっていまにも破裂しそうである。のがれようとして二人は、のたうちまわり、たまりかねた相部屋の従卒は、毛布をひきずって隣の部屋に逃げださなければならなかった。

三時半に兵隊が起こしにきて、ランプをつけ、湯をいれた洗面器をおいていった。久三たちはオンドルからはいおり、土間のうえに寝ていた。それでもぐっしょりと汗をかき、まるで二枚になった皮膚のあいだに、ねっとり機械油を流しこまれたような気分である。耳や口のまわりや指の先などが、まだうずいている。だが、なんとしても我慢のならない睡たさだ。

表で自動車のエンジンをためす音がした。やっと高が起き上った。

「袋のようなとは、まったく、うまいことを言ったもんだな……」膝を折ったままの妙な腰つきで土間を横切っていき、いきなり洗面器の中に顔をつっこんで水を飲みはじめる。

久三は、ひんやりとする壁に、指と顔をおしつけた。気持がよかった。唇の皮がはがれた。死んで黒くなっていた。汗が気になりだす。盗られたシャツが惜しい。せめて裸になって体を拭きたいと思う。だが高が絶対に反対した。やっと妥協して、ボタンを外しチョッキの下から空気を入れることだけを見逃がしてくれた。

肩から腹のまわりが、たまらなく痒みだした。いよいよしらみどもが跳梁しはじめたにちがいない。搔くと大きな垢のかたまりがぼろぼろこぼれ、シャツとズボンのあいだにいっぱいになった。まるめて団子にすれば、そうとうなやつが出来ることだろう。

24

出発はひっそりと、しかしあわただしく行われた。なにかわるい情報が入ったようだった。高は相手を将軍とよび、白はこちらを先生とよんで、しきりと打ち合わせのようなことをしていたが、南のほうの言葉なので久三にはほとんど理解することができない。ときおりまじる北京語から判断すると、夜中のうちに町の要所々々に八路軍のビラが貼られ、危険を暗示する文句が書かれていたというようなことらしかった。

高も乱暴にだがひげをおとし、服のちりを叩き、従卒から借りた櫛で髪をとかして、ともかく見掛けだけは一応さっぱりしたが、上背もあり胸幅もあっていかにも軍服のよく似合う白と並ぶと、やはりどうしても見劣りがする。こちらはまたひどく気取った男だった。灰色のもみあげ、金縁の眼鏡、つややかな皮膚、しまった二重顎、それらが重々しい動作とおうような口のききかたにうまく釣合って、まさに少将の名にふさわしい落着きを見せている。

二人は互いにこっけいなほど鄭重にふるまっていた。兵卒たちのあわただしい動きをよそに、のんびりと、まるで詩のつくり方を論じ合ってでもいるみたいだ。久三は白の口もとにただよいつづけているほのかな微笑と、そのすぐ前で琴をひくような手つきで動いている指の、大きな指輪や長いみがきあげた爪を見ているうちに、しだいに現実感が薄れていくのをどうすることもできない。高が現金四万円と久三の時計を差し出した。白は時計をちょっと耳に当ててみてから、ポケットに入れ、ひどく手なれたしかたで札束をたちまちに数えつくす。

高が振向いて言った。「飯はあとにして、すぐ出発だそうだ……それから、なにか面白いものを見せてくれるとさ……」

久三は答えない。がっかりしてしまったのだ。さっきから耳の底で、たしかに食器のふれあう音を聞いていたつもりだった。面白いものなんて糞くらえである。どうせその達筆とやらの自慢話しくらいのとこだろう。一万円と腕時計には、もっと多くを要求してもいい権利があるはずだった。だが同時に、一刻も早くまた眠りにつきたいという願望もあり、互いに打ち消しあって、それ以上はこだわらずにすませたのだ。

すでにトラックが中庭で待っていた。日本軍が使っていた、腰の高い、幌つきの六輪車だ。出口の外に、そう若くもない二人の下級将校と、数人の兵士たちが、なにかをとりかこんで立っていた。——そしてそれが、その面白いなにかだったのである。

「こいつかね?」

将校の一人が、布でつつんだ懐中電燈をつけ、足もとをてらしだした。一人の男が後ろ手にしばりあげられ、苦しげに白い息をはきながら、膝まずかされている。そのゴム引きの合羽には見おぼえがあった。

「顔をあげろ!」

兵士の一人が、銃の台座で顎をつきあげる。はれあがった口のまわりにべっとり血がこびりついている。——あの馬車追いの若者だった。おびえたその顔は、ひどく子供っぽくみえた。もしかすると、おれと同じ年頃かもしれない、と久三は考える。高が近づいていって、いきなりその肩を蹴上げた。若者は目をふせたまま、じっと歯をくいしばった。

「なるほど、こいつは面白いや……」そう久三に言ってから、中国語になって若者を怒鳴りつける。「どうだい、分ったか、おれがどっちの兵隊がいいと思っていたか……いい気になりやがって、くそ野郎!」

白少将が高になにか言った。高が翻訳してくれた。鞄も毛布も、どこにかくしたのか、さがし出すことができないのだそうである。

「兵隊が……盗ったんだ……おれじゃない……」若者は弱々しく機械的につぶやく。きっと同じことをもう、何度もくりかえしてきたことだろう。つぶやくたびに、唇の端から血がにじみ出た。

白が声をひそめて、なにか言い、冗談だったらしく、くすくす笑いながらトラックのほうに歩きだした。高も笑った。笑いながらもう一度若者の顔をまともに蹴りつけ、自分もよろめいた。若者は声をあげぶくぶくと血をはくと、いっしょにはきだされた白い歯が赤い紐の先にたれさがった。

「君も、やるか?」息をはずませて、高が久三をうながす。兵隊の一人が親切に、若者の指を踏みつけ、動かないようにしてくれた。久三はあわてて首を横にふり、後ずさった。

白少将が久三たちを呼び、エンジンがかかった。若者が泣きはじめた。兵隊たちが手つだって高と久三をトラックのうえに押しあげてくれた。ぎっしり積みこまれた荷物のあいだに、運転台ちかく、二人分の寝床が用意してある。

白は運転台に、将校の一人と従卒と兵隊四人が後ろの上り口に陣どった。最後に一挺の軽機関銃がつみこまれて準備がおわる。布をかぶせたヘッド・ライトがつき、門の扉がひらかれた。水筒を一つ手わたしてくれて、従卒が小声で得意そうに言った。——

「この荷物は、ほとんどが、閣下の私物なんだぜ。」

若者は泣きつづけている。それを靴の先でこづきながら、残った兵隊たちが、動きだしたトラックにむかって一斉に挙手の礼をした。

第四章　扉

25

そのこわれた噴水は、周六十メートルばかりの干上った池の中心にあり、遠くからみるとちょうど軍艦の砲塔のような形をしていた。下のふくらんだ部分が、空洞になっていて、頭がつかえる不便をべつにすれば、なかなか住み心持よさそうである。昔は内側に電球をつけ、とびちる水を五色に染めわけていたのだろう、コンクリートの壁に厚い色ガラスをいくつもはめこんであり、それがいまは窓の役目をしてくれるのだ。太陽の移動につれて、五つの色が、交錯しながら次々に光り、時をつげてくれる。はじめは青、それから赤、緑、黄とうつって、夕方紫になる。広さはぜんぶで一坪半弱、床は泥まじりの砂だがよく乾いていた。

もっと都合いいのは、入口が直接でないので外からは見えにくいことと、それから塔の部分が通風口をかねたいい見張台になってくれることだろう。この洞穴に入るためには、一度台の上にあがって、マンホール様の穴から下におり、その小室からさらに台と塔のつぎ目をくぐりぬけて来なければならないのである。本来ならば半分は水につかっているはずの部分であり、それでこんな構造になったのだろう。台と塔との間を、石でふさいでしまえば、まず発見される気づかいはなかった。

「まあ行ってみてみろよ……」と高は小石で地面に地図をかき、このかくれ場所を教えながら自慢した。街のすこし手前で白少将のトラックを降ろしてもらい、最初の四辻で一服しながらのことだった。「戦後すぐのころ、ちょっと事情があって、逃げまわったことがあるんだがな。そのころ偶然そこを見つけてね、二ヵ月ちかく利用して、一度も邪魔が入らんかったくらいさ……最後に出てくるとき、きっちりふさいで、穴の中に糞をたれてきてやったからな、ま、大丈夫だと思う……大体、公園なんてところは、平時はともかく、こういうふうになると、一番人がよりつかんところさ……でも、心配なら、念のために外から石をぶっつけてみるといいや、……もし誰かに先に占領されていて、駄目なようだったら、反対側に動物を飼っていた跡があったから、そこに行ってみな……まあ、いずれにしても一日だけの辛抱だ、うまくやってくれよ……」

そこで二人は別れた。高は東に折れて旧市街に向い、久三はしばらくそのまま畠の中を行って、やがてひっそりとした工場地帯にたどりつく。ほとんど人通りはなかった。

しかし都会の一部だった。道はアスファルトで舗装されていた。日曜日の朝のように、すべてが新鮮な光で輝いてみえる。固くひびく靴音は、自然を追いはらった人間の力を誇示しているようだ。久三は自分が人間であることを、心から誇らしく思ったものだった。ガードをくぐって市街地に入ると、希望とよろこびはいっそう激しく沸騰した。生きるということは、素晴らしいことなのだ。この素晴らしさを人々とわかつためにも、早く日本に帰りたい……しかし、いますぐ話しかける相手がいないということは、孤独な哀しさをさそいもした。もし重い危険なチョッキが、内側から彼を引きとめていなかったら、誰彼の区別なく、通行人たちにむかって笑いかけていたことだろう。ただそのチョッキが浮きたつ心をおさえ、先を急がせるのだった。

測候所のアンテナと、給水塔が目じるしだった。樹の多い広い公園なので、すぐ分った。教えられたとおり、迂回して、人通りの少い南口から入った。

たしかに高の言うとおりだった。マンホールの中には大便が黒く凍りついていたし、台と塔との間には、石がぴったりつまったままだった。市の中心部にある公園だが、とにかく広さがひろく、まず邪魔が入る心配はなさそうである。そのうえこの池は公園の中央からやや北よりに、擂鉢《すりばち》形にえぐられた低地の底にあって、あたりからさらに隔離された別世界をつくっていた。一日だけなら、まあ我慢してもよさそうだ。

ところが、あたりを見まわしたとき、妙なものが目にうつったものだ。擂鉢の南斜面に、なにやら動物の骨と頭が散乱していた。足の形ではどうやら犬らしい。それも一匹や二匹ではなく、かなりの数なのだ。おまけにそのすぐ横に、一見して罠であることがわかる、感じのわるい機械までが仕掛けてあった。

犬殺しの仕事場かもしれない。とんでもない所に来たものだ。場所をかえて、動物小屋のほうをさがすことにする。雪とまじった落葉が水っぽい音をたて、ズボンの裾がびしょびしょに濡れた。昨日までの寒さとくらべると嘘のようだ。なにか、すばらしいことが起こりそうな予感がする。

小屋はすぐに見つかった。小さい丘の斜面にあった。小屋といっても、煉瓦でつんだ低いトンネル様の単純なものである。鹿の寝床かなにかに使っていたのだろう。丘の上から木立ちをとおして町が見えた。いくつも同じような赤屋根が並んでいて、昔の日本人の住宅地らしい。右手に巨大な給水タンクがそびえていた。

しばらく様子をうかがっていると、中から一人の中国人の少年が現れた。顔色がわるく、見るからに浮浪児然としている。二人は一瞬、はげしくにらみあった。久三は緊張しながらも、いかにも偶然をよそおった何食わぬ顔つきで、向きをかえて通りすぎた。弱ったことになった。やはり噴水のところに戻るよりほかあるまい。あずかったチョッキの負担が、つくづくとうらめしくなる。こんなものさえなければ、いますぐにでも街に出て行くのだが。街は、ただ通りぬけてきただけだったが、すばらしかった。商店はかざられ、乗合馬車は走り、人々はせっせと歩いていた。なんといっても瀋陽《シンヤン》は、久三がこれまでに見たなかでは、最大の都市である。幌をつけたゴム輪の馬車や、ペダルをふんで走る人力車の群を、ただ眺めているだけでもたのしいことにちがいなかった。もっとたのしいことだって、しようと思えばできる。髭のダーニヤを売って、ふかしての肉饅頭を買うこともできるのだ。

しかし、チョッキが内側から刃物をつきつけていた。とにかく危険なのだ、逃げださなければならないのだ。彼を決心させてくれたのは、勇気よりもむしろ恐怖だった。

ちょうどガラスの光が黄色から紫に変ろうとしている時刻だった。別れぎわに白少将から分けてもらった食糧と、水の入ったビールの空瓶を壁ぎわにならべ、万一にそなえてということで高からあずかったピストルをとりだして、わきに置く。むろん弾は入っていない。それでも浮浪児をおどかすくらいには役立つかもしれなかった。

一口やったら、寝ることにしよう。明日になれば高が瀋陽での仕事をかたづけてしまい、なにかいい情報をもって、迎えに来てくれるはずである。トラックの中はほとんど眠りつづけだったが、安眠はできなかった。今夜は、あまり冷えこまなければいいが……

すぐにも眠むれそうな気持でいるのに、なぜかなかなか寝つけないのだった。最後のガラスの光もおとろえ、いまは塔の上からくる光だけが微《かす》かに明るい。(なにか気がかりなことがある、何んだろう?)……時がたつにつれて、神経はいよいよたかぶるばかりだった。どこからか、おかしなラッパの音が聞えてくる……遠くで犬が鳴いた。犬殺しが仕事をするのは、夜だろうか、昼間だろうか?……みしっと噴水の外を誰かが歩いた……いや、ちがう、地面が凍りはじめた音なのだ……(なにか気がかりなことがある、何んだろう?)……馬車追いの若者の口から、赤い紐といっしょにたれさがった歯「おれも男なら、君も男だ」……こげてふくらんだ鼠の腹……ふとあの恐ろしい鉛の海の光景を思いうかべ、するといま自分は生きているのだ、生きてここまでやってきたのだという実感がひしひしとせまってきて、抱きしめてやりたいほど自分がいとおしくなる……ムネン　ミチ　ナカバニシテ　ココニ　ワレラゼンイン……腋の下と腰のまわりが発作的に痛みだす……(だがいったい何がこんなに気がかりなのだろう?)……

気にするな、明日になれば高がなにかいい情報をもってくるのだ……(そうだとも、悪いようにはせん、おれにまかしとけって)……

トラックの中で、食事中、将校の一人が高にしていた話を思いだす。沙城《シァチョン》という港に、日本の密輸船がしょっちゅうサッカリンや食用油を買いに来るというのだ。もしそれが本当なら、高のいういい情報だって、あながち可能性のないことではあるまい。

だが、そんな理由づけをしてみても、不安はいささかも解消されないのだった。すでに塔の上からの光も消えうせた。寒さがつのり、目はますますさえわたる。不安の正体をつきとめるにはどうすればいいか、むろん久三は知らないわけではなかった。しかしそれをすれば、疑いはいやがうえにもつのり、こだわりはいっそうひどくなるにちがいなかった。それが恐ろしかったのだ。

ポケットから小さな紙包をとりだして、手のひらにのせ、重さをはかるような動作をする。重さなんかあるはずはない。「疲れすぎていると、かえって眠れんもんだ。そういうときには、こいつをちょっぴり舐めるとききめがあるぜ……ちょっぴり、ほんのちょっぴり、マッチの先につけたくらいな……」そう言って別れぎわに高がくれたヘロインの一包である。考えてみれば、これさえ、計略の一つだったと言えないことはなさそうである。

……大体、高の瀋陽《シンヤン》での仕事というのが、腑におちない。どんな仕事が、見知らぬ他人に、舶来の自動車五十台分もあるという品物をあずけさせたりするのだろう?……彼は追跡されている男である。もっとも単純に考えて、まず出てくる解答は、久三が品物の隠し場所に利用されたという場合だ……むろん、それはそれでもかまわない。当然そうであるにちがいない……だが問題はそのあと、高がもう品物を持っていないことを追跡者たちが確認し、久三の役目が終りをつげたときにある……高にとって、久三がもう何んの役にもたたなくなった、そのとき、それでも彼がなお、いい情報や分け前を久三に提供する必要を認めるかどうかということなのだ……

ありえないことだ、と久三は思う。高にとって久三が、隠し場以外のなにかでありえたなどと考えるほうがよほどどうかしている。久三を利用することは、手段ではなく、それ自身が目的だったにちがいないのだ。彼の態度はその方向で一貫しつらぬかれていた。あの謎めかした曖昧さも、実はすこしも曖昧なことなどなく、すべて利用されるものの心理の弱点をうまくつかんだうえでの計算だったのではあるまいか……

もしかすると、今夜、おれがこんな疑惑にとっつかれて、くよくよ思いなやむだろうことまで、ちゃんと予測し、計算に入れていたのかもしれない。このヘロインも、その計算の結果かもしれないのだ。思い悩み、不安におちいり、ねむれなくなって、どうしてもこの薬が必要になるにちがいないと見ぬいたうえでのたくらみかもしれないのだ……それから……それから、彼がしなければならないことをするだけだ……眠りこんでしまったところに、こっそりしのびこんで、チョッキをはがして持っていってしまう……そこで久三は、こんな間抜けがいたもんだよと、笑い話の種になる。

――とんでもない、そこまで分っていて、まんまとその手にのる馬鹿がどこにいるものか……やってくる盗人が、あずけ主であることが分っていて、おめおめ見張りをつづけている番人がどこにいるものか……裏切られることがきまっているのなら、こちらから先に裏切るのが当然だ。このまま、チョッキごと逃げだして、姿をくらましてやろうか……ちょっと悪くない考えじゃないかな。舶来の自動車五十台分といったら、きっと相当なものだよ……いずれあいつだって、どこかから盗みだしてきたものにちがいないんだ、気がとがめる必要なんかないさ……大体おれがいなければ、あんなやつ、生きていたかどうかさえ疑わしいんだからな……いや、死んじゃっていたに、きまっているよ……

だが久三には、決して自分が逃げだせないことも、よく分っている。海岸までの道のりはまだ遠いし、海岸から先はもっと遠いのだ。どうしても人の手助けが必要だった。それに、十グラムのモルヒネを持っていただけで、目玉を指でえぐりぬかれて死んだ看護婦の噂を聞いたこともある。素人が麻薬をもつことは、ほとんど死を意味するも同然だった。さらに根本的なことは、どんなふうに想像をめぐらしてみたところで、いずれはやはり仮説にしかすぎないということなのだ。思い悩むばかりで、どうにも手の下しようがない……だから、こうした動揺の一切を承知のうえで、高は彼を番犬にやとったのだろう。

いかん、どうどうめぐりだ、おれはどうかしている……思いきって薬を舐めてみようか……しかしこいつは劇薬だ、下手すると、死んでしまうかもしれない。だいたい麻薬を飲んでいると凍死しやすいのだ……死んだら、あいつ、よろこぶだろうな。いや、案外それがねらいなのかもしれないぞ……冗談じゃない！

だが仮に、そんなふうにしてねばりつづけ、やがて朝がくる。気がゆるみ、ぐったりして、眠りこんでしまう。そこに高がこっそりとやってきて……と、つまり、同じ結果になるわけだ。もし、そこで、さらにねばりつづけることができたとしても、高にその気があれば、久三からチョッキをとりあげるくらい、わけのないことだろう。弾の入ったピストルを用意してくるとか、あるいは犬殺しのような乾分《こぶん》の一人でもつれてくれば、問題はそれで一挙に解決してしまうことである。

つまり、罠からのがれようとすること自体が、罠にかかることなのだ。もうなにを考えてみてもはじまらない。残されているのは、素直に品物をここに置いて、体だけ外に出ていくということだけだ。ということは、情報も分け前も放棄して、すべてを彼にまかせることと変りがない。畜生、あいつは利口なやつだよ、番犬の使い方を心得ている……
ばかに苦い薬だな、飲みすぎたのかな？

26

犬の悲鳴で目をさました。水を飲もうとしたが、体がしびれていて、思うように動けない。いくら気温があがったといっても、火なしで野宿するのはまだ無理なのだ。肘を羽のようにばたばたやって、体温をよび戻す。おそろしい犬の悲鳴だ、犬殺しがはじまったのかな？　窓はまだやっと青がはじまったばかりだ……しかし、上からくる光はもうかなり明るい。

膝のうえを強くこすりながら、そろそろと腰をあげた。塔をよじのぼって、穴からのぞいてみる。とりのぞかれた噴水口の跡の穴だ。罠が犬の首をしめ、宙づりにしているのだった。首の太い、きたならしい赤犬が、後足で立って前足で空をかきながら、困ったように唇をなめては鳴いていた。鳴き声のしまいが細くなって鼻にかかる。

寒い――食事にしよう。うすっぺらな粉臭い乾パンと、塩づけの豆と、なにか分らないが油の入った酸っぱい飴のようなものだ。節約するために、長い時間かけて、ゆっくりかみしめる。今夜の分まではどうしてももたせなければなるまい。なんだか、胸がわるい。昨夜飲んだ薬のせいかな？　気持よくもなんともなかった。どうして中毒になんかなったりするのだろう？　しかし効果はあるな、あっさり眠っちゃった。

　窓の光が、青から赤に、しだいに移っていく。

　犬が鳴きやんだ。低いうなり声にかわった。それからはげしく吠えはじめた。敵意に満ちた吠え声にまじって、短い口笛の音がきこえてくる。つづいて砂をうちつけるような音がして、それっきりすべてがひっそりしてしまった。

　塔にのぼって、のぞいてみると、犬はもう罠から外され、切った喉から血をしぼられている最中だった。斜面に、頭を下にして横におき、上から膝でおしつけると、赤いクリーム状の血がぶくぶくふきだしてくる。そして、それをやっているのは、昨日見たあの動物小屋の浮浪児だった。

　におってくるようで、気持わるいが、気にしていた犬殺しが少年だったと知って、ほっとする。尾を切り落とし、首のまわりと脚のまわりと腹に刃を入れ、まるでシャツをぬがせるようにくるりと皮をはぎとった。そのあざやかさに、久三はすっかり感心し、あまり不潔だとも思わなくなる。仕事がすすむにつれて、しだいにそれが肉にみえはじめ、食べてみたいという考えさえわいてきた。だがそれは本当の食欲というより、浮浪児にたいする間接的な好意のしるしかもしれなかった。

しきりと、出ていって少年に話しかけてみたいという誘惑に、かられはじめる。ごく親しい間柄になれそうな気持がしてくるのだ。少年の指は長くて敏捷だ。犬の血の温度でこごえがとれたのだろう。顔は細くて肉が少なく、鼻のわきに片方だけ深いみぞがきざまれていて、それがいつでも笑いだそうと待ちかまえているようだった。

だが、チョッキが彼をしばりつけていた。やがて少年が立ち去り、あとに頭と脚と内臓がのこり、立ちのぼる湯気が朝日をうけて白く光っている。なんだかひどく苛立たしい気分である。喉がかわくように、彼は、人間に飢えているのだった。

ちょっぴりまたヘロインを舐めてみた。空がくもり、風がでてきた。風にのって、街の音が聞えてきたような気がする。早く日本に帰りたいな、と思う。顔の内側の壁がぎゅっと収縮した。心の中で、少年が犬の皮をめくったあの手つきを、いくども続けて繰返す。あんなふうに、自分をせきとめている何かを、ひきはがしてしまいたいと思うのだ。手の甲で両頰を強くこすりまわした。ふけのようなものがぼろぼろ落ちてきた。いったいおれはどんな顔をしているのだろう？

額のあたりが、すっとなめらかな感じになる。薬がききはじめたのだ。高がかならず、なにかいい情報をもってきてくれるにちがいないという気がしてくる。赤が緑に変りはじめた。それにしても、いったいなにをぐずぐずしているのだろう。とにかく……と急に負けん気な気持になってきて、なにもはじめから弱腰でばかりいる必要はないんだ。向うがおれをしばりつける気なら、おれもあいつをしばりつけてやるだけさ。おれがチョッキを手離さないかぎり、あいつだっておれから離れられやしないんじゃないか。彼にだって、それぐらいのことは、分っているはずだよ……そうさ、もしあいつが勝手な真似をしやがったら、金輪際手離してやりはしないからな……

臍のまわりが痒さでほてりだした。パンツの紐の部分を返してみると、ぬい目に小さな白い虫が動いている。つぶしてみた。はじめはいやだったが、だんだんやめられなくなってきた。かたいチョッキのせいで、うまく体がまがらず、目だけを伏せているので、しまいに頭が痛くなってしまう。それでもかなりのあいだ、時間がたつのを忘れていることができた。

緑が黄になり、黄がまた紫に変った。しかし高は来なかった。暗がりの中で、最後の食糧を食べ、最後の一滴を飲みつくす。するとかえってたまらなく喉がかわきだすのだ。昨夜の不安がまた頭をもたげはじめる。薬を舐め、その力で思いきって外に出て、日影の雪を、しぼって飲んだ。

誰かが、うしろから近づいてきた。首筋に、ふわっと重いものが、のしかかってきたように思った。が、実は、急激な強い殴打だったのである。うずくまるようにして倒れ、それから徐々に手足をのばしていった。

27

久三はどこかで何かをさがしまわっていた。空気がいつもより何倍も重く、あたりは一面、錆びた鋼鉄のように赤っちゃけている。脈絡もなく、曲り角や、旗の立った運動場や、仕切屋や、長い土塀などが、次々と現れては消えた。現実ではなく、夢なのだということが、自分にも分っていた。粘土でつくった、模型の曠野《こうや》の中で、犬と格闘していると、その外で先生らしい男が、生徒たちに解説して聞かせている。彼は疲れて、眠りたかった。本当のことではないのだから、休んでもかまわないのだという気がしていた。しかしそのたびに、先生が小言をいった。せっかくの授業の邪魔をしては、いけないというわけだ。先生のうしろから母が背のびして、のぞきこんでいる。先生の言いつけをよく守り、死んだ人間に恥をかかせないでおくれ、と、哀願しているようだった。——さあ、それから、どうした？　と先生がきびしい調子でたずねる。……それから……久三は全身の力をふりしぼって、思い出そうとつとめた。空はにごった赤い色をしていた。まわりには、剝げちょろけた煉瓦の壁があり、天井がなかった。彼はミイラたちの招待をうけているのだった。あまりたのしいことではなかったが、断るのは悪いような気がして、席を立つことができない。とつぜんミイラたちの顔から、鼠がとびだしてきた。鼠どもはたちまち群をなし、磁石のうえに逆立った砂鉄の毛氈《もうせん》のようにあたり一面にひろがった。彼は逃げだした。外にあった旗竿によじのぼった。旗竿はもろく、いまにも折れそうだった。どこからか高が駆けだしてきて、竿の根元をナイフで切りつけた。墜落し、目がさめた。するとまた教室の中にもどっているのだった。——眠っちゃいかん！と先生が金切声をあげ、手をふりあげて、せまってきた。許してください、眠りたいんです！と叫んで、今度は本当に目がさめた。

悲しげな、弱々しい、なにかの悲鳴が聞えていた。あたりはまだ暗かった。ぞっとして、起上ろうとしたが、思うように体が動かない。首筋が、えぐりとられたように、重く、だるかった。悲鳴がやんで、咳こむような吠え声にかわった。そうか、また野良犬が罠にかかったのだな……ばくぜんとしていた黒い影が、急にひきしまって、形あるものになりはじめる。（おれは雪を舐《な》めようとしていた。そこに誰かがやってきて、後ろからいきなりなぐりつけた……）するとおれは死にかけているのかもしれない、そう思った瞬間、恐怖が彼に最後の力をふりしぼらせた。地面をかきむしり、ながい時間をかけ、やっと噴水の台石に肘をかけて、上半身を起こした。手足の感覚がほとんどなくなりかけている。睡気とたたかいながら、脇腹に腕をおしつけ、無理にふるえてみた。睡気を追いはらうには、なにかにねらいを定め、腹を立てるのが一番いいようだった。一心に、高のことを思いつづけた。

激痛が、右の耳から始まって、全身に走った。それが合図で、手足の感覚が、砕けるように痛みながら、徐々に恢復してくる。ひろげた手をばたばたと膝のうえに叩きつけた。外套が肩から地面にすべり落ちた。袖がとおっていなかったのだ。なぜだろう？……気がつくと、上衣のボタンも外れたままになっている。ジャケツまでが上から下に切り裂かれているのだ。

そして、チョッキが盗まれてしまっていた。

そのまま、また眠りこみそうになった。たぶん、ほんのすこしは眠ったにちがいない。日本海の夢をみていた。海は小川ほどの大きさしかなかった。向う岸に山があり、山ひだに町が見えていた。それは彼を置き去りにし、追い出した、巴哈林《バハリン》の町にそっくりだった。巴哈林がそのまま、引越していったようでさえあった。海がこんなに狭いものなら、そんなことも可能だったかもしれない。たどりつきたさに、胸がうずいた。しかし、とび越すには、すこし幅がひろすぎる。苛立って、久三は拳をふりあげ歯をむいてわめいた。

夢のなかでわめいたのだが、現実にもわめいていた。犬がまた悲鳴をあげはじめた。

体のどこがどうなっているのか、よく分らないまま、かすかな上下の感覚と、膝の鈍い痛みのありかだけをたよりにして、むりやり立上ってみた。重力が消えた、と思った瞬間、またもう俯伏せに倒れてしまっている。しかしこの努力はしたかいがあった。心臓が勢いをとりもどし、全身の筋肉が危険を感じて、ふるいたった。

必要なものは、やはり温度である。内側からつくることができなければ、外側から求めるよりほかない。久三はよつんばいになって、移動しはじめた。噴水をまわって、南のほうに進んでいった。犬が狂暴にうなりだした。斜面をよじのぼって、落葉の中に匐《は》いこんだ。かきあつめて、マッチをとりだす。指がきかない。四、五本一緒に手の中ににぎりこみ、靴にすりつけようとして、右の靴がなくなっているのに気づいた。靴のなかには、アレクサンドロフが署名してくれた、証明書がかくしてあったのだ。犬がうなりつづけている。負けずに久三もうなりかえした。同時に、体をなでまわして、ナイフも匙のダーニヤもなくなってしまっていることに気づいた。つかんだマッチを、左の靴にたたきつけた。橙色の火をふいて燃えあがる。しかし、落葉にふれると、かすかな蒸気をはいて、あっけなく消えてしまった。

久三はまた南をめざして這いはじめる。いまはただ、あの浮浪児のいる動物小舎だけが、たのみのつなだった。それにしても、なんていうひどい林だろう。なんていう長い道のりだろう。複雑な起伏に、道を迷ってしまいそうだった。憎しみをかきたてて、気をひきしめる。ちくしょう、あれはやはり高だったのだろうな。高でなけりゃ、靴の中の証明書にまで気づくはずがない。ただの盗人なら、靴から、衣類から、身ぐるみ剝ぎとっていったにちがいないのだ。片方の靴だけはがすというのは、知っていて証明書をねらったという証拠である。やはりどうしても、高だったにちがいない。ちくしょう、高のやつ……。だがなぜか、憎しみよりも悲しみがこみあげてくるのだ。悲しみはすべすべしていて、気持がよかった。いよいよこれで死ぬのかもしれないな、と他人事のように思い、急に倒れて、落葉のなかに顔をつっこんだ。

28

あたり一面にうすく煙がたちこめている。その煙の向うに、まぶしい昼の光がゆれていた。すぐ頭のうえで、手鼻をかむ音がした。例の浮浪児が、木のヘラで、犬の皮の脂をこそげおとしているところだった。いつの間にか、動物小舎にいるのだった。天井から肉の塊りと、糸でつないだニンニクの粒が、ならんでぶらさがっている。

視線があった。

「おまえ、日本の鬼野郎だな！」そう言うなり、犬殺しの少年が足をのばして、久三の頭を蹴った。久三は相手の親切にどう感謝しようかと思っていただけに、おどろいてしまう。しかし敵意は感じなかった。塔からのぞいたときの友情らしいものが、そのままだつづいていた。ちょっとした誤解にもとづく仲間喧嘩なのだと思いたかった。首をおこそうとしたが、床にはりついたようにびくともしない。微笑をかえそうとしたが、こころもち唇の端がひきつっただけだった。口をきこうとしても、声帯が麻痺して、まるでいうことをきかないのだ。

「おまえ、おととい、ここをのぞいてから、何処で何をしていた?」少年は下唇をつきだし、たたみかけるように手にもったヘラを久三の鼻先に突きつけてきた。強い警戒と攻撃の調子がこめられている。

「水《シュイ》……」と、久三はかろうじて答えただけだった。

少年は顔をしかめて、唾をはいた。ヘラで久三の喉を切りさく身ぶりをしてから、空罐に水をくんで、乱暴に口のなかに流しこんでくれた。水を飲むと、急にまた疲れがでた。目を閉じた。そのまま眠ってしまいたかった。しかし少年は眠らせてくれなかった。頭を蹴って、さらに説明をうながすのだ。久三はすこしもかくす必要を感じなかった。しかし相手のねらいが分らないので、どんなふうに言えば満足してもらえるか見当がつかない。行きあたりばったりに、喋りはじめてみた。話は単純なはずだった。しかしはじめてみると、ひどく説明しにくい単純さだった。それに彼の意識はまだ完全ではなかったのである。

途中いくども睡りこみそうになっては、頭を小突かれた。それでもしだいに、小突きかたがゆるくなり、しまいには場所が頭から肩にかわった。そのうち、なにをどこまで話したか、おぼえがないまま、またいつの間にか眠ってしまっていた。

一度、小便に起き、なにか口に入れてもらったおぼえがある。暗かった。手製のランプの紫にちかい、くすんだ光が天井を這いまわっていた。そのときそばに、少年のほか、まだ二、三人の男がいたような気もした。なにか話をかわしたような記憶もあるが、それははっきりしない。

本当にはっきり目をさましたのは、その翌日の、昼すぎてからだった。誰もいなかった。勝手に起きて、水をのんだ。体を動かすと、自分の体ではないような気がする。ふわふわして、気持がよかった。食欲はなかったが、なにか口に入れなければすまされない、強い衝動があった。天井のニンニクをもいで、口に入れる、すこしも味がしなかった。しかしすぐに胃がはげしく痛みだした。アンペラの仕切りのあいだから、首をつきだして、いま飲んだばかりの水を吐いてしまった。なまぬるい、浮き立つような風が顔をなでてとおった。生きのびたのだ！……そう思うと鼻の奥が濡れてくる。しかし涙のせいか、吐瀉物のせいかは、分らなかった。

「なにか、食うかい？」顔をあげると、少年が立っていた。黙って中に入って、奥の木箱の中から、固くひからびた饅頭《マントウ》をとりだし、塩をぬって手渡してくれた。それから小さな肉の塊りもくれた。犬の肉にちがいなかった。少年は無表情だったが、もう昨日のような敵意はなさそうである。久三はむさぼり食った。すると食欲のやつが目を覚まし、さらになにか口に入れたさに、気が遠くなりそうだった。歯をかみしめて、がたがたふるえだす。唾液があふれ、顎をつたって流れおちた。犬になったみたいだと思った。

「日本人のところに、つれていってやらあ。」と少年が言って、顎をしゃくった。

久三は耳をうたぐった。あまり突然すぎた。

「日本人のところだよ。」と少年がいまいましげに鼻のうえに皺をよせて繰返した。しかし久三にはやはり信じられなかった。日本が、いきなりそんなに身近に現れるなんて……いや、そんなことはありえない……おれはいま夢をみているのだ……さもなければ、これまでの苦しみや恐怖のすべてが夢だったのだ……。久三は息をこらして、少年の次の言葉をじっと待った。冗談だよ、ざまみやがれ、うれしかったかい、と、いまにも意地悪く笑いだしそうな気がして……。だが少年は笑わなかった。そのかわり、奥の木箱のかげから、噴水のそばに脱ぎ忘れてきた右足の靴をとりあげ、うらやましそうに二、三度ふってみてから、黙って久三の足もとに投げてよこした。それでも久三はまだ半信半疑だった。なにか残酷ないたずらを仕掛けられているような気がしてならないのだ。どこか、たとえばあの罠のある斜面にでもつれだして、犬のように殺すつもりではないかとさえ思った。ふと噴水の中に置いたままになっているはずの、ピストルのことが頭にうかぶ。高が持っていってしまっただろうか？　持っていった可能性は大きい……が、一度しらべてみる必要はあった。もし残っていれば、それがいまや彼に残された唯一の財産なのである。いくら浮浪児が靴をほしがったところで、これを売るわけにはいかないのだ。靴は張子のように弾力をうしない、膨れあがった足になかなかなじんでくれなかった。

「そのかわり、これは、もらっておくからな……」と少年が言って、厚い木綿の綿入れの腹をまくってみせた。帯のあいだに、そのピストルが差しこまれているのだった。

顔の表面が糊をぬったようにこわばった。鼓膜のうえを流れる血の音が聞えた。どうせあのなかには弾は入っていない。それに、こいつは、おれよりずっと柄も小さく貧弱だ。いざとなっても、負けはしまい……

しかし久三は、黙って小さくうなずいただけだった。そのかわりという少年の言葉が、ふくれあがった興奮の栓をぬいて緊張をゆるめてしまったのである。たしかにこの犬殺しの少年が与えてくれたものは、かけがえのないものばかりだった。生命と、外套と、靴と、おまけに今度は日本人のいるところだという。しかも、かくしておけば分らずにすませたものを、わざわざ取り出してみせたものだ。

立上りながら久三は、もう一度深くゆっくりうなずいた。

29

歩きだすと全身がぴしぴし、乾燥しはじめた材木のように鳴った。空はあいかわらずどんよりとにごっている。地面は融け、靴の下で氷のかけらとまざりあって、しなやかな音をたてた。

やって来たときとは反対側の、西口をとおって外に出る。きちんと舗装された電車道があり、その向うに、蔦の枯枝で一面におおわれた箱をつみ上げたような鉛色の二階建があって、青天白日旗が半分竿にからみついたまま、苦しげにはためいていた。門柱のうしろに衛兵が一人、小さな円をえがきながら、ゆっくりまわりつづけている。ちらとこちらに目をあげたが、すぐに無視して横をむいてしまった。久三はあらためて自分のみすぼらしさをつくづくと思う。凍傷で傷だらけになり、疲労でやつれきった顔、かぎ裂きとほこりでよれよれになった服……この浮浪児といったいどちらが汚らしく見えるだろうか、鏡があったら、うつしてみたい。肩をひねって、背中を掻いた。

電車道を横切って、まっすぐに行った。歩道の敷石につまずいたはずみに、靴の左踵が落ちた。ひろいあげて、ポケットに入れる。片足ぜんぶがとれてしまったような、不吉な予想におそわれた。しかし少年はおかしな歩きかたをするので、その点ではびっこをひきながらついていくのが、ちょうどよかった。地面に目をすえたまま、石ころを蹴とばしたり、急にとびあがって街路樹の枝を折ったり、それを力まかせに道端の塀ごしに投げこんだり……あるいは鼻歌にあわせて、意味もなくはねあがったりする。一刻もじっとしていないのである。久三はそれを見ながら、なにかほっとするような気持がした一方、自分がそんなふうには出来ないのは、踵がなくなったせいだと思いこまなければならないような、一種のひけ目に似た胸苦しさも感じるのだった。

町は正確な碁盤目に仕切られていた。しばらくのあいだはひっそりとした古めかしい住宅街で人通りも少なかった。それから急ににぎやかな表通りに出た。道の両端は商店だが、食品店をのぞいた大半が戸を閉めていて、にぎやかなのは道に直接品物をならべた小さな露店商たちだった。幾重にも、車道までぎっしりと埋めつくし、声をかぎりに叫びたてている。なかには風呂敷一枚だけをもって売っている婆さんさえいた。そのあいだをぬって黒一色の綿入れの男や女たちが、のろのろと往き来していた。ときたま馬車が走ってくることがあった。商人たちはあわてて荷物をかかえてわきによけ、通りすぎるとすぐにまたもとの所に戻って商売をはじめる。馬車に乗っているのは、ほとんどが兵隊だった。

道いっぱいに食い物のにおいがあふれていた。少年はその雑沓のなかでも、いぜんとしてあのおかしな歩きかたをつづけていた。ぶっつかる者があれば、肩をそびやかしてにらみつけ、にらみつけられた者は、気がつかなかったふりをして、黙っているだけだった。少年がふいに身をこごめて、菓子を売っている露店商の台の中から、黒くしなびた乾燥梨を一つ、あざやかにすくいあげた。あの落ちつきのない歩きぶりは、万引のための準備行動だったのかもしれない。歩きながら少年は、盗んだ梨にかぶりつき、飴色の糖液で口のまわりをぬらした。久三も胃が顎の下まで押し上げられてきたような痛みにせかされて、せわしくあたりに目をくばりはじめる。しかし本当に手をだすには、まだかなりの間がいりそうだった。

二区劃《くかく》ほどいくと、また広い電車道に出た。そこから先はひっそりとした住宅街だった。少年は立ちどまり、はじめて口をきいた。

「もうすぐだよ、ここから先は、一人で行きな……行ったら、あそこには、もう二度と来るんじゃないぜ。今度、あの辺でうろうろしているのを見つけたら、ただじゃすまないからな……犬っころと、おんなじさ……」そう言って、大げさな身ぶりで、首を切りおとす手つきをしてみせる。

ちがうんだ、ちがうんだ、と久三は心の中で繰返した。少年がつづけて言った。

「ここを西に、二本目をまた南に入れば、すぐ日本人のいるところがあるよ……いいか、二度とくるんじゃないぜ！」

少年は片足でくるりと振向くと、さっさと人ごみの中にもぐりこんで行ってしまった。久三はひどく心細い、泣きたいような気持になる。ちくしょう、チャンコロめ！　そう口のなかで言ってみたが、ぜんぜんいまの感情にはそぐわなかった。ちがうんだ、ちがうんだ、と繰返しながら、教えられた道を足をひきずって歩きだす。しかしすぐに、日本人のところに行きつけるのだという希望と、本当にそんなところがあるのだろうかという不安とが、その苦い気持にうちかっていた。

日本人のいるところは、すぐに分った。塀のうえにさらに高く有刺鉄線をはりめぐらした、社宅風の一劃だった。同じような建物が十軒ばかり並んでいる。表道路に面した門は、ぜんぶつみあげた枕木で固く閉ざされ、路地の奥に共同の門が一つだけ開いていた。路地の入口に《日僑留用者住宅》と小さな木の札がうちつけてある。久三は口をあけたまま、荒々しく息づいた。唾を飲込むのに口をとじるのさえ、苦しいほどだった。いっこうに現実感がともなわない。よろこんでいるのか、悲しんでいるのかさえ、区別できないほどだった。ただ、やってきたながい道のりが、他人の物語りのように頭の中を走りすぎる。アレクサンドロフの部屋を逃げ出したときのことが、もう思い出せないほど昔の出来事のように感じられるのだった。

門の内側に、剣つき銃をもった国府軍の兵隊と、腕章をまいた日本人の青年が、大きなコンロをはさんで退屈そうになにか笑いあっていた。兵隊は久三に気づくと、犬を追いはらうように舌をならして手をふりあげた。じっさい久三は犬のようにあえいでいたのである。

「にほん、じん、です……」

青年が狼狽した表情で、兵隊を見た。

「行け！」と、兵隊がかまわずに銃をもちなおしてみせる。

「にほんじん、なんです……」久三は立っていられないほど、激しくふるえだした。

「証明書がなけりゃ、ここには入れないんだよ。」と、その三年ぶりの日本人は、迷惑そうに目をそらせて言った。

「ここは軍の直接管理になっているんでねえ……」

「ぼくは白っていう、国府軍の少将の人なら知っていますよ。途中から、トラックに乗っけてきてもらったんです！」

「じゃ、その人のところに相談に行くんだな。」

「でも、その人の居所を知っている人と、はぐれちゃったもんだから……」

「それじゃ、しようがないじゃないか……」

「ねえ、ぼくは巴哈林《パハリン》から、歩いてきたんですよ……」久三の眼から涙があふれだした。「助けてください、ずうっと、食べるものもなくて歩きつづけてきたんです……」

「しかし、本当に、どうにもならんのだよ……もう昔とはちがうからねえ……」

「どうすればいいんですか……」久三はよごれた顔を涙でこねまわした。

「どうするって……君ぐらいの年頃の子供が沢山死んでいったよ……ぼくらだって、明日はどうなるか分らない……気の毒だと思っても、ぼくらにはなんの力もないんだ。冷いことを言うようだけどね……」

「でも、どうすればいいんです？……」

「収容所もなくなったし、引揚船も終っちゃったし……まったく、どうにもしようがないなあ……しかし町じゃ、日本人の子供はわりによろこんで使ってくれるってことだぜ。」

「だってぼくは、日本に、帰りたいんですよ。巴哈林からずっと歩いてきたんだよ。」

「巴哈林なんて、知らんけどね……」

「さあ、さっさと行くんだ！」と兵隊が南方なまりをまるだしにして嘲けるように叫んだ。

久三は涙で喉をつまらせ、こわれたポンプのような音をたてながら、青年の膝をめがけて、倒れかかっていった。相手がいそいで膝をひいたので、いきなり地面にたたきつけられてしまう。

「乱暴するな！」と青年が苦々しげに呟いた。兵隊が陽気な声でわめきながら、久三の襟首をつかまえ、路地のほうへつきとばした。反対側の塀の下にうずくまって、大声をあげて泣きだした。兵隊がよってきて、銃床でこづきはじめる。壁にすがって立上り、よろめきながら逃げた。路地を出ると涙がとまった。かわりに体重が消えたような白っぽい空白感だけが残っていた。

久三は、そのかこいに面した道路ぎわに、いつまでもじっと坐りこんでいた。いつも二、三人の通行人はあったが、彼を振向いて見ようとするものもいない。陽が傾きはじめ、向いの屋根がすぐ足もとまで這いよってきている。この屋根の下に、日本人が住んでいるのだ……久三は足をのばして思いっきり蹴りつけてやった。ポケットになにか固いものがふれ、はっとした。靴の踵だったことを思いだして、がっかりしてしまう。塀の向うで、戸が開く音がした。それから、小さな子供たちがはしゃぎあう、かん高い声が聞えた。——そうじゃないんだよ、あいつがあんなことしよったから、そら、そら、これがいいや……。久三は思わず腰をあげ、吸いよせられるように塀に近づいた。でっぱりに足をかけ、両手で支えてのぞきこむ。十歳くらいの少年が二人、泥をこねあげて遊んでいた。久三はすすりあげながらも、いつまでも見飽きなかった。ただ少年たちが家に戻ってしまうのが心配だった。手が痛くなってきたが、しがみついたまま離れることができなかった。

少年の一人が急に顔をあげて叫んだ。

「よう、乞食がのぞいとるぞう！」

そう言うなり、まるめた泥を投げつけてくる。肘で顔をおおって、久三も叫び返した。

「日本人だぞ、ばか、日本人だぞ！……」

「乞食だよう！」とべつの子供が家にむかって大声をあげた。「日本人があんなに黒い顔をしているもんか。」窓から子供の母親らしい顔がのぞいて消えた。久三は叫びつづける。戸が開いて、二人の子供を呼びもどし、音たてて閉まった。路地を駆けてくる重い靴音がした。久三が塀をすべり降りたのと同時に、兵隊が角をまがって駆けよってきた。こんどは本気で腹をたてているらしかった。久三は片足ではねあがり、すばやく逃げだした。罵声と小石が、うしろから耳もとをかすめた。

日暮れがちかい……どこに行けばいいのだろう？……完全に捨て去られてしまった……ちょうど、遅刻して教室に入れない中学生のような、心細い気持だった。しかも、家はどこにでもあった。家があればかならずドアがあり、ドアがあればかならずしっかりと錠がかかっている。ドアはすぐそこにあったが、その内部は無限に遠いのだ。けっきょく、あの人っ子ひとりいない荒野と、すこしも変りはしないじゃないか……いや、もっと悪いかもしれない。荒野はのがれることをこばんだのだが、町は近づくことをはばむのだ……あの屋根のない廃屋のミイラたちも、町のすぐ手前で倒れてしまったのだった。でも、金さえありゃな……ちくしょう、高のやつ……そうだ、なにからなにまで、すっかりあいつのせいなんだ……なんとかして、あいつを探し出す方法はないものだろうか？……しかし、学校で地理の時間に習った記憶がある。《奉天市の面積はロンドンよりも広い》……ロンドンがどれだけの広さか知らないが、とにかく広いことだけはたしかだった。それにあいつはチョッキをとり戻したのだ。きっともう町にはいまい……久三はふと、ソヴェトの敵はみんなファシストで、ファシストはみんな悪いやつなんだという、アレクサンドロフの口ぐせを思いだしていた。そういえばたしかに、高みたいなやつこそ、そのファシストにちがいないのだ……あいつは歯がこぼれるほど、馬車追いの若者を蹴りあげた……

　ぼんやり、どこかの、石段に腰をおろす。口の中が砂でざらざらしていた。唾をはくと、泥水のように黄色くそまっていた。これでなにもかも終ってしまったのだろうか。しかしそのまえに、せめて一杯の水が飲みたい。高のやつ、今度あったら、殺してやらなきゃいかん……

　だが同時に、心の底では、それと正反対の考えも働いていたのだ。たぶんこのときほど、高をたよりにしていたことはなかった。もしここにひょっこり高があらわれたら、喜びのあまりきっと泣きだしていたにちがいない。高は悪人かもしれない、しかし目的にむかってつき進む力をもっていた。いや、もしかすると、それほどの悪人ではなかったのかもしれないのだ……たとえばその証拠は、噴水の中におき忘れていった、あのピストルである。彼はよほどあわてていたにちがいない。だが、なぜそんなにあわてたのだろう？　ちょうどそのとき、犬が罠におちこみ、高はうろたえたのだ。彼はもともと久三をなぐる気などなく、曲者《くせもの》と思いちがえて打ち倒し、すぐに気づいたのだが、罠の音におどろかされ、久三に手当てを加える余裕もなく、とりあえずチョッキだけを持って逃げだした……そう、たしかにそういう場合も考えられる……だからこそ、彼は久三の息の根をとめようとはせず、脱がせた外套を上から掛けておいてくれもしたのではないか……乱暴な仕打ちだった。しかし船来の自動車五十台分だとすれば、それもやむをえない仕打ちだったのではあるまいか……だとすれば、もう一度あの噴水に戻って、待ってみるべきかもしれない、いまの日本人なんかより、ずっと頼りになる男だった……

馬鹿な、とべつの声が強く打ち消した。やはりあいつは要するにファシストだったのさ……あいつはただおまえを、隠し場所に利用しただけなんだ……そして仕事をすませ、もうおまえになんか用はなくなった……つまり、それだけのことだったのだ。罠にかかったのは、犬じゃなくて、おまえのほうだったのさ……

どっちでもいいや、おれは水が飲みたいんだ……久三は立上ってまた歩きだした。日が暮れはじめている。まもなく戒厳令の時間だ。

それまでにはどこか、居所をきめなけりゃいかん……しかし、どこに行く？……ほかには思いつくことができなかった。考えられるのは、やはりただあの公園に戻ることだけである。犬殺しの少年は怒るだろうか。日本人から追い出されたと言っても、許してくれないだろうか？……考えてみると、おれはあいつに、とうとう礼も言わないでしまったようだ。そう、礼を言いに行けばいいんだな。そのついでに、たのみこめばいい。どんなことでも手伝うよ。なんなら、当分日本に帰れなくても、仕方がないさ。誤解さえとけりゃ、おれと君とは、気が合うと思うんだ……だが、どんな誤解？……久三には、少年と自分をへだてているものが何んであるか、やはりよく飲み込んではいなかった。誤解などと言ってはすますことのできない、もっと大きなへだたりであるような気もしていた。

いきなり乱暴に地面の石をけりつける。そうだ、商人たちが店をたたんでしまう前に、あのにぎやかな街に出てみよう。そしてなにか、かっぱらってやるんだ……むろん飢えのせいもあったが、そうすることで、すこしでも少年のほうに近づけるような気がした。浮浪児の足どりをまね、不規則によろめきながら、まっすぐ商店街にむかって歩きだす……

30

盛り場の、はずれからはずれまで、三度往復した。しかしまるで戦果があがらない。手を出そうとした瞬間、売手の目とぱったり出遇ってしまうのだ。一回往復するごとに、店の数が減っていく。気はあせり、疲労はふかまる一方だ。すでにあたりには夕もやがただよいはじめていた。風はおさまったが、気温はぐんぐん下っている。今度こそは成功しなければいけない。あの、角の、カーバイト屋のとなりの、落花生屋をねらってやろう。浮浪児式に、あっさり、さりげなくやってしまうのだ……

しかしその場になって、本当に決心できるかどうか、自信はなかった。つかまったらどうなるだろう？　袋叩きにされて、路地裏にほうりこまれるにちがいない。そうなれば自分はきっと死んでしまう。誰かが来て、服をはぎとってしまうだろう。次に野良犬がやってくる。おれをかじったその犬が、罠にかかって、それをあいつが肉にして売りに行くのだ。久三は身ぶるいをした。胸の中が空っぽになったように、全身の力がぬけおちた。だが……だからこそ……成功させなければならないのだ。固く、こぶしのように突きあげている胃を飲みくだし、ねらう落花生屋めざして、足をすすめた。

ふとまえに、男がいた。男は沢山いたが、ほかの男とはちがう、特別な男だった。目立たない服装だったが、その直線にちかい肩の線、関節に力のはいった手のふりかた、とくに膝をまげた歩きかたと、横幅のある首のつけ根……日本人だ！　朝鮮人ではない、たしかに日本人だ。血の気がひき、唇のまわりがしびれ、ちょっぴり小便がもれて下ばきを濡らした。すがるようにして、うしろから呼びかけた。

「ねえ、日本人なんだろ、小父さん、日本人なんだろ……？」

男ははじかれたように黒いとがった顔を振向けた。思ったより若い。目は見開かれ、半びらきの唇から、黄色い歯並がのぞいている。久三をみとめると、ほっと肩をなでおろし、しかし迷惑そうな腹立ちのいろをありありと浮べて、そしらぬ顔で行きすぎようとする。久三も負けてはいなかった。ぴったりと横に並んで、とびはねながら、のぞきこむようにして、言いつづけた。

「助けてくれよ。腹がへって死にそうなんだよ。小父さん、日本人なんだろ。分ってるさ、おれの言っていること、分っているんだろ……」

あたりの視線が二人に集中した。それが男を狼狽させたらしかった。

「よせ！」顔を正面にむけたまま、おさえた声で、「分ってたら、どうしたって言うんだい、おめえなんぞに、用はねえよ。」

「不人情だよ、小父さん……」

「おれは忙しいんだ！」

「ねえ、言われたことは、なんでもしますから。」

「馬鹿ったれ、よせって言ってるじゃねえか！　日本人だと分ったら、殺されちゃうんだぞ。でっかい声して、しゃべくりやがってさ……」

落花生屋のまえだった。しかしもう、それどころではない。ただ必死になって追いすがるのだ。

「なあ、小父さん、たのむったら……」

「行っちまえって！」

「駄目だよ。これで見捨てられたら、死んじまうんだ。巴哈林《パハリン》からずっと歩いてきたんだよ。」

「巴哈林？」……久三をはらいのけようとして、あげかけていた腕を途中でやめ、男は疑わしそうに問い返した。「おまえ、そこから、いつやって来たんだ？」

「二週間くらいまえだよ。」

「へえ……すると君……久木っていう男を知らんかね？」

「ぼくですよ！」久三はおどろいて、急に廻転の落ちたレコードのような声をだした。しかし、それよりも、男のほうがもっとひどく驚いたようだった。

「なんだって！」

「ぼくが久木です！　でも、どうして知っているんだ？」とつぜん開らけはじめた、希望の予感に、思わず声が波立って、「ずっと巴哈林で育ったんだよ。久木久三ってぃうんだけどね。おふくろはパルプ工場の寮母だったんだ。でも……そうか、北さんに聞いたんだね……」

「いや……まあ、待て……」男はあいまいに笑って、唇をひきつらせた。笑うと薄い小鼻のわきに、二、三本、深く短い皺がよる。「しかしそいつは、ちょっとばかり妙な、面白そうな話だな。」

「そうですよ、本当におねがいします。もう腹ぺこなんだ。なにか、ここでかっぱらって、公園の噴水の中で寝ようと思っていたんだよ。」

分った分った、というふうに、顔のまえで手をふりながら、男はなにかすっかり考えこんでしまった様子である。

「まあ、宿までつれていってやる。ここではもう喋るな……」

「留用者住宅ですか？　ぼくはあそこで追っぱらわれたんだ。」

「ちがう、黙ってろって……」

盛り場の南はずれに近かった。なんというのか知らないが、白と黄色の二色の厚い餅のあいだに、黒いジャムをはさんだものを買ってくれた。白湯をもらって、食いながら歩く。久三はもう、見せびらかしたいほど、倖せな気持だった。

電車道を、留用者住宅とは逆に、東のほうに折れた。公園のほうに近づいていくわけだ。ふと屋根の線が切れた左斜めに、例の給水タンクがそびえている。犬殺しのやつに出遇わないかな、……いたらこの男にたのんで、なにか礼をしてもらうといいんだがな……。夕暮がせまっている。ずっと遠く、北のほうから、つづけさまに数発、銃声が聞えてきた。つづいてもう一発、こんどはすぐそばで鳴った。戒厳令の合図にちがいない。

赤い筒の看板を下げた、飯屋の店のなかを、まるで自分の家のように黙って通りぬけ、四方を城壁のように長い建物でかこまれた、広い中庭に出た。ここにくるには、かならずどこかの店を通って来なければならないらしい。中央に二階建のアパートのような建物があり、その一室が男の宿だった。こんなところに住んでいるなんて、きっと相当なやつなんだろう、と久三はたのもしく思った。

四坪ばかりの一と間だった。しかし日本式に畳がしいてあった。敷きっぱなしのふとんと、リュックが一つあるきりで、ほかに荷物らしいものはなにもない。「しらみがたかっているんだろう」と言って、なにか白い粉を首筋からふりかけてくれた。アセチレン・ランプをつけ、それから肉饅頭をとりよせて、腹いっぱい食べさせてくれた。八つめに、息がつまりかけた。それでもやめることができず、小さくちぎって、際限なく口に入れていないと気がすまないのだ。最後の一つをにぎりしめたまま、自然に寝込んでしまうまで、食べつづけた。けっきょく、ぜんぶで十二、三は食べたらしい。

そのあいだじゅう、喋りつづけていた。まず男の名前と職業を、たずねてみた。名前は大兼保雄だと教えてくれたが、職業のほうはあいまいにぼかして答えなかった。つぎに、日本に帰る方法を知っているかどうかを、聞いてみる。むろんあなたは命の恩人で、いましてくれていることだけでも充分うれしいことなのだがと、不器用に感謝の言葉もまじえながら。しかしそれにも答えてくれなかった。それで今度は自分のことを喋りはじめる。口をつぐむと、すべてが幻になって消えてしまいそうで、不安だったのだ。それにその大兼という男が熱心に聞いてくれたせいもあった。大兼はとくに、高のチョッキのことに興味をもったようだった。しかし、疲れすぎていた久三は、そのことをべつに疑問にも思わず、さそわれるまま、つぎからつぎに、洗いざらいしゃべってしまった。

翌朝、大兼がどこかから戻ってきた音に目をさました。大兼は窓から空を見上げて、なにやら悪態をつき、リュックから安全カミソリをとりだすと、唾をつけてせわしげに剃りはじめる。

「おめえが、ゆうべ言っていた、あの高ってやつの話……いま仲間んところへ行って、しらべてみたが、本当らしいな……」

「高のいるところが、分ったんですか!」

「そうは言っちゃいない……あいつの話だけだよ……しかし、とんでもないいかさま師だな。おめえを隠し場にするなんて、いい思いつきをしたもんだ……あいつはな、あいつに情報を渡したやつと、そのヘロを山分けすることにしてたんだよ。」

大兼の説明によると、大体こんなことだった。高は二年前、ある親分からヘロインのありかと旅費を受取って、仲間二人とつれだち、八路軍の占領地帯に乗りこんだのだ。なんの連絡もないまま、二年間がすぎ、それが三日前になって、ひょっこり戻ってきた。

手ぶらで、しかも一人だけで。高は薬のことよりも、貨車売り込みの失敗のことを、いかにも残念そうにくどくどと言ってまわった。依頼者はむろん、人をつかって高の宿をしらべさせたし、途中を襲って体をさぐらせもした。しかし高の言うことは本当らしかった。列車事件の噂は、すでにここでも有名になっていたのである。そしてそれと同じ程度に、高の名前も株があがった。消えてしまった二人の仲間のことをのぞけば、薬についての失敗は、しぜん見逃されることになった。それに、消えてしまった人間は、要するに運がわるかったのだ。運のわるい人間のことなど、いまさらどうこう言ってみてもつまらない……

「それで、高は、どこにいるんです?」

大兼は黙って、剃りおえた傷だらけの顎を手のひらで打ちながら、品さだめするように久三の体をながめまわした。近づいて、肩のつけ根をつまみあげる。

「臭いな。」と上唇をめくりあげ、「で、どうなんだ、働く気はあるんだな?」

「ありますよ、なんでもします。」

「そうかい……じゃあ、つれていってやるか。」

「高のところへですか?」

「ちがうさ、沙城《シアチョン》って海岸の町だよ……そこで、おれたちの船に乗るんだ。」

……沙城……シァチョン……そうだ、トラックのなかで、高が兵隊と話しあっていた、あの密輸船がくるという町だ……。久三は笑いが痙攣のようにこみあげてくるのを、歯をくいしばってじっとこらえた。

「急ぐんだ。」大兼はカミソリの刃をスボンの裾でていねいに拭き、紙にはさんで胸のポケットにしまいながら言った。「すぐにふとんをたたんで、隣に返してこい。」

31

日暮れちかく、二台の馬車が、瀋陽《シンヤン》の郊外を南にむけて出発した。馬車夫が鞭をならして馬を急がせる。日が沈むまでには、戒厳令の及ぶ範囲の外に出てしまわなければならなかった。

遠のいていく平たい鼠色の町の上に、巨大な給水塔の頭が夕日をあびて赤く輝いている。久三はその下にいるにちがいない、犬殺しの少年のことを考えつづけていた。たぶんほかには考えるものが思いつかなかったからだろう。

大兼は空を見上げて、不平を言いつづけていた。天気のせいで、出発の予定を一日繰上げたのだった。朝からどんより、変になまぬるい風が吹いていた。上流の氷がとけて、河があふれるおそれがあった。おかげで何か、大事な品物を仕入れそこねたということである。

一行は馬車夫をのぞけば、全部で六人だった。後ろの車に大兼と久三、それに色が白くて目の小さい趙という中国人。前の車にその弟と、たくましい体つきの二人の使用人が乗っていた。趙は日本語が下手だし、大兼は中国語が下手なので、久三がときどき通訳してやらなければならなかった。

二人の話から久三は、馬車の積荷が、油や、砂糖や、木綿の反物や、薬用アルコールなどであり、趙兄弟は瀋陽《シンヤン》の大きなブローカーで、大兼のいい取引相手だということなどを知ることができた。しかし趙は、大兼のこんどの瀋陽訪問については、あまりいい感情はもっていないらしかった。「あんたが海のほうをおさえているのなら、陸をおさえているのは、私だからね……」と趙はさも愉快そうに笑うのだ。しかし本心から愉快がっているのでないことは、久三にもすぐ分った。「それじゃ、今度は、あんたが東光丸に遊びにくる番だ……」と大兼がさりげなく受け流そうとする。「いいや、私は船はきらいだよ。」と趙は妥協のいろもみせずに言いきった。

そうでなくてさえ久三は緊張していた。話がとだえたすきをみて、急いであいだに割りこんだ。

「日本、どんな具合ですか?」

「そうだな……」と大兼も趙の厭味からのがれられたことに、ほっとした様子で、手袋をとり中指の大きな名前入りの指輪の具合をなおしながら、「まあ、一口に言えば、一面の焼野原さ……おれが出てきたときの大臣の名前は、ええと、片山っていったっけな……いやもうあれは止めたかな……まあ、船に行けば、日本の新聞があるよ。なかにいろいろと書いてあらあ……」

「桜の木も、焼けたんでしょうね。」

「桜？……桜なんて、おめえ、どうってこともないじゃねえか。」

「ぼくはまだ、見たことがないんですよ。」

「どうってことはねえさ、おめえ、おかしな野郎だな……」

大兼は笑いながら鼻をかんだ。手鼻ではなく、ハンカチを出してかんだ。

趙が万年筆と、ペニシリンの相場のことで話をしはじめ、久三は眠くなってきた。夢をみた。やはり巴哈林《パハリン》の夢だった。

翌朝、一行は小川にそった山ひだの、小さな部落にとまり、そこで馬車をおりた。三人の人夫をやとい、趙が馬車の下からピストルをとりだして人夫と久三をのぞいた全員にくばり、手分けしてめいめいが荷物をかつぐことになった。やはり簡単な旅行ではないのだと思い、久三は気が滅入ってしまう。しかし一番の難関である国府と八路の対峙線は、昨夜のうちに無事通過したのだということだった。

山の下の町から、汽車に乗った。一台しかない客車は満員だった。久三は趙の弟といっしょに屋根にのぼった。煤煙のひどさには閉口したが、のろのろ走るので危険はない。三時間ほどすると、遠く右手に、乳色に光る海がみえた。遼東《リァオトン》湾だと趙の弟が教えてくれた。ひとりでに頰がゆるんで、にやにや笑いだす。しかしそれは一行のめざす海ではなかった。下車したのは、それからさらに二時間ほどいった、平水《ピンシュイ》という小さな駅だった。

駅前の小さな旅館で、一泊する。久三は人夫たちといっしょに、アンペラを敷いた土間にごろねした。これからいよいよ遼東半島を横断して、それで最後の旅行をおえるわけだ。興奮のあまり寝つけなかった。そのせいか、翌日の山越えは、これまでの苦しみをぜんぶ合わせたよりも、もっとひどいものに思われた。出発したのが、午前五時。珍らしく樹の多い、見とおしのわるい山である。途中で趙が荷物を持てなくなった。大兼もびっこをひきはじめた。久三の右の靴は、後ろ半分が完全に分解し、足がじかに地面にさわっていた。ふもとについたのは、もう夕方ちかかった。

そこから、また馬車をやとった。馬の背中にはそれぞれ赤旗がかざってある。疲労のあまり、誰もほとんど口をきかなかった。夜ふけに一度、不審尋問をうけた。趙が証明書らしいものを示し、なにか長い分りにくい組合の名前を言って、そこにおさめる品物だと説明すると、簡単に通してくれた。ひどくひかえめな、おとなしい兵隊だった。ぐっすり寝込んでいたので、ほかのことはなにも憶えていない。

ゆすり起こされて、気がつくと、なにか不思議なにおいがたちこめていた。魚のにおいだ。草むらが鳴っているのかと思ったが、それが波の音だった。しかし、なにも見えない。じっと立っているためだけにも、手さぐりしていなければならないほどの、暗い夜だった。

懐中電燈の光が息づく馬の腹をすべり、旋回し、いちど地面におちてから、はねかえって久三の顔にとんできた。

「海だぞ……」と大兼が言った。

久三はふるえながら黙ってうなずいた。

「寒いのかい?……」

久三は首を左右にふり、歯をみせて笑い、しかしやはりふるえつづけていた。

ながいゆるやかな斜面のさきに、腐りはじめた小さな船着場があり、幅のある大型のはしけが一そう横づけになっていた。やがてそこを、あわただしい足音が、往き来する。低い鋭い掛声が暗闇をぬって呼びかわされる。はしけの板をふむ、しめった重い靴音……。舟べりにさえぎられた、波の舌打ち。……荷物の上に、荷物が積み上げられていく。木箱や、麻袋や、いかにも引越し荷物のように見えるアンペラの籠など……よくもまあこれだけのものを、かついで来られたものだ。久三が、足をふみすべらせて、片足を海につっこんだ。冷たさに思わずあげた叫びが、笑いにかわる。大兼が乱暴にひきずりあげ、手袋の甲で久三の耳をうって、怒鳴りつけた。「遊んでるんじゃねえんだぞ!」

32

船は一時間ほどいった島かげに待っているはずだった。もう東も西も分らない。やがて正面に扁平な暗い影があり、それが島かもしれなかった。ふいにすぐ右手で小さな黄色い光が点滅する。顔をむけると、鈍いエンジンの律動が、かすかに聞えてくるような気もした。ともの方向に、水平線よりいくぶん高く、雲の割目ができた。割目の中は濃い灰色で、まわりがかすかに赤味をおびている。たぶんそちらが東なのだろう。

思いだしたように微風がふいてきた。割目の幅が次第にひろがり、赤味を増し、暗闇が沈澱しながら色になって、物の形のなかに吸いとられていく。それから、いつとはなしに、海がぴったりと四方をとりかこんでいるのに気づくのだ。海の色はいっそう黒く、波の頭だけが割目と同じ灰色をしていた。あの荒野の夜明けに似ていないこともなかった。しかし荒野の波は、野獣の爪だ。それにくらべると、海の波なんて女の髪の毛のようなものだ。荒野では空気が足らなかったが、ここでは空気があり余っている。久三は叫びだしたいような、眠いような、おかしくてたまらないようなひどく落着かない気分だった。

船が見えだした。みるからに小さく貧弱だった。「何トンあるんです?」「百トンちょっとだ。」そう言われても分らない。ただ、空想の中の汽船が、むりやりに圧し縮められ、腐蝕剤でよごされているようで気がかりだった。しかし自分にはこれくらいが、ちょうど似合いなのだと言いきかせて、気をしずめた。

「おうい……」と船から呼び声がした。

「おおう……」と大兼がせいいっぱいの声をかえす。

「無事かあ……」

「おおう……先ちゃくの、荷い物は、つういたあかあ……」

「つういたあぞう!……」

「ロップがいくぞう!」

「おうい、給水パイプをおろせえ!」

鎖をかむウインチの音、船板のぶっつかりあう音、舷側をてらす角燈の光、もう何年も塗りかえたことがないような汚れた鼠色の肌、叫び声、思いだしたように高まるエンジンの律動、呼子の音……ふたたび仕事の熱気が、ものうい波の舌打ちを圧してはずむ。久三も、一緒になって、なにかしようと、うろうろした。しかし、一人一人の行動が、まるで関節で結ばれた機械のように結びつけられて、どこに手をだしたらいいのか、見当もつかないのだ。それに、たぶん、出来ればじっとしていたかった。こうして、おれは生きているのだという、この素晴らしい味わいを、このままじっと味わっていたかった。

タラップがおりてきた。

「おめえは、いいんだ。来いよ。」と大兼が久三の腕をつかんでうながし、登りつめたところで振向いて言った。「一歩あがれば、日本の領土だぜ。もっともな……」

もっとも、何んなのかは、よく聞きとれなかった。しかし久三はじゅうぶんに厳粛な気持にさせられた。踏みおろした一歩は、踵のとれた右足だった。この瞬間のことを、おれは一生、忘れやしない……

「やあ、ごくろうさん。」船橋の壁にもたれていた猫背の大きな男が、太すぎて輪廓がとれてしまったような声で言った。こうした場所には似合わない、ひどく面倒臭さそうな調子だった。

「よう、お医者さんかね。」大兼がはずんだ声で猫背に近づき、なにやら耳うちした。たぶん久三のことだったのだろう、大兼の肩ごしに、男がこちらをのぞきこむ。

「ごくろう、さんです！」と水夫らしい男が歌うように言って、二人の間を駆けぬけていった。

（どうだい、みろ、ぜんぶ日本人なんだぞ！）

苛立たしげな、たまった唾をはきちらしているような叫び声が船尾のほうから近づいてきた。――もっとゆっくり捲《ま》くんだ……馬鹿野郎、前のきっ水が下りすぎてるぞ！……パイプを外して、そのでっかいのは、二番、二番にまわせ！……馬鹿野郎……

「よう、キャプテン！」と大兼がその声に呼びかけた。「面白いお客をつれてきたぜ！」

「面白いこたあ、あとにしろ！」

猫背の男がくすくす笑った。通りすぎようとする船長を体ごとおしかえして、大兼が小声でなにか早口にしゃべりだした。一瞬、船長の懐中電燈が久三の顔をてらして消える。もうそんなことをしなくてもいい明るさだのに、と久三はいやな気がした。現にこちらからは、船長の顔がはっきりと見えているのだ。小柄で、特徴のない、三十二、三の若い男だった。ただ金筋入りの紺の制服と、片耳がゆがむほどまげてかぶった制帽だけが目立っていた。その帽子のかぶり具合をみて、なぜか久三はつくづくと思ったものである。――そうだ、戦争は終ったんだっけな……

「そりゃ、いいが……」と船長も好奇心を動かされた様子で、しかし久三が頭を下げたのにはこたえようともせず、そわそわと足を踏みかえたり、急に船橋の壁に手をうちつけたり、舷側をのぞきこんだり、それからまた思い出したように船尾のほうに歩きだしながら、「しかし、他所者《よそもの》は、作業中は、デッキに出さんようにしてほしいね!」

「だから、いまから」……と言いかけたが、船長はもう向うに行ってしまっている。

大兼とお医者さんは、顔を見合わせて笑った。

船橋のドアを開けると、エンジンのうなりが、いきなりふきあがってきた。重油とペンキのいりまじった、目の裏にしみこむようなべたつくにおい。それから、狭い鉄の梯子をおりていくと、何キロも先からはねかえってきたような重い反響が、四方の壁からひびきだした。眠むたげな黄色いランプ。ねばりすぎていて、うまく吸いこめない熱気……

「いまの人、本当のお医者さんですか?」

「まあね……。」

「船は、いつ出るんです?」

それには答えず、機関室をのぞきこんでなにか言いかけたが、おどろいて口をつぐむ。機械にとりかこまれた、天井の低い、油だらけの部屋のまん中に、頭に鉢巻をしめたシャツ一枚の男が、くわえタバコをしてじっと立っていた。

「これかね?」男はエンジンを停め、タバコを指にはさんで振ってみせる。意地の悪い笑が下唇に影をつくった。「おれはな、この船ば、爆発さしてやるつもりだけん……」

「冗談はよすんだな。」

「ここで物事ば決めるんは、わしじゃからのう……それよか、早よう、ナンバンを呼んでくれんか、ブリッジには誰も居りよらんのかい?」

「しかし、とにかく……船長にはそう伝えとくが……」

「なんじゃろ?」

「ナンバンのことよ……」勝手にしやがれというふうに鼻をならして、「とにかく、出航まで、この小僧っ子をあずかっておいてくれんか。ちょっと、面白いお客なんでね。」

男は黙っている。ぼんやり久三を見ながら、下唇をつきだしただけだった。

「たのむぜ……」と念をおし、久三を振向いて、「あんまり、いろんなことを、聞きたがるんじゃないぜ……機関長は、お喋りはきらいなほうだからな……」

大兼が出ていくとすぐ、男はタバコの燃え口をつまみ、火の粉を散らさぬように手のひらで受けて、たんねんにもみ消した。久三は男が話しかけてくれるのをじっと待っていた。しかし男はからみあったパイプの中に手をさしこみ、なにかの弁をひいては、シユッと抜ける空気の音に耳をかたむけ、それをくりかえすばかりで、もう振向いてくれようともしないのだ。久三は外套をぬぎ、それでも我慢できなくて、上衣のボタンも外してしまった。無意識のうちに、ズボンの下に指をつっこみ、すっかりかさぶたになった腰ぼねのあたりを掻きはじめる。――ちくしょう、この人には、おれがこんなによろこんでいるのが、分らないのだろうか?……大兼さんの言ったことを、もうちょっと注意して、聞いといてくれさえすりゃなあ……そら、面白いお客だって言ってたじゃないか……おれが、これまでに、どんな目にあってきたかって……それを知ったら、あんただって、いま自分がどんなに倖せな状態でいるかが、よく分るはずなんだがな……

「スタンバイ!」――ベルが鳴って、伝声管から、いら立たしげな船長の声がした。

「よう!」と、すばやく機関を見まわして、男が叫びかえす、「ナンバンのやつ、まだ来よらんぞう!」――コックを開き、弁をはずし、右のハンドルを閉め、左のハンドルを加減し、ボタンを押してハズミ車を振る。部屋中をゆり動かして、エンジンがかかった。ゆっくりハンドルをまわして、廻転数を下げていく。久三は息をはずませ、額にびっしょり汗をかいていた。

33

船が動きはじめて、三十分ほどしてから、大兼が呼びに来た。船長と「お医者さん」が、デッキのところで待っていた。三人とも申し合わせたように、無理にさりげないふうをよそおっているみたいな、浮ついた目つきをしていた。しかし機関室から出してもらってほっとしたうえにはじめて見る海の輝きに夢中になっている久三には、ほとんど気にならなかった。

「やっぱり、ずいぶん青いもんですねえ……」

「黄色いから、黄海っていうんだ。」と医者が笑った。

三人は久三をとりかこむようにして船尾のほうに歩きだす。面白いものを見せてやるからな……(そう、そんなことを白少将も言ったっけな。あのときは、血まみれになった馬車夫のことだった。) なんです？……行ってみりゃ分るさ……。マストの上を灰色の小鳥が輪をかいて飛んでいる。空は青い。なるほどこの海はあんまり青くはないかな？　青緑っていうところかもしれんな……。舷側をのぞきこんだ。薄いコバルト色の水の下に、無数の気泡がわきたっている。サイダーのようだと思い、急に喉がかわいた。

船尾楼に上る梯子の下に、低いくぐり戸があった。中は暗いトンネル。左右に一つずつドアがついている。右側のドアをノックしながら、大兼が声をかけた。

「お客さん、お休みですか？」

「ああ、どうぞ、どうぞ……」

しわがれた、痰がからんだような声が、中からこたえた。その瞬間、久三は、ずっと以前にもこれとそっくりな瞬間を経験したことがあるような、妙な気分になった。把手をまわしながら、大兼が、ちらと目だけをふり向けて、誰にともなくうなずいてみせる。天井の低い、用材がむきだしのままの、細長い一坪半ばかりの小部屋……よごれた丸窓が一つ……その下に、幅のせまい粗末な木の寝台……。寝台のうえに、髪の薄くなったカーキー色の服の男が、かがみこむようにして新聞を読んでいた。

男がゆっくりと顔をあげた。眉をひそめ、首をかしげた。――高石塔だった！

口をきくものは一人もない。単調なエンジンのひびきに、時間の流れがせきとめられてしまったようだ。手のひらほどもある油虫が、音をたてて天井から落ちてきた。誰かが、重い溜息をついた。

「どっちが、本物の、久木久三さんですね……」

大兼がそう言うのと同時に、高が立上っていた。

「よう、君……無事だったのかい！」

久三は目を閉じた。全身を笑顔でいっぱいにしたい気持と、全身を握りこぶしにして打ちかかっていきたい気持と、その相反する激しい二つの感情のあいだにはさまって、ただたまらないような疲労を感じるだけだった。気分がわるい……船酔いのせいかもしれない……

「悪いことは、できねえもんだな……」とせわしげに船長が両手をすりあわせた。

「ちょっと、久木君と、二人だけで話したいんだが……」

「久木君は、あんたじゃなかったのかい?」と大兼が笑った。

「運が、わるいんだな……」とうめくように医者が言った。

高の手の中で、新聞紙がふるえている。見開かれた義眼が、じっと天井をにらみつけている。しかし薄目にあけた見えるほうの目は、注意深くドアのあたりをうかがっていることに、久三だけは気づいていた。

「二人だけで……話が……」

顔をこすると、凍傷のあとの薄皮が、ぽろぽろとむけおちる。顔全体が地図のようにまだらになっている。きっとおれもあんな顔をしているんだろうな、と久三は思った。

「話が、したいんだとさ。」と大兼が真面目くさって久三を見た。久三はかすかに唇をうごかしたが、やはりなにも言えなかった。「手おくれだな……」と医者がぼそっとした声で言った。「さあ、話は、向うでつけようじゃねえか。」と顎をしゃくって、船長が一歩ふみだした。

新聞紙が高の手をはなれて、床のうえをすべった。同時に高が船長をつきとばし、ドアにむかって駆出していた。大兼につき当り、重なりあって倒れる。顔を覆った船長の指のあいだから血が流れだす。高が大兼の顔をつかんでわめくと、大兼も高の首に指をかけてわめいた。お医者さんが倒れた二人の上にまたがって、高を羽交いじめにする。高の足が後ろに宙を蹴りあげた。船長が右手で鼻血をおさえ、帽子をかぶりなおして、左腕を高の右肘にかけた。大兼も立上ると、服のちりをはらってから、うなり声をあげて高の左肘に腕をからめた。医者がその背をめくりあげ、チョッキの上をさすりながら言った。――こんなに重いものを、くっつけてちゃ、そりゃ体の自由がきかないね……。はなせ、おれは、きさまたちとは、ちがうんだ！……あたりべえさ！　船長が鼻をつまらせて叫んだ。

ついて来ようとする久三に、大兼が言った。「おめえはここに残っとれ。」

「そうだな、ここは、久木久三に、貸してあるわけだからな。」と医者もあいづちをうってうなずいた。

もつれあいながら、男たちが、部屋を出ていった。一瞬、肩ごしに、高がふりむいた。

久三にはその視線の意味を理解することができなかった。ただ、ぼんやりと、沼のほとりで見たなにかの目のことを思いだしただけである。

胸がわるかった。船室全体がきしみながら傾きかかる。ベッドのなかによろけこむ。ごわごわした毛布に、高の体臭がまだそっくり残っていた。おどかされた蜘蛛のように、手足をちぢめ、心も、おどかされた蜘蛛のようにすくんでいた。後ろも前も区別のつかない、四方を鏡で張った部屋にいるようだと思う。広い世界と長い時間を、ずっと歩きつづけたつもりだったのに、そのぜんぶがまるで心の中の出来事にすぎなかったような気さえする。——まったく、高のやつ、なんだっていまごろになって……ざまみろって言うんだよ、自業自得なのさ！……しかし、ずいぶん乱暴な連中だな、なにもああまでしなくたってよかりそうなものだのに……それにしても、高のいうとおり、二人だけで話すことにしてやればよかったかな？　話さなけりゃならんことは、やまほどあったんだ。たんまり貸しもあることだしな……だがあいつら、まさか……

古椅子のようにギシギシ鳴りながら、水平線が窓をすべって空にはいあがり、白く光ってくずれ落ちた。不吉な考えが、のしかかってくる。あいつら、まさか……しかし、いったん思いつくと、そのいやな考えのほうが説得力をもってくるのだ。高がただ久三の名前をかたったというだけのことで、ただそれだけのことで、やつらがあんなにいきり立ったりするだろうか?!……ありえないことだ。ねらいはやはり、高のチョッキだったにちがいない。やつら、高のことを、どうするつもりなのだろう? むろんおれのせいじゃないさ、罰なんだ。でも、まさか、殺したりなんかはしないだろうな。ここはもう、日本なんだからな……

大兼が水を入れたやかんと、紙につつんだふかし藷を一本もって戻ってきた。

「日本は、食糧難だからな……なんだい、気分がわるいのかい? ちっと、風がでたようだからな……ま、馴れるまで、寝ていろよ……」

「高さんは?」

「え?……ああ、あいつかい……気にするなって。そんなやつは、いなかったと思えばいいんだよ……この船には、お客は、久木久三しかいねえはずなんだからな……ふっ……」

「ぼくは、話したいことがあるんですよ。」

「いねえやつと話しはできんだろう……気にするなって、な、忘れてしまうんだ、悪いこたあ言わねえから……いいかい、さっきここでおこったことを知っているのは、この世で四人きりしかいねえんだぜ……それに、やつは、本物の日本人じゃねえんだから……」

久三は目を閉じた。まだ日本についてはいないのだと思った。大兼がポケットからなにか取出して久三の枕もとにおき、なぐさめるように言った。

「退屈したら、吹いてみな……」

錆びた、はげちょろけのハーモニカだった。

34

《東光丸》航海日誌

（昭和23年2月22日）
時刻　正午
航程海里　384.6
針路　S75E
自差　6 — 22W
風位　S20E
風力　ℰ
天候　b（快晴）

気圧　1015m.b.

記事――船員法第二十七条により、船客「久木久三」こと高石塔を、暴行者として適当に処置す。――本物の久木久三は、昨夕一応の健康を恢復。充分にＤＤＴを散布し、今朝より司厨員《しちゅういん》としてコック補佐を命ず。贋物《にせもの》久木の不法所持品に対し、とかくの異議を申し立てて、うるさい。説得の要あり。――三時、沿海区域に達しＫ島ふきんにて停泊し、日没をまって右舷前方にＯ燈台をみながら、針路をS10Eに変針、約二時間後にＰに入港の予定。――その他とくに記載すべき事項なし。

35

久三は高の行方をつきとめようとしてやっきになっていた。単なる同情心でも、欲でもなく、むしろけだものじみた、復讐心にちかい感情だった。

炊事をてつだうことになり、大兼たち三人のために、海図室の下にはじめて食事をはこんだときのことである。船長が得意気に久三の蒙古刀と匙のダーニヤをいじりまわしているのをみて、返してくれとたのむと、逆にそのナイフの柄で跡が残るほど手首をうたれてしまった。このことが久三をまずはっきりと反抗的な立場にたたせることになった。それからまた、彼らがどうしても入港予定地の町の名前を教えてくれようとしないことも、彼を苛立たせる大きな理由になっていた。船員たちにたずねるのははじめから無駄である。彼らはすでになにか言いふくめられているらしく、口をきくさえ避けている様子だった。

「なにもそんなにあわてることはないさ。」と船長は彼のあせりをたのしんでさえいるようなのである。「降りたって、ろくなことはないんだぜ。浮浪児になって、うろうろ、ごみためをあさるのがおちさ。もうちっと、ここでゆっくり遊んでいくんだな。」

「浮浪児?! だってぼくは金をもっているんですよ。高さんから払ってもらう分があるんだ。返して下さいよ！」

「高?……はて、そんなやつ、聞いたこともないがな……」

ちくしょう、浮浪児なんかであるもんか！　高ははっきり約束してくれたんだ、五十万円くれるって！……終始、置き去りにされつづけ、やっとたどりつこうとしている最後の扉のまえで、いまさらこんなあつかいをうけるなんて……苦しみは正当にむくいられなければならないのだ……つい、狂暴な怒りに我を忘れそうになるのを、港につくまでと、やっとの思いでこらえるのだった。

高がまだどこかで生きているにちがいないと確信したのは、ちょうど今夜入港しようという、最後の炊事をしおえたときだった。空になった釜を洗いながら、ふと、コックの禿げが空罐に残飯をつめているのに気づいたのである。どこにも動物を飼っている気配はなかった。間違いないと思った。

「それ、なんにするんです?」

「知るもんかね。」とコックはかん高い笑い声にまぎらせ、しかし明らかに狼狽の色を示していた。

「高さんのところに持っていくんですね。」

「知らんよ、知らんよ、おれは事務長《パーサー》の大兼さんにたのまれてとどけるだけだから……」

「高さんはどこにいるんです、教えてくださいよ、ねえ、たのみます。」

「知らんて。なんのことだか、さっぱり分らんね……」

高は生きているんだ。高にちがいない。こんなものをあてがわれているのだとすれば、よほどひどいめにあっているのだろう。久三はコックを説得にかかった。自分がこれまでどんな苦しみを経てきたか、どんなつらい目をみてきたか、だから自分には高の居所を知る権利がある。教えてくれればむろんするだけのことはするつもりだ……

「しっ!」とコックは首のぜい肉をふるわせ、大げさにあたりを見まわし、おどけた調子になって「いいかね、私はいまなんにも聞かなかったよ……どうもあんたは、ちっと口が軽すぎるね。向う見ずで、命知らずな連中のなかにいるんだってことを忘れているんじゃないかね……くわばら、くわばら、私はなんにも聞きやせんよ。まあ、どうしてもっていうんなら、勝手におれからひったくって、事務長《パーサー》のところに持って行ってみるんだな。そして、大将にじかに聞いてみるんだね……ともかく、あんたも、このことだけはよく憶えていたほうがいいよ。命知らずっていうのはな、他人の命を知らないってことなんだ。自分の命じゃない、自分の命は、人一倍大事にする連中のことさ……だからな、そら……」と調理台の下から瓶をとりだし、アルミのコップに半分ばかり入れて、塩を一とつかみ、それに水を加えて器用にふりまわし、一気に飲みほしてむせかえった。「こいつは、まざりっけなしの、薬用アルコールさ。そこで、こっちは……」と別の瓶をとり、栓を開けて、さっきと同じくらいの分量を、こんどはそっと流し場に流してしまう。流れる線が、船にあわせて、振子のようにゆれていた。「分るかね？……いまの瓶は、あのお医者さんからもらったものだがね、物は、おとといの積荷の中にあった、あのアルコールだ。正体は知れたもんじゃない。ちょっぴりメチルでもまざっていてごらんよ、いくら私が中毒しているからって、たまったものじゃないからね……そこで、私は、こういうふうに、飲んだような顔をして、見えやすいところに置いておく……いいや、お医者さんのことを、悪人だなんて思っちゃいけないよ。あの人はたぶん、この船じゃ一番心のやさしい人なんだ。ただ、なんだな、あの人もやはり、命知らずだってことなんだな……そして、飲んだようなふりして、瓶を出しておく、私のほうも御同様、命知らずだってわけだ……なあに、もっとも、先方でも私が飲んじゃいないってことくらい、先刻御承知だろうけどね……だから、あんただって、命知らずの仲間入りするつもりなら、もっと自分の命を大切にすることだね……まったく、命知らず同志のつきあいってものは、互いにそのことが分っていさえすりゃ、そりゃあ気楽でのどかなものなんだよ……」

コックは大きな溜息をつき、自分のおしゃべりにすっかり満足した様子で、トマト色の額を仕事着の袖でぬぐった。空罐を久三のほうにおしやりながら、「さあ、持っていきな、ひったくって……でも私はなんにも聞いちゃおらんのだからね……」

大兼は指をならして苦笑いをうかべた。そして意外にあっさりと高の居場所を教えてくれたのである。

「なかなか勘がいいじゃねえか。後悔さえしなきゃ、自分で持っていってやってもいいぜ。禿げが教えてくれたのかい？」

「いや、自分で考えたんだ……どこにいるんです？」

「船艙だよ。」

しかし正確には船艙ではなかった。機関室の左隅の物置のような扉をあけると、低いくぐり穴があり、高はその奥にとじこめられているのだった。前を船艙の壁に、後ろを機関室の壁に、そして右を水槽、左を舷側でかこまれた長方形の狭い間隙だった。舷側の彎曲《わんきょく》がそのまま水槽の壁につながっているので、この部屋には事実上、床というものがない。たぶん同じような間隙が右舷にもあるのだろう。通風はよかったが、エンジンのひびきと熱気がひどかった。高は壁の継ぎ目の鉄板の穴と、足首とを手錠でつながれ、全身かぎ裂きだらけになり、垂直の壁に足を支え、まがった壁に背をもたせかけて、チョッキまでつきぬけている天井をじっと見上げていた。義眼の下に大きな黒じみができている。どこからか、光がもれてベンガラ色の壁をあわくてらしだしている。

高はその服と同じく、心もずたずたになっているらしかった。罐をさしだしても、見向きもしない。

「高さん！」と耳もとで呼んでみた。「どうしたんです、久木ですよ！」

「あ！」とおびえたように身をすくめ、手錠が鳴った。そろそろと、見えるほうの目をまわし、久三の顔をじっと見つめる。しかし、はれあがった唇は半開きのまま、なんの感情もあらわしていない。

「どうしたんです、チョッキは、盗られちゃったんですね！」

高は喉をならし、大きな音をたてて唾をはいた。それからなにか、小声で呟きはじめる。耳をよせて聞いてみた。高が両手をひろげ、かかえこむようにして久三の肩をつかんだ。

「……実はな、相談したいと思っとったんだがな……いいか、重大な秘密だぞ……おれはな、この船を買いとったんだぞ……しかし、実をいうとな、君も知っとるとおり、おれは重大な使命をもっておる……それで、こうして、身をかくしておらんとならんのでな……いや、わざわざ尋ねてきてくれて、ありがとう……」

薄気味わるくなってきた。思わず身を引こうとして、高の強い腕に抱きとめられた。単調に、うたうように高がつづける。

「まて……その話というのはだな……誰も聞いておらんだろうな……実は、私は、満州共和国亡命中央政権樹立の任務をおびてきておる。……しかし、どうやら情勢が緊迫しておるんでな、ここでとりあえず、大統領の就任式をやろうと思っとるんだがな……むろん極秘だ……そこで、君にも、参列してもらいたいと思っとるんだが……分るかな……私は任務をおびておるんでな……しかし、こいつは、極秘でな、日本人だけに教えるんだが、私は本当は日本人なんだ。久木久三と言いましてな……しかし満州と日本は盟邦でなきゃいかん……私は久木久三といって、本当は日本人なんだがね……満州共和国亡命中央政権としては、正式に認めておる……そこで、極秘に……」

なぐりかかってくるようなエンジンのひびき、色がついているような熱気、刺すような高の口臭、そしてその間のびしたおしつけるような繰返し……たまらなくなって、力まかせに突きとばしてしまう。ホ、ホ、ホ、と他愛もない声をあげ、横倒しにたおれていった。足もとに罐を残し、あちらこちらにぶつかりながら、夢中で逃げだしていた。

「どうじゃった先生、胸がせいせいしたじゃろが？」と機関長が意地のわるい笑いをうかべて迎える。「あんたん部屋のほうが、まだましなごとあろうが……」

「つまらん！」くぐり穴に錠をおろしながら、大兼が作ったような笑い声をたてた。

「ともかく、あんたん部屋は、ありゃ、もともと死体置場じゃけんなあ……わしは、心配しよったが……」

「馬鹿な、ありゃあ、ただの物置だよ……」と大兼がうわっ調子にはしゃいで言った。

若い船員が叫びながら駆けこんできた。

「おかが見えたぞう、おかが！」

入れちがいに外に出る。デッキに出るふりをして、すばやく階段をかけあがった。高の運命はもう他人事ではないのだ。入港まえになんとかかたをつけてしまわなければなるまい。いまとなっては、万事がただ、あれをつかめるかどうかにかかっている……あれさえつかんでしまえば、もうこっちのものだ。破って、風にまき散らすとおどしてもいい、海に投げこむとおどしてもいい……そうすりゃ誰も、もうおれに手出しは出来なくなる……あれがあるとすれば、海図室の下のあの三人の部屋よりほかにはなかった……船長は海図室だろうし、大兼はまだ下にいる。残っているとしても、あのお医者一人だ。きっといつものように、酔っぱらって寝ているんだろう……起きているにしても、あいつならきっと話が分ってくれるはずだ……これはおれの、当然の権利なんだからな……

だが、運がわるかった。階段をあがりきったのと、ドアを開けて船長が出てきたのとは、ちょうど同時だった。戻ろうとすると、下から大兼が上ってきている。ためらっている余裕はなかった。頭を下げて、そのまま、つっかかっていっていた。

しかし、一と呼吸だけおそかった。踏みきった瞬間、船が逆に傾いて引戻された。船長が身をかわし、久三はつまずいて部屋の中にころげこむ。正面に医者がこちらを向いて掛けていた。振向くと、後ろには、もう船長と大兼がならんで立ちふさがっている。久三はいきなり左のベッドに駆けよって、覆いの毛布をはねのけ、手当り次第にかきまわしはじめた。

「なにをしやがるんだ！」と船長がとびかかった。つづいて大兼が久三の足をつかんで、ひきずり倒す。医者はただ黙って眺めていた。

「返せ！　半分はおれのものなんだ！」……いや、半分じゃなかったな。しかし、半分だってかまいやしない。おれにはそれくらいの権利はあるんだ。全部だって、いいくらいさ。

「返せってば！　高と約束してあんだ！」

「ばか！」と船長が久三ののびかけた髪をつかんで、顔を床にこすりつける。

「あんなもの、子供が持ったって、しようがないじゃないか……」と医者がぼんやりした声で言った。

「だって、半分は、おれのものなんだ……一文なしで、日本についたって、困るんだよう……」

「何を言ってやがる、もうついているじゃないか、ここは立派な日本だ。」と大兼が笑った。

「ちがう、陸のことだよ！」

「心配するなって……」船長も金切声をたてて笑った。「どうせ、おろしてもらえる気づかいはねえんだからな。」

「まったく、陸に上って浮浪児になるよりは、ここのほうが、そりゃ楽かもしれんな……」と医者が思いだしたように呟いた。

「だから、返してくれって言ってるんだよ！」

「陸に上らんのなら、いらねえじゃねえか。」と船長が歯をむいた。

「だって、それじゃ、約束とちがう！」

「約束？……」と大兼がとぼけた顔で、「そんな約束はしたおぼえがねえけどな……ともかく、ここだって、立派な日本なんだからな……」

「ああ、この下の海だって、もう日本さ……」

久三はさからうのをやめた。あれのことなんか、もうどうでもいい。とにかく、なんとかして、逃げだすことを考えなけりゃ……体をさすりながら、そっと起上る。

「そうそう、ブリッジに立つ時間だぜ。」と船長が言った。「この小僧、どっかで寝かしつけてやらんといかんな……あの部屋には、外から錠は下りんのか？」

「つけりゃ、つくね。」と大兼が顔をさすった。

船がまた大きく傾いた。そのはずみに、ドアが自然に開いた。とっさに久三は駆け出してしまっている。が、次の瞬間、ふわりと体が浮き上った。医者に、手首をつかまれ、ひねりあげられたのだった。医者は久三をひねりあげたまま、船長に手渡す。船長はまたそれを、大兼に手渡した。「どうも、分りのわるい小僧だな、これは返してもらっとくぜ。」と大兼が情けなさそうに言って、久三のポケットからハーモニカをぬきとった。

ひねりあげられたまま、久三は、いま来た道を、つれ戻される。階段から通路へ、通路から機関室へ……。機関長が皮肉な笑いを浮べ、若い船員が手伝いながら、くすぐったそうな叫び声をあげた。「無事に出てきたら、可愛がってやるぜ！」機関室から、くぐり穴へ、くぐり穴から、さらにあのベンガラ色の壁の隙間へ……

手錠の片側を鉄板から外して、久三の足首にかける。高と久三は、一つの手錠で結び合わされてしまった。機関長がなにやら怒鳴っている。くぐり穴の戸が閉り、外から錠がおろされた。

久三はわめきながら、くぐり穴のほうへ這いよっていった。高が腹立たしげに久三をおしのけようとする。せまい室内で、二人の足がもつれあい、するとそのたびに手錠の輪がさらにつよくしめつけられていくのだ。ついに久三もあきらめて、おとなしくなった。

高はいぜんとしてなんの感動も示さなかった。久三も何も感じまい、何も考えまいとして、歯をくいしばり固く目をとじてみた。しかし、そうすればするほど、かえって口がゆるみ、目が開いてしまうのだ。嘘だ、こんなこと……きっとみんなふざけているんだ。面白がって、冗談にやってみているんだよ……。自分でも気づかずに泣きだしてしまっている。

エンジンの音の変化に、目をさました。いつの間にか眠っていたらしい。すっかり、静かになっていた。デッキのほうから、ウインチの音がひびいてくる。するともう港についたのだろうか？……思わず、そうだとも、こんな馬鹿なこと、きまっているじゃないか……。それからまた、思いだしたようにわめきはじめるのだった。わめきながら、やがて、起き上ろうとして、乱暴に高に引戻された。「ああ、私は久木ですがね……じっさい、久木なんだよ……久木久三なんですよ……」不意にひっそりして、鈍い、大きな、しみわたるような音がひびきわたった。……岸壁だ！……「私は久木だよ……久木久三……まちがえありません……」

「高さん！」久三は高の胸をつかんでゆすぶった。「ついたんだよ！　日本についたんだよ！」

もう一度、さらに大きな音がずっしりとひびきわたる。高が手錠を鳴らしてふいに立上った。まるで透けて見えでもするように、じっと壁の中をのぞきこみながら、「なんだい……大砲の音かな？……」「日本についたんだってば！」「いや、大砲だ、……戦争がはじまったんだな……みろ、やっぱりアメリカとソ連がやりだしたんだ……へへ……私はね、久木久三というものだがね……実をいうと、あんた……実は、私は主席大統領なんでね……分るかね？……亡命政府の大統領なのさ……」

つづいて、樹を切り倒すような鈍いひびきが、いくどか繰返される。きっと、ハッチを外している音なのだろう。「戦争だ！」と壁にしがみついて、高がわめきたてる。久三も、足首がねじれるのにもかまわず、舷側の壁を両腕に抱き、頰をすりよせ、胸をおしつけた。ちくしょう、この何センチか向うに、日本があるだなんて！

「久木久三といえば、かなり名前も知られておるがね……」力いっぱい額を鉄板に打ちつけて、とつぜん歌いだした。「お嬢さん……」「ばか」と思わずなぐりつけ、ぐったり船底に坐りこんでしまう。「うん、よろしい……つまり、戦争というものはな、雑草のごとく、土地さえ適しておれば、いくらでも育つ……戦争に向く土地があるんだな……男の生きがいというものだな……吉野中佐は、男であった……」

久三はざらざらした赤い鉄板を、なでまわした。ちくしょう、あいつら、この向うに、日本があるだなんて！……しかし、おれは本当にここに来たかったのだろうか？……もっと、ちがうところに、行きたかったんじゃないのかな……おまけに、まだ高と一緒だなんて！……もしかすると、これはぜんぶ夢の中のことなのかもしれないな……。おれはまだ、あの荒野のどこかで、凍傷になりかかって、眠っているのかもしれないのだ……

誰か、デッキの上を、ごろごろ重いものをひきずって通った。

「戦争だ!」と高が声をひきつらせて叫んだ。

……ちくしょう、まるで同じところを、ぐるぐるまわっているみたいだな……いくら行っても、一歩も荒野から抜けだせない……もしかすると、日本なんて、どこにもないのかもしれないな……おれが歩くと、荒野も一緒に歩きだす。日本はどんどん逃げていってしまうのだ……一瞬、火花のような夢をみた。ずっと幼いころの、巴哈林《バハリン》の夢だった。高い塀の向うで、母親が洗濯をしている。彼はそのそばにしゃがんで、タライのあぶくを、次々と指でつぶして遊んでいるのだった。つぶしても、つぶしても、無数の空と太陽が、金色に輝きながらくるくるまわっている。そしてその光景を、塀ごしに、もう一人の疲れはてた彼が、おずおずとのぞきこんでいるのだ。どうしてもその塀をこえることができないまま……こうしておれは一生、塀の外ばかりをうろついていなければならないのだろうか?……塀の外では人間は孤独で、猿のように歯をむきだしていなければ生きられない……禿げのいうとおり、けもののようにしか、生きることができないのだ……「アー、アー、アー」と高が馬鹿のようにだらしなく笑いだした……そうだな、もしかすると、おれははじめから道をまちがえていたのかもしれないな……「戦争だぞ、アー、アー、戦争だぞ、アー。私は主席大統領なんだぞ、アー。」……きっとおれは、出発したときから、反対にむかって歩きだしてしまっていたのだろう……たぶんそのせいで、まだこんなふうにして、荒野の中を迷いつづけていなければならないのだ……

だが突然、彼はこぶしを振りかざし、そのベンガラ色の鉄肌を打ちはじめる……けものになって、吠えながら、手の皮がむけて血がにじむのにもかまわずに、根かぎり打ちすえる。

解説　安部公房の大陸

リービ英雄

安部公房が逝去した翌年、一九九四年に、安部氏が少年から青年期にかけて過ごした、日本人が「満州」と呼んでいた中国東北部を、ＮＨＫのドキュメンタリー番組でぼくは尋ねることになった。当時すでに都市から車で三時間走らなければ見られなくなっていた「粘土塀」など、若き安部公房が見て、初期の作品に描いた風景を見つけようとした。その企画の後半においては、東京から中国に渡って合流してきた、安部氏の長女ねりさんをはじめ、遺族の方々といっしょに、半世紀前に引き払った安部公房の少年時代の家を探しに行った。

安部ねりさんが東京から持ってきた、おそらくは安部家の遺品であろう「満州国」時代の地図を見ながら、瀋陽となった「奉天」の旧日本人街を、地平線に林立している新築マンション群をにらみながら歩いた。地図の上には、島国とはまったく異質な風土の上に植えつけられた「葵町」や「千代田小学校」という固有名詞を読みながら進んでいたところ、安部公房とそっくりの弟の春光さんがとつぜん、「この家です」と言った。高い塀の中にくぐり戸があり、そこから入ると、広々とした庭のあるどっしりとした石造の家があった。

やがては日本語の最大級の作家となる少年が、大陸の巨大な空の下に建つ石造の家のタタミ部屋で「世界」をはじめて体験した。「千代田小学校」の教室では、「小川のせせらぎ」など島国の細やかな風景を記した教科書のことばと、室のすぐ外に広がる荒野の間に大きなズレを感じた、と安部公房がインタビューで証言した。島国がその長い歴史の中ではじめて手に入れた大陸の広大な植民地。そこで育った作家の、その大陸の家の前に立った瞬間、ぼくは複雑な感動を覚えた。母国にはなく、母語で書かれてきた風景でもない、なのに少年がまぎれもなく自分の家として生きた、日本家屋のようで日本家屋とも違ったどっしりとした建物を、日本語と中国語が交互に出る通訳の声を聞きながらじっと見入った。近代の歴史の中の、日本語と「大陸」の大きな接点がまさにここにあった、と思った。また、日本語によって何が、どこが書けるのか、と半世紀前の「遺跡」なのに、逆に可能性を感じさせる場所だった。

安部家が「満州」を去ってからの家の歴史は不明だが、一九四九年の革命のあと新政府が人民解放軍の将軍にその家を与えたらしい。私たちが会ったときにはたぶん八十歳となっていたその老将軍の中国語が通訳される。日本人の家には家具がほとんどなかったとか、食べるものはないから日本人の庭園を野菜畑にした、とか、そのような話が広い敷地の中でこだましていた。ぼくが老将軍の前に立って、安部公房を若い頃に読み出してから誰かに聞きたかったことを、今こそ聞くチャンスだと思い立ち、拙《つたな》い中国語で老将軍に聞いてみた。

日本人が去ってから、人民共和国が樹立されるまで、一九四五年から一九四九年の間、ここはどんな状態だったのか。

老将軍は即座に、

「乱《ルアン》」と答えた。

乱《ルアン》、すべては乱《ルアン》。

東北《ドンベイ》訛りの強い老人の声を聞いて、ぼくの頭の中では、「けものたちは故郷をめざす」の数々の場面が甦ったのである。

大日本帝国とともに「満州国」が消えて無政府状態となった大地に、ソ連軍と、毛沢東の八路軍と、蔣介石の国民軍がうずまく。どこの国家のものでもなくなった広大な領域の中で、現代史の結果としてそこに残されて、「他所者《よそもの》」に変身した一人の日本人青年が動く。「終りし道の標べに」と「けものたちは故郷をめざす」は同じく「乱《ルアン》」と化した世界を描いている。

よく指摘されていることだが、「終りし道の標べに」は故郷の喪失という現実の上に形而上学的な「存在の故郷」を「ノート」風に思い巡らしたものであるのに対して、「けものたちは故郷をめざす」の方がリアリズム風に、ストーリーそのものを推進している。庶民生まれの「素朴」な主人公、久木久三は哲学的な弁論をしない。物語を離れた散文詩的なイメージの連発もない。そのために安部公房がめずらしくある種の「大衆文学」を書いたという見方もある。

確かに、世界に対峙すべく物理的な理解に貫かれた、ディティールを総動員させたサスペンスは、一流の推理小説や冒険譚にも似ている。しかし、読み進めれば読み進めるほど、主人公は哲学用語を一つも口から発しないのに、ディティールが重なれば重なるほど「世界の中に人間が存在すること」の不透明さに常に迫る、通常のエンターテインメントとは違った作品だと分かる。

主流の近代文学における「純文学」と「大衆文学」の区別はここではあてはまらないだろう。何よりもこの小説は、国家が消滅して、次の国家が出来上る前の、ちょうどその間の「乱《ルアン》」を逆手に取って、所属とアイデンティティが剝がされたときに人間はどうなるか、そのことを追究したもう一つの「冒険譚」、もう一つの実験大作、という要素が、今だからだろう、はっきりとうかがえるのである。

崩壊した「満州国」の育ちの故郷から、見たことのない日本という幻の故郷に向かって主人公が動きだした、というストーリーはリアリズムの手法で始まるようだが、数ページのうちにリアリズムだけでは描き切れない領域に入りこんでいるのに読者は気がつく。逃亡の列車が攻撃に遭い、「日本」という漠然とした方向に向かって荒野の中でさすらう。その道づれとなるのは、姓が「汪」から「高」に変わり、日本語で生きながら植民者と被植民者の混血的で流動的なアイデンティティをもつ男である。

荒野での二人の移動をたどった小説の長い中間部には、大陸の苛酷な風景、島国の感性にとっては本来異質な風景が、圧倒的な日本語の力で描き出される。

その向うに、高い赤土の崖があり、地層の縞目がぼんやり浮んで見えていた。ところどころ粗い灌木のしげみがあるほかは、よごれた雪と風化した岩肌がただどこまでも重なりあった、深い山ひだの中である。星の重さで黒い空がたわみ、振向くと爪の跡のような月がかたく光りながらのぼってくるところだった。そしてそこに、一本、いままで気づかなかった松の巨木がそびえている。見わたすかぎりで、ただ一本の樹である。(二九九頁)

ここにあるのは、古典的で儒教的な「中国」の伝統風景ではない。まさに辺境で広がり辺境として形づけられる、「無所属」の荒野のみである。安部公房以前には、このような大陸が日本文学の中で登場したことがあったのだろうか。

しかしその小山の群は、まったくの禿げ山である。高さはそれほどでないはずなのだが、乾燥季には骨まで干からび、草は根をはるまえに鼠にくいちぎられ、ぼろぼろになったところで雨に流されけずりとられるので、その怪しげな起伏が横から朝日に浮き彫りに照らしだされ赤、黄、緑、紫、黒とあらゆる色に輝く姿は、まるで大連峰さながらに人を威圧するものがあった。(一五五頁)

満州語やモンゴル語の地名がかろうじて点在する、あまりにも厖大な物質の領域の中で動くと、安部公房の世界的な代表作における「砂」の流動性にも似た感覚で、方向性そのものを失う。

「あの山をこえるんですか……」

疲れきった薄目で見ながら、足をひきずり、声までひきずるような声で、久三がたずねる。

「あの向うが、科爾沁左翼中旗《コルチンツオイチユンチ》だ……」

「そこに、行くんですか?」

「分らん……」(一五五頁)

作者が自ら描いている風景に驚いているかのように、大陸の質感がたびたび「しかし」で始まる日本語で表わされている。

しかしなんという茫漠とした風景だろう。小石と、それよりはもうすこし大きい石ころと、豪雨か洪水にえぐられた不規則な細い溝と、点在する一とつかみほどの枯草と、それに地平線までつづく低い丘の無限の繰返しがあるだけである。(一〇二—

一〇三頁)

しかし、なんという残酷な光景だったろう。この広さの中では、人間はあまりにも小さすぎ、しかもその小さな人間が、すくなくもこの半径四キロ以内には、身をかくす場所さえない始末なのである。あそこで休むのも、ここで休むのも、まったく同じことだった。ここで休むのがいやなら、どうしても、地平線を越えて探しに行かねばならないのだ。(一〇六頁)

語り手も驚いた。日本語の読者が今でも驚く。島国にない質感をここまで体現した安部公房の文体に触れると、近代日本語が、抽象的な国際性とはまったく違った形で、きわめて現実的に開いた、ということに気がつく。島国の教科書にあった「小川のせせらぎ」とは異質なスケールや荒涼とした性質だけでなく、風景の反復がほとんど耐えがたいものとして表されている。風景のくり返しはときには地獄絵のように、ときには不条理劇のように、逃亡する主人公に幾度となく襲いかかってくる。一世紀あまりの日本の近代文学には、このような「大陸」は他に類を見ない。

　そのような荒野から、安部公房が実際に育った都市である瀋陽に久三がたどりつくと、その都市の町角ごとに帝国の崩壊直後の濃厚な現代史が現われて、「日本人」というアイデンティティをめぐる語りも急に密度を増してくる。「終りし道の標べに」においては話し手が中国人の共同体を囲んだ塀の外で「他所者《よそもの》」にされたのだが、今度は同国民のはずの、塀に囲まれた日本人住宅に久三が入ろうとして、「日本人だぞ」と叫ぶと、中にいる子供たちから、「乞食だよう！」、「日本人があんなに黒い顔をしているもんか」とどなられる場面はめざましい。大陸のアジア人に対しての自分たちの「白さ」の認識が、敗北のあとも露出して、そのような「日本人」の家の外に置かれている久三が、不意の「被差別者」となる。安部公房の掌の小説の名作、「赤い繭」の主人公が置かれているホームレス状態を思いださせるこのくだりには、共同体たる「家」の外に立たされたという根底のテーマが久三の反応に結晶されている。

日暮れがちかい……どこに行けばいいのだろう？……完全に捨て去られてしまった……ちょうど、遅刻して教室に入れない中学生のような、心細い気持だった。しかも、家はどこにでもあった。家があればかならずドアがあり、ドアがあればかならずしっかりと錠がかかっている。ドアはすぐそこにあったが、その内部は無限に遠いのだ。けっきょく、あの人っ子ひとりいない荒野と、すこしも変りはしないじゃないか……いや、もっと悪いかもしれない。荒野はのがれることをこばんだのだが、町は近づくことをはばむのだ……(二五二頁)

そして小説の最終は、帰国の船で日本という幻の故郷に到着したのに上陸ができない、久三がけものになって船の鉄板を打ちつづけるという名高き結末である。ラディカルで衝撃的なのにけっして唐突ではなく、積み重なって来たアイデンティティのズレの語りの、その必然的なクライマックスなのである。

ぼくは若いとき、「けものたちは故郷をめざす」を読み、特にあの鮮烈な結末が頭にやきついた、ちょうどその直後に安部公房に会うことができた。あの作品は英訳されたらいい、と言ってみた。いや、あれは地味すぎる、翻訳する必要はない、と安部公房がすぐに答えた。その瞬間の驚きは今でも覚えている。あのめざましい作品を形容しえると思っていたいくつかの批評用語の中にはまず「地味」というのはなかった。安部氏のあのときの発言は、今でも解明しきれないミステリーとしてぼくの記憶に残っている。大陸の辺境の風景描写があまりにも長く続きすぎている、という簡単な意味であったのか。それとも日本と中国大陸の細かな歴史にあまりにも根づいて、固有のディティールが色濃く、同時代の日本人にしか通用しない引き揚げ者文学として読まれてしまう、だから翻訳する必要はない、というもう一つの意味があったのか。「地味すぎる」という言い方の中にはどんなニュアンスがこめられているのか、そのあと、ぼくはよく思いをめぐらしたが、結論はいまだに出ていない。

近年になってようやく、この作品のすぐれた英訳が刊行されたのだが、生前の安部公房がノーベル文学賞候補となった時代には、世界的に読まれていた小説群にはこの作品は加わらなかった。

安部公房の小説は、日本から生み出された、しかし日本古来の美意識等を根拠としない、はじめての「普遍的」な文学、と内外に広く認識されていた。そして「普遍的」というのは、主に西洋人が「自分の問題」として十分読める至上の実存文学、という意味合いは大きかったのだろう。逆に中国大陸と日本の、固有名詞と歴史のディティールを散りばめた、「大陸」を日本語でつづった最大級の作品は、「翻訳しなくていい」。

そう言われてから三十年以上が経ち、何が固有で何が普遍であるか、西洋の中心性が薄らいだとともにその定義自体が以前よりぼやけて、以前より複雑になった。そのような現代において「けものたちは故郷をめざす」を読み返すと、「日本」をめざした逃亡の果てに発せられた久三の絶叫は、「日本」だけを指しているのではない、とかえってよく分かるのである。

「砂の女」とはまた違った、もう一つの世界文学がここにあった。

〔編集付記〕

一、『けものたちは故郷をめざす』は、一九五七年四月、大日本雄弁会講談社から刊行された。本書は、『安部公房全集』第六巻(新潮社、一九九八年一月)を底本とした。
一、読みにくい語、読み誤りやすい語には、適宜、現代仮名づかいで振り仮名を付した。
一、明らかな誤記・誤植は訂正した。
一、本文中に、今日からすると不適切な表現があるが、原文の歴史性を考慮してそのままとした。

(岩波文庫編集部)

けものたちは故郷《こきょう》をめざす

2020年 3月13日 第1刷発行
2024年 4月26日 第4刷発行

作　者　安部公房《あべこうぼう》

発行者　坂本政謙

発行所　株式会社 岩波書店
〒101-8002 東京都千代田区一ツ橋 2-5-5
案内 03-5210-4000　営業部 03-5210-4111
文庫編集部 03-5210-4051
https://www.iwanami.co.jp/

印刷・理想社　カバー・精興社　製本・中永製本

ISBN 978-4-00-312141-2　Printed in Japan

読書子に寄す

——岩波文庫発刊に際して——

岩波茂雄

真理は万人によって求められることを自ら欲し、芸術は万人によって愛されることを自ら望む。かつては民を愚昧ならしめるために学芸が最も狭き堂宇に閉鎖されたことがあった。今や知識と美とを特権階級の独占より奪い返すことはつねに進取的なる民衆の切実なる要求である。岩波文庫はこの要求に応じそれに励まされて生まれた。それは生命ある不朽の書を少数者の書斎と研究室とより解放して街頭にくまなく立たしめ民衆に伍せしめるであろう。近時大量生産予約出版の流行を見る。その広告宣伝の狂態はしばらくおくも、後代にのこすと誇称する全集がその編集に万全の用意をなしたるか。千古の典籍の翻訳企図に敬虔の態度を欠かざりしか。さらに分売を許さず読者を繋縛して数十冊を強うるがごとき、はたしてその揚言する学芸解放のゆえんなりや。吾人は天下の名士の声に和してこれを推挙するに躊躇するものである。このときにあたって、岩波書店は自己の責務のいよいよ重大なるを思い、従来の方針の徹底を期するため、すでに十数年以前より志して来た計画を慎重審議この際断然実行することにした。吾人は範をかのレクラム文庫にとり、古今東西にわたって文芸・哲学・社会科学・自然科学等種類のいかんを問わず、いやしくも万人の必読すべき真に古典的価値ある書をきわめて簡易なる形式において逐次刊行し、あらゆる人間に須要なる生活向上の資料、生活批判の原理を提供せんと欲する。この文庫は予約出版の方法を排したるがゆえに、読者は自己の欲する時に自己の欲する書物を各個に自由に選択することができる。携帯に便にして価格の低きを最主とするがゆえに、外観を顧みざるも内容に至っては厳選最も力を尽くし、従来の岩波出版物の特色をますます発揮せしめようとする。この計画たるや世間の一時の投機的なるものと異なり、永遠の事業として吾人は微力を傾倒し、あらゆる犠牲を忍んで今後永久に継続発展せしめ、もって文庫の使命を遺憾なく果たさしめることを期する。芸術を愛し知識を求むる士の自ら進んでこの挙に参加し、希望と忠言とを寄せられることは吾人の熱望するところである。その性質上経済的には最も困難多きこの事業にあえて当たらんとする吾人の志を諒として、その達成のため世の読書子とのうるわしき共同を期待する。

昭和二年七月

《日本文学(現代)》〔緑〕

怪談 牡丹燈籠	三遊亭円朝
小説神髄	坪内逍遥
当世書生気質	坪内逍遥
アンデルセン 即興詩人 全二冊	森鷗外訳
ウィタ・セクスアリス	森鷗外
青年	森鷗外
雁	森鷗外
阿部一族 他二篇	森鷗外
山椒大夫・高瀬舟 他四篇	森鷗外
渋江抽斎	森鷗外
舞姫・うたかたの記 他三篇	森鷗外
鷗外随筆集	千葉俊二編
大塩平八郎 他三篇	森鷗外
浮雲	二葉亭四迷 十川信介校注
野菊の墓 他四篇	伊藤左千夫
吾輩は猫である	夏目漱石
坊っちゃん	夏目漱石
草枕	夏目漱石
虞美人草	夏目漱石
三四郎	夏目漱石
それから	夏目漱石
門	夏目漱石
彼岸過迄	夏目漱石
漱石文芸論集	磯田光一編
行人	夏目漱石
こころ	夏目漱石
硝子戸の中	夏目漱石
道草	夏目漱石
明暗	夏目漱石
思い出す事など 他七篇	夏目漱石
文学評論 全二冊	夏目漱石
夢十夜 他二篇	夏目漱石
漱石文明論集	三好行雄編
倫敦塔・幻影の盾 他五篇	夏目漱石
漱石日記	平岡敏夫編
漱石書簡集	三好行雄編
漱石俳句集	坪内稔典編
漱石・子規往復書簡集	和田茂樹編
文学論 全二冊	夏目漱石
坑夫	夏目漱石
二百十日・野分	夏目漱石
五重塔	幸田露伴
努力論	幸田露伴
一国の首都 他一篇	幸田露伴
渋沢栄一伝	幸田露伴
飯待つ間 ―正岡子規随筆選	正岡子規 阿部昭編
子規句集	高浜虚子選
病牀六尺	正岡子規
子規歌集	土屋文明編
墨汁一滴	正岡子規

仰臥漫録　正岡子規
歌よみに与ふる書　正岡子規
獺祭書屋俳話・芭蕉雑談　正岡子規
子規紀行文集　復本一郎編
正岡子規ベースボール文集　復本一郎編
金色夜叉　全二冊　尾崎紅葉
不如帰　徳冨蘆花
武蔵野　国木田独歩
愛弟通信　国木田独歩
蒲団・一兵卒　田山花袋
田舎教師　田山花袋
一兵卒の銃殺　田山花袋
あらくれ・新世帯　徳田秋声
藤村詩抄　島崎藤村自選
破戒　島崎藤村
春　島崎藤村
桜の実の熟する時　島崎藤村

夜明け前　全四冊　島崎藤村
藤村文明論集　十川信介編
生ひ立ちの記　他一篇　島崎藤村
島崎藤村短篇集　大木志門編
にごりえ・たけくらべ　樋口一葉
大つごもり・十三夜　他五篇　樋口一葉
修禅寺物語・正雪の二代目　他四篇　岡本綺堂
高野聖・眉かくしの霊　泉鏡花
歌行燈　泉鏡花
夜叉ケ池・天守物語　泉鏡花
草迷宮　泉鏡花
春昼・春昼後刻　泉鏡花
鏡花短篇集　川村二郎編
外科室・海城発電　他五篇　泉鏡花
鏡花随筆集　吉田昌志編
化鳥・三尺角　他六篇　泉鏡花
鏡花紀行文集　田中励儀編

俳句はかく解しかく味う　高浜虚子
俳句への道　高浜虚子
回想 子規・漱石　高浜虚子
有明詩抄　蒲原有明
上田敏全訳詩集　山内義雄・矢野峰人編
宣言　有島武郎
一房の葡萄　他四篇　有島武郎
寺田寅彦随筆集　全五冊　小宮豊隆編
柿の種　寺田寅彦
与謝野晶子歌集　与謝野晶子自選
与謝野晶子評論集　鹿野政直・香内信子編
私の生い立ち　与謝野晶子
つゆのあとさき　永井荷風
濹東綺譚　永井荷風
荷風随筆集　全二冊　野口冨士男編
摘録 断腸亭日乗　全二冊　永井荷風・磯田光一編
すみだ川・新橋夜話　他一篇　永井荷風

あめりか物語　永井荷風
下谷叢話　永井荷風
ふらんす物語　永井荷風
荷風俳句集　加藤郁乎編
浮沈・踊子 他三篇　永井荷風
花火・来訪者 他十一篇　永井荷風
問はずがたり・吾妻橋 他十六篇　永井荷風
斎藤茂吉歌集　山口茂吉・柴生田稔・佐藤佐太郎編
千鳥 他四篇　鈴木三重吉
鈴木三重吉童話集　勝尾金弥編
小僧の神様 他十篇　志賀直哉
暗夜行路 全二冊　志賀直哉
志賀直哉随筆集　高橋英夫編
高村光太郎詩集　高村光太郎
北原白秋歌集　高野公彦編
北原白秋詩集 全二冊　安藤元雄編
フレップ・トリップ　北原白秋

野上弥生子随筆集　竹西寛子編
野上弥生子短篇集　加賀乙彦編
お目出たき人・世間知らず　武者小路実篤
友情　武者小路実篤
銀の匙　中勘助
若山牧水歌集　伊藤一彦編
新編 みなかみ紀行　若山牧水・池内紀編
新編 啄木歌集　久保田正文編
吉野葛・蘆刈　谷崎潤一郎
卍（まんじ）　谷崎潤一郎
谷崎潤一郎随筆集　篠田一士編
多情仏心 全二冊　里見弴
道元禅師の話　里見弴
今年竹 全二冊　里見弴
萩原朔太郎詩集　三好達治選
郷愁の詩人 与謝蕪村　萩原朔太郎
猫町 他十七篇　清岡卓行編・萩原朔太郎

恋愛名歌集　萩原朔太郎
恩讐の彼方に・忠直卿行状記 他八篇　菊池寛
父帰る・藤十郎の恋 菊池寛戯曲集　石割透編
河明り 老妓抄 他一篇　岡本かの子
春泥・花冷え　久保田万太郎
大寺学校 ゆく年　久保田万太郎
久保田万太郎俳句集　恩田侑布子編
室生犀星詩集　室生犀星自選
犀星王朝小品集　室生犀星
室生犀星俳句集　岸本尚毅編
出家とその弟子　倉田百三
羅生門・鼻・芋粥・偸盗　芥川竜之介
地獄変・邪宗門・好色・藪の中 他七篇　芥川竜之介
河童 他二篇　芥川竜之介
歯車 他二篇　芥川竜之介
蜘蛛の糸・杜子春・トロッコ 他十七篇　芥川竜之介
侏儒の言葉・文芸的な、余りに文芸的な　芥川竜之介

芥川竜之介書簡集　石割透編
芥川竜之介随筆集　石割透編
蜜柑・尾生の信 他十八篇　芥川竜之介
年末の一日・浅草公園 他十七篇　芥川竜之介
芥川竜之介紀行文集　山田俊治編
田園の憂鬱　佐藤春夫
海に生くる人々　葉山嘉樹
葉山嘉樹短篇集　道籏泰三編
日輪・春は馬車に乗って 他八篇　横光利一
宮沢賢治詩集　谷川徹三編
童話集 風の又三郎 他十八篇　宮沢賢治 谷川徹三編
童話集 銀河鉄道の夜 他十四篇　宮沢賢治 谷川徹三編
山椒魚・遥拝隊長 他七篇　井伏鱒二
川釣り　井伏鱒二
井伏鱒二全詩集　井伏鱒二
太陽のない街　徳永直
黒島伝治作品集　紅野謙介編

伊豆の踊子・温泉宿 他四篇　川端康成
雪国　川端康成
山の音　川端康成
川端康成随筆集　川西政明編
三好達治詩集　桑原武夫 大槻鉄男選
詩を読む人のために　三好達治
中野重治詩集　中野重治
夏目漱石 全二冊　小宮豊隆
新編 思い出す人々　内田魯庵 紅野敏郎編
檸檬《レモン》・冬の日 他九篇　梶井基次郎
蟹工船・一九二八・三・一五　小林多喜二
富嶽百景・走れメロス 他八篇　太宰治
斜陽 他一篇　太宰治
人間失格・グッド・バイ 他一篇　太宰治
津軽　太宰治
お伽草紙・新釈諸国噺　太宰治
右大臣実朝 他一篇　太宰治

真空地帯　野間宏
日本唱歌集　堀内敬三 井上武士編
日本童謡集　与田準一編
森鷗外　石川淳
至福千年　石川淳
小林秀雄初期文芸論集　小林秀雄
近代日本人の発想の諸形式 他四篇　伊藤整
小説の認識　伊藤整
中原中也詩集　大岡昇平編
ランボオ詩集　中原中也訳
晩年の父　小堀杏奴
小熊秀雄詩集　岩田宏編
夕鶴・彦市ばなし 他二篇 —木下順二戯曲選II—　木下順二
元禄忠臣蔵 全二冊　真山青果
随筆滝沢馬琴　真山青果
旧聞日本橋　長谷川時雨
みそっかす　幸田文

岩波文庫の最新刊

網野善彦著

日本中世の非農業民と天皇(上)

山野河海という境界領域に生きた中世の「職人」たちの姿を通じて、天皇制の本質と根深さ、そして人間の本源的自由を問う、著者の代表的著作。(全二冊)

〔青N四〇二-二〕 定価一六五〇円

エーリヒ・ケストナー作/酒寄進一訳

独裁者の学校

大統領の替え玉を使い捨てにして権力を握る大臣たち。政変が起きるが、その行方は…。痛烈な皮肉で独裁体制の本質を暴いた、作者渾身の戯曲。

〔赤四七一-三〕 定価七一五円

ラインホールド・ニーバー著/千葉眞訳

道徳的人間と非道徳的社会

個人がより善くなることで、社会の問題は解決できるのか。二〇世紀アメリカを代表する神学者が人間の本性を見つめ、政治と倫理の相克に迫った代表作。

〔青N六〇九-一〕 定価一四三〇円

トマス・アクィナス著/稲垣良典・山本芳久編/稲垣良典訳

精選 神学大全2 法論

トマス・アクィナス(一二二五頃-一二七四)の集大成『神学大全』から精選。2は人間論から「法論」、「恩寵論」を収録する。解説＝山本芳久、索引＝上遠野翔。(全四冊)

〔青六二一-四〕 定価一七一六円

…… 今月の重版再開 ……

高浜虚子著

立子へ抄
―虚子より娘へのことば―

定価一二二一円 〔緑二八-九〕

喜安朗訳

フランス二月革命の日々
―トクヴィル回想録―

定価一五七三円 〔白九-一〕